COLECCIÓN PO...

3

LA CREACIÓN

AGUSTÍN YÁÑEZ

LA CREACIÓN

COLECCIÓN
COLECCIÓN

POPULAR

FONDO DE CULTURA ECONÓMICA

MÉXICO—BUENOS AIRES

Primera edición, 1959
Segunda edición (Colección Popular), 1959
Tercera edición (Colección Popular), 1963
Cuarta edición (Colección Popular), 1965

Impreso y hecho en México
Printed and made in Mexico

1er movimiento: *andante*

EL HIJO PRÓDIGO

SE HA propuesto esperar sobre cubierta las luces de Veracruz, que según la marinería comenzarán a verse hacia medianoche, si el cielo sigue sereno. La entrada del barco al puerto se anuncia para las primeras horas de la mañana; pero el viajero quiere apurar las emociones del regreso a la tierra, de la que fue arrancado cuando era un adolescente con flagrancia de pueblerino, hace diez años.

Ninguna de las dos mujeres entre las que su vida se ha debatido vendrán a recibirlo, ni lo esperan. Le disgustaría que alguna lo esperase. No. Sí. Contradicción interminable. Nadie lo esperará. Vuelve como extranjero. Extraño a todo lo que no sean remotos recuerdos del pueblo remoto en donde transcurrió su infancia. Hijo de padres desconocidos, viene a intentar una vida más, en circunstancias ignoradas. El país ha cambiado en estos años radicales de la Revolución. Se hallan dispersas o habrán muerto las pocas personas de quienes el ausente guarda memoria. Sólo conoce a las dos mujeres, que fueron su indirecta vinculación con la patria, y de las cuales quiere liberarse.

Quiere liberarse. Lo ha querido hace tiempo. El remordimiento de ingratitud lucha en creciente denuedo con la vergüenza de haber sucumbido siempre ante los favores de una y otra señora, rivales en protegerlo.

Historia larga. Toda la historia del hombre que sobre cubierta vela el asomo del faro; mas desea no recordarla. Si pudiese, la olvidaría en la suma de gozos y torturas. Necesita olvidarla para conseguir el anhelo de abrirse paso por sí solo, desde mañana.

Es clara la noche y tan acompasada la marcha, que se pierde conciencia de la navegación. El hombre alza los ojos a las estrellas; contemplarlas ha sido el desquite de sus desventuras, desde niño, y sosiego de sus ansias. En la posición de las constelaciones quisiera saber ahora el tiempo que falta para el destello de la esperada luz, aunque nunca supo leer la hora en los astros, ni retuvo sus nombres, tantas veces oídos en labios campesinos. Desinteresado placer de la contemplación: al fin qué le importa la hora. No le importa. Podría saberla, con sacar del bolsillo el reloj. Era un pretexto para levantar del mar la vista, y fijarla en el cielo, morosamente. Nunca como en el mar sintió tan cerca las estrellas, nunca esplendieron con igual fulgor, ni fue tan dilatado su panorama. La soberana belleza lo abstrae del tiempo y del espacio. Surge la voz purísima que ha venido hablándole desde la niñez; durante años y años en vano se ha esforzado por traducirla con signos materiales. Absorto la escucha, cercana como las estrellas, clara y distinta como la refulgencia celestial de la noche; arrobado en olvido de las cosas terrenas, de los golpes del océano sobre los flancos del barco, que avanza inexorablemente.

Rápido, el principio de lucha turba la transparencia de la intuición. El mugido del mar asciende y se mezcla con la eterna voz fugaz. Oírla, penetrarla, y saber que cuando torne a la realidad no podrá reconstruirla, escapada como el sueño dichoso, al despertar. Ha luchado diez, doce, quince años, por expresarla en el idioma de la música; primero, percutiendo toda cosa sonora que sus manos tocaban; luego halló sorprendentes modulaciones en las campanas del pueblo, y el oficio de campanero fue larga obsesión. Aquí se levantan voces de mujer, y se mezclan a la voz ultraterrena, y la disipan. Vuelve la historia. El rapto ha terminado.

Una de aquellas mujeres lo arrebató del pueblo y lo indujo a Europa; en España inició estudios formales de música; los prosiguió en Italia, en Francia; volvió a España, donde la otra mujer le facilitó medios para visitar los grandes centros musicales que la guerra le había impedido conocer; viajó entonces intensamente; comenzó a ser conocido; algunas de sus obras merecieron halagüeños honores. Así han transcurrido diez años, al amparo de aquellas mujeres.

El hombre aspira con fuerza el aliento salado del océano. Busca el reloj. Pasan cuarenta minutos de la medianoche. También este reloj es regalo de una de aquellas mujeres. Amaina la brisa. Se respira un aire cálido, bochornoso.

Ni su estancia en Europa, ni sus estudios, ni el principio de su consagración musical son la deuda mayor hacia las dos mujeres. Mucho más les debe: la educación de los sentidos, la súbita revelación de la vida, de los arcanos de la vida; la lenta maduración de la sensibilidad.

Un relámpago de brisa sobre la cara, roza las mejillas, las orejas, el pelo, el cuello, hacia el pecho.

La mayor ingratitud no es alejárseles; ha sido usufructuar desaprensivamente la contienda de sus beneficios, y esa cierta satisfacción en sentirse manzana de discordia, cuando el fondo del afecto que le prodigan es la lástima que les inspiró su desamparo; miserable forma de orgullo: explotar la conmiseración y convertirla en rivalidad, al servicio de su egoísmo, disfrazado de genio.

En los años de ausencia fue fenómeno frecuente la extrañeza con que repetía palabras y modismos antes familiares; no era olvido, sino sensación de absurdo entre las voces y su significado. El nombre mismo del país llegó a ser fonema que sus labios inventaban. Ilusión de novedad en términos corrientes, que acudían a la memoria y, a solas, pronunciados en alta voz, resultaban raros al oído. Esto le acontece ahora que atisba la primera señal de la patria, con el ánimo de los descubridores, alertas a dar el grito de "¡tierra!". Un mundo de vocablos acude al recuerdo, asociándose, sometiéndose a los otros objetos de reflexión. La extrañeza fonética desaparece bajo el realismo significativo de unas palabras revividas al pensar que sus antiguas protectoras resultan las únicas personas que conoce y a las que puede atenerse: sobrevienen con quemadura de dicterio los términos de "atenido" y "mantenido"; cuántas veces públicamente sufrió su orfandad esas injurias de bocas aviesas o de reconvenciones tutelares; cuántas veces las ha repetido en secreto para reprocharse la veleidosa entrega de su voluntad, y las ha comparado con otras palabras, con otras realidades: *gigolo*, *souteneur*, que lo asquearon en Europa; explotadores de la animalidad, no le llevan gran diferencia: él explotó primero su propia miseria, más tarde su disposición artística; y siempre, aunque no lo reconociera de pronto, su sensibilidad, casi es decir: su sensualidad; en análisis final, su animalidad. Convicto, lo exaspera la semejanza. Ocurre otro modismo: "dejarse querer". Nostalgia del afecto activo, agresivo, espontáneo, desinteresado. Se dejó querer, y no de una sola mujer. Abusó de doble generosidad. Ha sido un *gigolo* alternante, disfrazado de artista.

Lejanos, ridículos, totalmente superados le parecían estos escrúpulos; tan lejanos y mezquinos como el pueblo en que los contrajo a fuerza de implacable disciplina. El eremita surge ante la inminencia del regreso.

No, nada le impedirá la realización de sus proyectos. Una vida nueva. El viejo estado de ánimo es pasajero; la brisa, cuando vuelva, lo disipará. La tercera vida definitiva. En la primera... ¡no más recuerdos! Pero una vacilación más: ninguna vida puede ser definitiva. Placer de probar lo desconocido. Sumergir en la corriente imperecedera de gozos, riesgos, contratiempos, angustias, padecimientos distintos, renovados. Convertir al futuro en arquitecto, al pasado en sepulturero, en cargador al presente. Vivir en aventura perpetua.

Fantasías del desvelo: el repatriado no es ni un aventurero, ni un fugitivo. Sigue siendo el muchacho fatalista que acepta lo que venga; en momentos de exaltación, la espera se hace ansia, y los sueños se echan a volar, para luego volver al claustro de las inhibiciones.

En la víspera del retorno lo domina el ansia de continuar por sí mismo sus actividades musicales en la propia tierra. Le complace ignorar circunstancias: el sitio en que radicará, las personas que habrá de tratar, las dificultades que se le opondrán, el modo de subvenir a sus necesidades. Lo que le importa es la independencia y el poder entregarse a la composición. Siempre le ha repugnado la música como docencia u oficio servil; en adelante rehuirá estos menesteres, que algunas veces lo han sometido. Quiere a la música como creación o como recreación desinteresada. Viene a poner a prueba si tiene talento creador y si le basta para encontrarse a solas con el destino. Quiere saber si existe la libertad creadora. Sus años de aprendizaje bajo cielos ajenos le han enseñado que no se alcanza en arte la universalidad sin un arraigo nativo. (A lo largo de su ausencia recordaba la ocasión en que subió al campanario de una pequeña ciudad y se le dejó repicar; las campanas eran mejores e incomparablemente más numerosas que las del pueblo en que desempeñaba el oficio de campanero; sin embargo, le sonaban extrañas y no logró concertarlas). A los oídos europeos han parecido exóticas e híbridas las composiciones que realizó en los últimos años, y aun los ejercicios de imitación de grandes maestros. Es que ha mezclado el íntimo sentimiento con los modos aprendidos académicamente. La inmersión patria dará vigor y autenticidad a la obra. Es el pródigo que vuelve a los dones de la casa paterna.

La imagen del pródigo asocia los detalles evangélicos, representados al vivo en las cuaresmas de la aldea. (Quizá el destino depare al repatriado el puesto de organista en alguna parroquia rural; no le desplace considerar esta posibilidad: el apartamiento propicio a la concentración, el contacto y los estímulos directos de la naturaleza, un auditorio de corazón sencillo, capaz de conmover con ejercicios de improvisación; frescura de voces abundantes para crear un orfeón que sea dócil instrumento de trabajo; bastante tiempo libre para la obra personal; muchachos en quienes descubra vocación musical y a los que adiestrados como instrumentistas pueda utilizar por compañeros de tareas; una vida exenta de disipaciones, alejada de los cenáculos, de las envidias, de los pontífices, del éxito fácil, de la publicidad comprometida, de las influencias malsanas, del oropel y falsa fama que las ciudades conceden a irritante precio; el ejemplo de maestros universales que produjeron lo mejor de su obra en situaciones comparables, alienta la perspectiva). Del coro en tinieblas bajaba suave melodía de órgano, flauta y cuerdas, al tiempo en que un mancebo vestido de harapos cruzaba entre los fieles y, llegando a las gradas del presbiterio, caía de rodillas ante la estatua del Padre, cuyos goznes abrían el abrazo del perdón, la parroquia deshecha en llanto, flotantes en los oídos las palabras evangélicas: "todavía lejos, avistóle su Padre, y enterneciéronsele las entrañas, y corriendo a su encuentro le echó los brazos al cuello". (Con cuánta emoción el joven estudiante ha escuchado las veces que le ha sido dable, *L'enfant prodigue* de Debussy, pequeña ópera que le descubrió inmensas posibilidades en la lucha por la expresión y por el hallazgo de la originalidad en lo tradicional). Todavía lejos del puerto, este hijo de padres desconocidos, pródigo de fantasías, arrepentido profano, sabe que ningunos brazos caerán sobre su cuello, que a la distancia no distinguirá ninguna sombra bien amada, que no será necesario apresurarse para encuentro alguno.

Y sin embargo espera sobre cubierta, con firmeza. Una humedad salobre, amarga, inunda la nariz, la garganta, el cuerpo entero. Pegajosa. Espesa. No sopla el viento. No se altera el ritmo del buque, mecido por las olas maternalmente, bajo el sopor marino de la noche.

A falta de padre, las dos mujeres han puesto vehemencia materna en la disputa de su patrocinio. Madres a porfía, lo fueron verdaderamente. No importa que reniegue ahora de las ternuras que le prodigaron: caso vulgar de hijo renegado. Ni siquiera se halla exento de haber pensado antes de regresar, como el joven de la parábola: "me levantaré e iré a su amparo". No avisó a ninguna; tampoco el pródigo lo hizo y era esperado desde que partió. Una, otra, las dos acaso esperarán. En su porfía materna ya le han dado sorpresas mayores. Las luces del faro serán como los brazos de las dos madres que lo acogen muchas horas antes de llegar.

El expectante hace un movimiento de rebeldía, se aparta de la baranda y camina. Busca el reloj. Vacila. Retorna. Tiende los ojos al horizonte. Se mesa los cabellos. Respira profundamente. Apoya de nuevo los codos en la baranda. Balancea los pies. Entrelaza las manos.

Comienzan a desfilar por su memoria las vagas imágenes de Veracruz, el día que marchó a España. Muros patinados. Balcones de madera. El acento de las gentes al hablar. Portales en que se servía café. Todo tan extraño como si lo hubieran transportado al más distante país de la tierra. Fueron doce horas de sofocamiento. Habían sido seis días de vértigo, los más tremendos de su vida: la escapatoria súbita, el rápido paso por la capital de la República, las diligencias para el viaje, la terrible compañía de la señora, que lo llevaba de una parte a otra, sin descanso. Abrumadores días rematados por esas horas de Veracruz. El miedo —un miedo patológico—, la vergüenza, el constante arrepentimiento lo desfallecían. Estuvo a punto varias veces de implorar a la señora que lo dejase volver a la sorda tranquilidad que le arrebataba; se vio tentado a tirarse del tren, a escapar en momentos propicios. El miedo lo dominó a cada paso, y el insinuante imperio de la dama. En ella —la espléndida mujer que lo condujo esas doce horas y no se le apartó hasta dejarlo a bordo— se condensan los débiles recuerdos de Veracruz. Ella es Veracruz, para él. En ella, en sus fúlgidos ojos, descubrió el mar; en sus manos confió el aturdimiento de tanta sorpresa; en su serenidad se paralizaba el miedo, aunque recrecía la vergüenza insoportable de aquellos días, de aquellas horas terribles y dichosas. Cuando asomen las luces del faro, serán las miradas mismas que lo despidieron con brillos de gracia y de resignación; las miradas de la madre que al principio del camino ha esperado la vuelta del pródigo y se dispone a celebrarla con sus mejores dones; el regazo temido y querido.

Pero ¿la otra? La otra es el mundo, la inquietud del mundo, la primera rebeldía contra la rutina del vivir y la última revelación del poderío de la voluntad en lucha con el destino; sembradora de ansias tempranas por huir de la conformidad, y echarse a los caminos, y agotar las emociones; compartió con ella la triste infancia y el principio de la adolescencia en el confinamiento pueblerino; sus gustos y disgustos, preferencias y desdenes rigieron a los del huérfano; fue su primera maestra sentimental; un gesto suyo, el azar de una palabra, de una sonrisa, de alguna ironía, de leves ademanes, lo alentaban o lo herían; por ella incurrió en el hábito de hablar solo; un día innumerable, la inquieta doncella comenzó a ser la configuración de la felicidad para el taciturno mancebo; pero ella, con sus aficiones a leer novelas, con sus imaginaciones de viajar, había preparado el advenimiento de la mujer, que al fin lo arrancó de la patria, truncando ensueños inocentes.

El viajero ha dejado de balancear los pies, de mover las manos; hierático, tiene puesta en proa la mirada, con avidez.

Un día numerable, memorable, la compañera de infancia se le apareció en Santiago de Compostela, asombrosamente transfigurada en poderosa señora; lo llevó a París, a Milán, a Roma; le facilitó medios para viajar por Egipto, Grecia y Palestina; luego lo hizo permanecer más tiempo en Europa y lo puso en contacto con los mejores círculos musicales; burlonamente, la gentil señora recordaba las dudas que hacía muchos años los habían asaltado cuando se contaban cuentos de hadas en la foscura del pueblo que habitaron; sin decirlo, la elegante señora se ufanaba de haber eclipsado la munificencia de la otra mujer.

El hombre golpea sobre la baranda con el puño cerrado, crispado; al golpe responde una vibración metálica; por el estímulo del ademán, vibran en la conciencia los primeros acordes de la *Quinta Sinfonía* de Beethoven, sentidos desde siempre por el viajero como golpes a las puertas del destino; así los dirigiría: los pies bien firmes en el *podium* y ambos puños en alto, fuertemente cerrados, golpeando con la orquesta los ámbitos del misterio; así: el hombre levanta las manos en puño, sobre las olas, contra el horizonte, posesionado de su papel director, y tararea la doble frase inicial de la sinfonía. Luego piensa: el destino nunca será vencido.

Aún las manos en alto, desafiantes, algo como relámpago fugacísimo en el extremo de cielo y mar, hacia el poniente. Suceden segundos interminables de duda. Fulge otro destello tan imperceptible como el primero. Aumenta la expectación. El viajero aferra las manos en la baranda y acucia la mirada. Ya no hay duda: la sirena del vapor confirma que se hallan a la vista las luces del faro. El joven sigue tarareando maquinalmente los compases de la *Quinta Sinfonía*.

Cuál destino, cuáles amistades, cuáles angustias, cuáles envidias, cuáles alegrías le esperan tierra adentro, más allá de la luz titubeante.

Alza los hombros el viajero. Afloja las manos. Ha dejado de tararear; pero sigue con los ojos fijos en las luces que pasan a intervalos constantes. El reloj marca las doce cincuenta. Otros pasajeros vienen a la cubierta, o antes no reparó en ellos el ensimismado. Las voces, los gritos turban su soledad.

—¡Veracruz! ¡El faro! ¡Veracruz!

Voces de fiesta, algunas suenan a embriaguez; las gentes han abandonado un momento el baile con que se celebra la última noche de travesía.

El pródigo deja con resignación el observatorio donde pudo estar libre de compañía. Una mirada más al intermitente reflejo que se alza en lontananza como brazo halagüeño. Caricia tenue al rostro. Abrazo de la madre al pródigo. Confianza para decir: hasta mañana, seguros de hallar inalterable su presencia en la hora de despertar.

Hasta mañana, cara a cara con el puerto, bajo el testimonio crudo del sol. Cara a cara con el destino. Se han pegado a los labios las cuatro notas iniciales de la *Quinta Sinfonía*.

El huraño pasajero rehuye todo encuentro y desciende la escalinata, en busca de su camarote. Las notas de la orquesta, los ruidos del sarao cobran vigor. Una pareja se tambalea. Deambulan hombres y mujeres vestidos de etiqueta. El pródigo apura el paso, fustigado por la música frívola, por las voces vulgares de los que se divierten. Cómo hubiera deseado la prolongación del retiro, del brazo creciente de las luces, en vela fiel hasta que los fulgores indecisos de la madrugada iniciaran la lucha con el resplandor del faro.

Una y otra luz. La de la tierra y la del cielo. Una y otra mujer: madres ambas del pródigo.

La orquesta toca un vals mexicano: el *Vals Poético*, de Felipe Villanueva. El viajero cierra la puerta del camarote y comienza a desnudarse.

LA SEGUNDA MUJER

Suben a bordo las autoridades. En espera de las revisiones de rigor, el joven escucha que lo llaman.

17

—¿Usted es Gabriel Martínez? A ver su pasaporte. Bueno, acompáñeme, tengo órdenes de facilitarle todos los trámites y servirlo en lo que se le ofrezca, hasta ponerlo en el tren. ¿Cuál es su equipaje? Bueno. Espéreme aquí.

Gabriel Martínez ha quedado perplejo. Estaba en pie desde muy temprano; rápidamente hizo su arreglo personal y el de sus maletas, dominado por el deseo de abarcar el panorama de la llegada; salió con precipitación del camarote; las máquinas habían disminuido velocidad; el vapor sorteaba los canales del puerto; allí estaba, lo primero, el castillo de Ulúa, izadas las banderas; en segundo término, el caserío de Veracruz; a la izquierda, muy cerca, un islote poblado de palmeras; el barco avanzaba lentamente; bandadas de pájaros de distintas especies revoloteaban sobre las aguas, en torno del navío; fuera de Ulúa, todo era nuevo, desconocido; los perfiles de torres y cúpulas iban tomando precisión; en vano el repatriado quería reconocerlas; los vaivenes del buque se acentuaron al pasar la bocana; era un día risueño, propicio al optimismo; las máquinas dejaron de trabajar; el barco fue deslizándose con suavidad hacia los muelles; el sol alto permitía una visibilidad perfecta cualesquiera fuesen los rumbos de las miradas. Gabriel ha vivido muchas veces la experiencia de llegar a un puerto, a un país desconocido. Las emociones que lo embargan en estos momentos no tienen referencia de comparación. Ignora nombres; pero sabe que aquí está la patria; siente que la tierra le habla, con más claridad que anoche, al verla brillar; lo desconocía o lo había olvidado: esta exaltación de ánimo es patriotismo; acaso alguna vez lo tuvo por cosa desdeñable, reñida con la universalidad a que aspiraba, y sin embargo sentía que le faltaba; de pronto lo descubre sin proponérselo, sin raciocinar, y se deja invadir por él, sin resistencia; es una sacudida total, una descarga que galvaniza el pasado, que revela los mínimos escondrijos de la subconsciencia y acerca en amplificación el porvenir; lo que se creía muerto, revive; lo que se juzgaba estrecho, bajo, mezquino, cobra nobleza, en un minuto, en un segundo, intemporalmente. Con distinto acento, es la misma eterna, purísima voz de sus ensimismamientos. No ha querido nunca llamarla intuición estética, porque mucho más es, aunque se asemeje; la llama su voz; pero es inefable.

La emoción ascendió cuando el barco se detuvo y llegaron a los oídos las campanas del puerto. Las campanas de Francia, las de Italia, ni las de España, nunca le recordaron tan a lo vivo el idioma con que lo saludan las campanas de México y en el cual el huérfano expresó sus nacientes inquietudes: todo un mundo de azoros, de maravillas, de sospechas y descubrimientos rompe la losa que diez años lo sepultó. Vienen impulsos de llorar: sus viejas campanas, el viejo campanario desde donde rigió la vida del pueblo ermitaño, los toques para toda circunstancia del vivir: triunfales repiques y dobles mortuorios, llamadas monótonas y admoniciones de solemnidad. Por entero desfila su primera existencia, bruscamente interrumpida por el choque de dos mujeres que disputaban el destino del infeliz.

El hombre se sobrepone a su excitación. La llegada de los funcionarios viene a recordarle que las cosas han cambiado en el país, con la Revolución. Lo asalta el temor. No es el sobresalto habitual del que afronta las molestias y las posibles dificultades, al cruzar una frontera. Estos hombres de pesadas pistolas al cinto, con trajes de campaña, con ceño duro, con movimientos bruscos, hacen pensar en la violencia. El músico se dispone a lo peor. Es cuando le hablan por su nombre.

Gabriel Martínez no sale de la sorpresa. El funcionario vuelve sin mayor tardanza.

—Está todo arreglado. Podemos bajar. Aquí está su pasaporte. No le van a registrar el equipaje —al hablar, hace visibles esfuerzos por parecer amable—; tiene usted un cuarto apartado en el Hotel Diligencias; ¿quiere salir en el próximo tren? Hay órdenes de sacarle su boleto.

Gabriel Martínez quiere preguntar a qué se debe todo esto; el nombre del Hotel Diligencias lo embarga: es el Hotel a donde llegaron el día de su partida, diez años hace; llegaron la señora y él; decía ella que aquél era el mejor hotel, aunque no tan bueno como en el que se alojaron al pasar por México; espejos, cortinajes, alfombras, muebles de novela... Gabriel no conocía entonces los hoteles; qué conturbación en ellos, qué sentimiento de monstruosidad el de tales días; qué sofocante calor el del Hotel Diligencias.

—Qué ¿bajó usted mareado?

—No, señor: usted comprende: diez años lejos de México, al volver...

—Luego ¿usted pasó allá todos los años de la bola?

Vocerío veracruzano. Trajín de los muelles. Las caras de los que han venido a esperar el barco enfocan cien miradas en los recién llegados. Gabriel busca entre los circunstantes, a sabiendas de no hallar lo que desea íntimamente: el rostro, la sonrisa, en alto las manos de salutación. "La bola": Gabriel tarda en comprender.

—Sí, salí del país en mil novecientos diez. ¿Usted es funcionario de la Aduana?

—No, señor, soy el jefe de migración, para servirlo; dependo de la Secretaría de Gobernación, como usted sabe; me llamo el coronel Cristóbal Fierro, de Sinaloa, aunque me crié en Sonora, y anduve siempre con mi general Obregón que me acaba de mandar aquí en mientras toma la presidencia; después, yo espero...

Al hombre le brillaban los ojos. Gabriel no sabe de lo que le habla, ni le interesa; sólo entiende que se trata de ambiciones; vuelve a interrumpir el sesgo de la conversación:

—Siento que usted se tome tantas molestias por mí —quiere añadir: "no sé a qué debo el honor"; prefiere terminar la frase con "muy agradecido"; repara en la descortesía de haber interrumpido a su acompañante:

—Perdone: decía usted que cuando la presidencia...

—Sí, en diciembre espero un puesto de primera en México; dígame usted si no es justo, después de tantos años de andar en las duras, ahora que llegaron las maduras.

Por fortuna es el hombre mismo quien abandona el tema:

—A mí no me tiene que agradecer nada. Órdenes son órdenes. No hago más que cumplirlas, y con gusto, por tratarse de usted, que parece muy buena gente y debe ser un gran personaje.

—¿Yo? —sube la sorpresa del repatriado.

—Cuando del ministerio han tomado tanto interés desde hace días, telegrama y telegrama, por algo ha de ser.

—Es que no he avisado a nadie mi regreso.

—Ahí tiene: razón de más para pensar en el interés del Gobierno, que se halla al tanto de su llegada; de México me comunicaron hasta el número del alojamiento que usted traía en el barco.

El Gobierno, la Presidencia, Obregón. A Gabriel ya no le cabe duda: en esto anda la mano de María. ¿Lo sabrá el inesperado acompañante? Cuando trata de preguntárselo, el coronel se da un golpe sobre la frente:

—¡Ah! por cierto que se me olvidaba: creo que allí en la oficina hay hasta una carta para usted; vamos a llegar, sirve que ordeno lo de su equipaje, que se lo lleven al hotel, si usted no dispone otra cosa.

Gabriel, consigo mismo, al recibir la carta: "Tú habías de ser, María. Ésta es tu letra. No ha variado apenas desde que aprendiste a escribir, por más que tú hayas cambiado tanto. La persistencia con que me buscaste hasta encontrarme cuando en Santiago de Compostela me refugié, hacía esperar que sorprendieras *in fraganti* mi llegada. Es más: lo deseaba, sin querer confesarlo; pero no vayas a creer que podrás retenerme, protegerme, ni orientarme. Vengo a romper toda dependencia. No entenderé ya lo que sea gratitud, o afecto. Me voy a dar el gusto de romper tu carta sin leerla, ni abrirla siquiera". Cuando esto piensa, duda ya de cumplir el propósito; más bien sabe ya que no lo cumplirá.

—Usted es un hombre raro. Cualquiera otro hubiera arrebatado la carta y se habría puesto a leerla sin ningún cumplimiento. Usted se la guarda en la bolsa, sin ver siquiera tantos sellos oficiales que trae.

—Me la reservo para leerla a gusto, lejos de estos ruidos.

El militar se empeña en conducir personalmente al recién llegado.

—¿Podría saber quién libró las órdenes para que usted me atienda con tan esmerada gentileza?

—El propio Ministro, por acuerdo del ciudadano Presidente.

Gabriel no se atreve a preguntar quién sea uno y otro; pero recibe la sensación de haber caído en un limbo: nada sabe de lo que sucede en el país;

22

brota el nombre de Jacobo Ibarra; después de mucho pensar la forma de hacerlo, espeta la pregunta:

—¿Hace tiempo que conoce usted al señor Ibarra?

—¿Quién? Dice.

—Jacobo Ibarra.

—¿El señor ingeniero Jacobo Ibarra Diéguez? ¡Oh! sí, somos amigos desde el año de catorce, en que se nos unió, creo que en Guadalajara; no más que él sí se ha sabido colocar; hasta con el viejo Carranza nunca estuvo mal; no digamos con mi general Obregón: es de sus dedos chiquitos. Con la confianza con que usted lo nombra, ya me imagino que de él vienen las órdenes para que lo atendamos como es debido, y eso me hace tener más gusto en poder servirlo a usted. Mire, ya llegamos al hotel; éste es el famoso Diligencias.

El flamante automóvil del funcionario se detiene. Al descender el coronel, se ve rodeado de oficiosos que tratan de serle gratos ofreciéndose a sus órdenes; los rechaza con despotismo, en tanto exagera las deferencias hacia su acompañante, quien busca verse libre del inesperado guía; lo consigue, no sin antes prometer que comerán juntos, y después de que el militar se ha empeñado en acompañarlo al cuarto para cerciorarse de que queda bien alojado.

—Dispense todavía una molestia: firme aquí este recibo para los boletos del tren.

—No, esto yo lo pagaré, y el alojamiento; no quiero ser...

—Vaya, vaya: son pasajes oficiales, ni al Gobierno le cuestan.

La repugnancia de Gabriel sucumbe y, por no discutir más, firma; pero el suplicio se prolonga: el coronel baja la voz:

—Hombre: ahora que nos hallamos solos y a

propósito del señor ingeniero, yo no sé si usted conoce a su mujer o ha oído hablar de ella...

El nombre de María viene a los labios de Gabriel; se contiene al momento mismo de pronunciarlo.

—Es bueno prevenirlo, porque sin duda usted ignora lo que se dice y todos dan por cierto...

La reacción instintiva en la cara de Gabriel convence al militar de la imprudencia que acaba de cometer y que apresuradamente quiere corregir:

—Claro, yo soy el primero en creer que son chismes; yo no los creo; por si no lo sabía, quise... ¡bueno! es mejor que no hablemos de estas cosas... parece que se dice: pérfidas, ¿no? Usted, seguro, conoce a la señora. Yo también: muy inteligente, muy activa, con muchas cualidades. Por eso le tienen envidia las gentes. Con más de alguno he tenido pleito en este asunto.

Gabriel no disimula su contrariedad; el coronel precipita la retirada.

—Usted disculpe las molestias. Lo buscaré para tomar el aperitivo antes de comer. Si algo se le ofrece...

Gabriel cierra la puerta y se tira en la cama. ("Con que hasta ese miserable".) La carta en el puño, violentamente oprimida. El nombre, la figura, los recuerdos de María precipitados en impetuosa corriente. (La segunda mujer, primerísima en el tiempo, en el cariño.) Es la voz —grave y risueña— con que María le habló el día de su encuentro en Santiago de Compostela, cuando se hallaron a solas:

—"Veo que nada sabes, y me alegra que no hubo quien te sorprendiera con vilezas en mi contra; para prevenirlas, voy a contarte toda la verdad: tú juzgarás después como quieras".

Gabriel oyó entonces el relato que ahora reconstruye, añorando el acento y las palabras de la confidente: —"No tengo para qué contarte la historia de mis sentimientos desde que comprendí que la presencia en el pueblo de aquella forastera también a ti te había trastornado. Primero me dio risa; después, lástima; y cuando se hizo insoportable oír cómo tocabas las campanas, tuve desesperación: creí que te habías vuelto loco; así lo decía todo el pueblo. La mañana que se marchó la forastera y armaste un escándalo con las campanas para despedirla, cuando te bajaron de la torre y estuvieron a punto de matarte a golpes, descubrí que te quería; te lo declaré con una mirada; sentí que te estremecías, lo que me llenó de contento: un gran contento antes desconocido; mi tío te encerró en la Casa de Ejercicios; al principio tuve gusto, porque pensé que así acabarías de olvidar a la forastera; vinieron los celos, ¡claro! entonces no supe que lo fueran; caíste enfermo; nos permitieron visitarte a mi hermana y a mí: nos recibiste como loco, gritando que a quien querías era a la intrusa. Todo eso no tiene importancia. Te marchaste del pueblo. Comencé a frecuentar a la viuda de Lucas González; en su casa se hablaba de revolución, de acabar con la injusticia, de levantarse en armas; bien sabes lo que yo pensaba de esa vida triste que nos amarraba al pueblo, conocías mis ansias de escaparme, de viajar, de cambiar de vida: una vida más útil. En fin, sucedieron muchas cosas, que no hay para qué recordar; por una carta que le escribiste a mi tío, supe que me pretendías, y que al no obtener su consentimiento para entrar en relaciones conmigo, habías decidido aceptar los ofrecimientos de la forastera, que te perseguía. Lo confieso: hice mal en abrir esa carta; para hacerlo, fue necesario el estado de nervios en que me hallaba. Como nunca, sentí la opresión del pueblo, la bajeza de los vecinos. Quise huir sin rumbo. Ya tendré tiempo de explicarte con calma todos los motivos: el hecho es que cuando llegaron los revolucionarios, me uní a ellos. Ya te imaginarás el escándalo. Todavía me persigue. Nada tengo de qué avergonzarme. Rito Becerra —no sé si lo recuerdas— era el jefe de los rebeldes; él me trató como padre, me cuidó de todos los peligros; yo servía de enfermera, de cocinera; triunfó el maderismo y me puse a trabajar, primero en León, después en Guadalajara, donde casualmente volví a ver a Jacobo Ibarra, incorporado a las tropas del general Obregón; no sé si recuerdas el carácter de Jacobo: tenaz, atrevido; durante unas vacaciones, en el pueblo, habíamos hecho un simulacro de noviazgo; en cuatro años no volví a saber de él; Jacobo, en cambio, estaba enterado de lo que las gentes llamaban mi "perdición"; de buenas a primeras, sin decírmelo, me pidió en matrimonio al tío Dionisio, que seguía repudiándome, para probarle así que yo era una mujer digna; el anuncio me espantó: ¿era generosidad o capricho volandero?; el asunto siguió en serio; hasta lo indecible traté de disuadirlo de su locura o, lo que me resultaba inaguantable: de su sacrificio; por mi parte siempre lo desprecié, me repugnaba, me parecía ridículo y torpe de nacimiento; no hubo manera de convencerlo y nos casamos: el general Obregón fue testigo de nuestro matrimonio civil"...

Hecha bola, estrujada, Gabriel arroja al suelo la carta, con fiero ademán. El calor se hace insoportable dentro de la habitación. La confidencia de María se obceca en la memoria:

—"Hemos sido muy felices. La antigua repugnancia se convirtió en creciente admiración. La base de nuestras relaciones es la verdad: nunca nos hemos ocultado ni los malos pensamientos, ni las sospechas mínimas; nunca dejamos puentes rotos a nuestra retaguardia. Mutuamente nos completamos. Hay de por medio entre nosotros una estimación,

una comprensión, que nadie ni nada podrá romper"...

Gabriel se incorpora con brusquedad y se dirige
al balcón, en busca de la brisa refrescante. Allí está
la línea del mar, en perspectiva idéntica a la del
día en que, desde este mismo sitio, hace diez años
lo conoció, al amparo de la otra mujer, que María
calificaba de "forastera" e "intrusa".

Inútiles los esfuerzos para variar el rumbo del
pensamiento. Persisten los términos de la confesión
hecha por María, el día de su encuentro bajo el
cielo de Galicia:

—"Mi afán de viajar, de vencer en el trato de
gentes de la más diversa condición, se vio colmado.
Primero, conocí la República entera, en medio de
las más fuertes pasiones, desatadas por la Revolución; ha sido una experiencia única el haber salido
con bien de tantas aventuras, él y yo, ejecutando los
papeles más diversos: estrategas, apaciguadores, mé-
dicos, diplomáticos, financieros, políticos; desde los
más humildes trabajos hasta ser consejeros en horas decisivas. Te imaginas: lidiar día con día entre
la violencia más primitiva y la miseria de gentes
perseguidas como animales dañinos. Refrenar la bru-
talidad de unos y defender a los otros con riesgo
de la vida... Estoy desviándome: lo que deseaba
decirte, ya lo habrás entendido: mi fuga del pueblo,
mis andanzas con los revolucionarios, mi matrimonio con Jacobo, el trato con los principales caudillos
del movimiento, nuestra intervención en sucesos
importantes y, sobre todo, la fortuna que hemos
tenido de salir bien librados en una época de ines-
tabilidad personal, de luchas mortales entre los que
ayer se veían como hermanos, han dado motivo más
que suficiente para una campaña sostenida de calumnias contra Jacobo y principalmente contra mí. Ni
él, ni yo tenemos nada de qué avergonzarnos, lo re-

27

pito. Ahora, cuando el caso llegue, tú juzgarás lo que quieras. Una sola cosa me dolería: que cometieras injusticia, dejándote llevar de versiones falsas, inspiradas por la bajeza más vil".

Gabriel recoge del suelo la carta estrujada y hace ademán de rasgar el sobre. Desiste. La carta queda sobre una silla.

El recuerdo sigue repitiendo las palabras de la vieja conversación: —"Pensarás por qué me interesa tu juicio; me dirás que no te importan esas cosas tan alejadas de tu vida. Realmente no sabría explicártelo, pues a mí misma me tienen sin cuidado las ruines murmuraciones: jamás alteraron mi tranquilidad; y sin embargo, eres el único a quien siempre quise dar una explicación; me atormentaba pensar que alguien hubiera venido a infundirte desprecio hacia mí, que llegaras a creer tanta perversidad. No puedo encontrar la razón de ese miedo, que me obsesionó: ¿acaso el peligro de la victoria definitiva que con el paralelo alcanzaría la mujer que te trajo a Europa? Debes creerme: soy incapaz de sentimientos despreciables; algún día te convencerás por ti mismo de que no guardo rencor a esa mujer; pero no es el caso hablar de ella. Vas a burlarte de mí: el temor que tenía era que las calumnias en mi contra, no tanto hicieran que me despreciaras, sino que te causaran daño, como a mi tío y a mi hermana, ¡pobrecillos! Mucho tiempo luché por saber de ti. Cuando nos casamos, Jacobo y yo te recordábamos con frecuencia, e invariablemente a cualquiera hora en que oyéramos tocar campanas. Consolidado el gobierno del señor Carranza y establecidos en la capital, nos propusimos encontrarte, y aquí nos tienes".

Dos años han transcurrido de aquella conversación y Gabriel se sorprende por la fidelidad con que la reconstruye. ("¿No estaré inventando mentiras? No. Son hasta sus inflexiones; el timbre mismo de su voz. Yo soy incapaz de inventar la historia inolvidable".) A distancia de años, María vuelve a tomar la palabra: —"Fue fácil hallarte la pista, por medio del servicio exterior. Jacobo me ha educado en su espíritu de tenacidad. Jacobo conocía mi delirio por viajar, mi sueño de venir a Europa. Queriendo complacerme, cambió una situación mejor en la Secretaría de Guerra por el puesto de cónsul visitador. Sabíamos que poco después de haber estallado la lucha entre los países europeos, el año de catorce, habías vuelto a España. En Madrid perdimos tus rastros: quién afirmaba que regresaste a México, quién que andabas en los frentes de guerra, incorporado a una banda francesa de música; otros decían que te hallaríamos en Barcelona, prosiguiendo tus estudios; nos pareció verosímil: efectivamente, habías estado allí, luego en Málaga, en Toledo. Recorrimos media península. Llegamos a los pequeños pueblos en que fuiste organista: ¡cómo te me representabas en aquellas iglesias, junto a humildes órganos, cuyos teclados acaricié!"...

Al compás de las palabras añoradas, Gabriel repasa sus años de lucha en tierras extrañas, las andanzas de un lugar a otro, los coros catedralicios y las aldeas en que fue menestral de la música. En Santiago de Compostela lo encontró, al fin, María. Momento indeleble. A Santiago había venido a parar el aspirante a compositor, después de cuatro años de peregrinaciones por España; ocupaba el puesto de copista en el coro de la Catedral y, como subordinado al chantre, se hallaba en obligación de formar en las procesiones, con el personal de la capilla, en las grandes solemnidades.

Era la fiesta de Pentecostés. Habían terminado los oficios matutinos y el cortejo litúrgico regresaba a la sacristía. Gabriel figuraba entre los cantores, a la vanguardia. Detrás, ordenadas por jerarquías, avanzaban las dignidades, haciendo fulgurar los rojos —en cabal gama— de los paramentos, ricamente bordados; rojas eran las dalmáticas, rojas las casullas y las capas pluviales, de fabulosa riqueza; el color de la revelación y de los mártires, desde los rojos tiernos, cándidos, casi rosas, los rojos desvaídos y los rojos naranja —que hablan de niños y vírgenes inmolados—, hasta el rojo sangriento, los rojos más profundos, los más encendidos —que dicen de gigantescas batallas por la fe—, concertaban el desfile, plasmando visualmente la idea del Fuego, hecho lenguas de luz, que la fiesta conmemoraba.

Cerca de Gabriel, una lengua de mujer: —"Sí, es éste", le hizo alzar la vista. Túnica blanca, con banda verde: un verde cándido, como el del velo que ceñía el cuello; casquete blanco, brillante, con un plumaje verde, agudo. No por apagado ni por imprevisto el timbre de la voz despertó sonoridades recónditas: ¿quién? ¿dónde? ¡sí! ...no... La mujer formuló una sonrisa inequívoca: bajo las galas inesperadas, bajo la elegancia inverosímil, a pesar de todos los cambios y de las huellas de la vida, sobre la sorpresa, como un milagro, allí estaba María: el testimonio de la sonrisa confirmaba el dato de la voz. Cubierta de rojo la cara, encendida con vivo fuego la piel, a pulso batiente, queriendo huir, el copista precipitó el paso; de reojo vio que la dama lo seguía; pudo escabullirse, llegar a la sala de cantores, despojarse del traje talar, discurrir escapatorias, escondites, disfraces, por esquivar el encuentro, a cualquier precio.

Hasta la sala de los músicos llegó un hombre con gesto de decisión: —"¿Gabriel Martínez?" Por más esfuerzos que hizo, el perseguido no conoció al recién llegado. —"Soy Jacobo Ibarra: ¿se acuerda?" Una borrosa imagen sobrevino: le decían en el pueblo "el espíritu rudo", "el enconchado" "el trompas"; hijo de Cirilo, el panadero, estudiaba en el seminario y era el hazmerreír de sus condiscípulos. —"María y yo te andamos buscando". ¿Por qué María con él?") No hubo escapatoria. Gabriel se dejó arrastrar por ese hombre imperativo y amable.

El río rojo de la fiesta dejó el sitio al blanco deslumbramiento, que la dama vestía; en su rostro, en su actitud, al rapidísimo tiempo de mirarla, distante aún, Gabriel descubrió inextricable confusión de alegría y miedo, de confianza e indecisiones, como quien duda si la realidad es ilusión, o la ilusión sea tan frágil que presto rompa el contento; María hizo ademán de abrazo: —"Eres tú, Gabriel". Miedo y vacilación dejaron campo en el rostro al júbilo expansivo. María contuvo el abrazo, levantó las manos y las posó en los hombros del joven. ¡Cuántas veces, Gabriel, había visto expresiones idénticas en rostros de mujer, a lo largo de viajes y esperas, y cómo envidiaba íntimamente a quienes eran objeto de aquellas demostraciones femeninas! Los ojos glaucos de María conservaban aquellos guiños traviesos y ardientes, llenos de pueril picardía, que tanto embromaron al campanero pueblerino; mirándolos un poco más, Gabriel advirtió un indefinible velo de tristeza o desengaño; pero su expresión era más ágil, firme y desafiante; ¡qué placer hallar de nuevo en ellos el concierto de bondad y altanería, llegado a pleno dominio, como ejercicio espontáneo del carácter! ¡y recordar a la mozuela impaciente, caprichosa, enfadada con frecuencia, bullanguera, de "genio difícil" como decían las gentes! Encontraba Gabriel a la misma muchacha efusiva, expansiva; sin embargo, súbitamente, al sentir en los hombros las manos de la mujer, al asomarse a sus ojos, al reconocer el mohín de los labios, antes de que sonara otra vez el metal grave de la voz, Gabriel sintió pesadumbre: "lo que habrá vivido, las experiencias que habrá pasado", pues en toda la persona se adivinaban huellas de penosa maduración; ansió saber en un parpadeo la historia de las vicisitudes entrevistas y, al propio tiempo, ahogar el repentino desasosiego con la evocación, en voz alta, de anécdotas agolpadas al conjuro de los ojos, de la boca, de las manos de María, protagonista de aquel mar de añoranzas, entre cuyas aguas otra casi olvidada congoja reapareció: el terror porque la muchacha novelera, inquieta, rebelde al vivir pueblerino, quisiese liberarse por malos caminos; en años y años esta idea persiguió a Gabriel, hasta llegar a creerse responsable de la perdición en que María incurriera.

Sobrevino al fin el abrazo. Con el abrazo, el perfume de la dama se hizo sensible. María desbordó su efusión, oprimió los hombros, los codos, las manos del joven, como para cerciorarse de que no era fantasía el hallazgo; las demostraciones de arrebatado júbilo se sucedían: manos, ojos, competencia de sonrisas.

—"Aquí tienes, Jacobo, al causante de que te haya correspondido la primera vez que me declaraste tus pretensiones amorosas". Gabriel había olvidado la presencia de Jacobo. María preguntó: —"¿Ignorabas que somos marido y mujer?" Llena de contento los tomó del brazo: Jacobo a la derecha, Gabriel a la izquierda; echaron a andar: cada una de sus palabras, de sus exclamaciones, eran acompañadas por la opresión de sus manos asidas familiarmente de uno y otro varón.

A la vergüenza instintiva sucedió la vergüenza consciente y conato de repugnancia. ("Aquel Jacobo. Éste. Marido de María".) Trató de desasirse. Buscó pretextos para escapar. Sensación de afrenta por hallarse mezclado a la pareja. Perdió el rumbo de los pasos que llevaban. Al menor intento de separación, la dama lo cogía con mayor ímpetu. Se sintió arrastrado. Iba desorientado en sitios que le eran familiares. —"Tú podrás indicarnos un buen lugar para comer"— propuso María. Se acentuó la confusión de Gabriel. Nunca comió fuera de la casa de huéspedes. No supo qué contestar.

—"Eres el mismísimo Gabriel de mis pecados". Estuvo tentado a preguntar cuáles pecados. Categóricamente Jacobo indicó un sitio. Fue un banquete completo. ("Qué ganas de gastar".) Ahora sí debería escapar: llamaban a coro. —"¿No has dicho que eres un simple copista?"— María, más que preguntar, afirmaba, cortando la retirada. Ya lo había anunciado como propósito, pero lo repitió como resolución inapelable: —"Nos acompañarás en el viaje. A pesar de la guerra, y precisamente para sentirla de cerca, queremos ir a Francia; no te disgustaría volver a Italia; ya veremos. Mañana mismo arreglas tus pendientes, porque regresaremos a Madrid el martes. Vamos, quiero conocer la casa donde vives". No hubo excusa. Jacobo dijo que los esperaría en el hotel. Fue cuando a solas comenzaron las confidencias de la señora:

—"...el temor que tenía era que las calumnias en mi contra te hicieran daño... mucho tiempo luché por saber de ti... Jacobo me ha educado en su espíritu de tenacidad... hemos sido muy felices: la antigua repugnancia se convirtió en admiración... mutuamente nos completamos... ¡cómo te me representabas en aquellas iglesias, junto a humildes órganos, cuyos teclados acaricié!"...

Despiadadamente corta el hilo de los recuerdos. Pasea nerviosamente por el cuarto. Vibra la sirena ronca de un barco. Se ve desde la ventana: es un barco que parte. Marejada de melancolía en el ánimo de Gabriel, y asedio de temor ante la tierra desconocida. Coge la carta de María, rasga el sobre, saca el pliego. Hay nuevos minutos de perplejidad y brotes de añoranzas nuevas: el viaje largo por España con María y Jacobo, en extraña fraternidad; la frecuentación asidua de teatros y conciertos; la afluencia de artistas en la península por motivo de la guerra; las oportunidades de ver, oír y tratar; el empeño de María para ponerlo en contacto con elementos favorables a su vocación, estimulada incesantemente; los encuentros con Falla y Casals; el deslumbramiento ante Ana Pavlova y Wanda Landowska; el paso a Francia, todavía en guerra; París otra vez, pero de cuán distinto modo al de la precaria estancia cuatro años antes: ahora las influencias y el dinero de María se lo deparaban todo: era maravillosa para vencer obstáculos en una ciudad, en un país que desconocía y que atravesaba por tremenda crisis; lo mismo al hablar de la guerra que de la música, con diplomáticos que con artistas, era maravillosa; previó el desenlace de las hostilidades; es tocó vivir en París la euforia del armisticio; tan p onto pudieron, marcharon a Italia, redescubierta por Gabriel en las sorpresas jubilosas de María, paso a j aso; era maravillosa.

Lejana se oye la sirena del navío. Gabriel retiene la ca ta en la mano. ¡Cómo hubiera querido destruirla! ¡Qué absurdos le parecen los propósitos de no erla! —"Gabriel —dice—: ante todo y a pesar del isterio con que quieres rodear tu regreso, recibe nu stra bienvenida, que desearíamos darte a bordo, car ñosamente, aunque con cierto enfado por ignorar los motivos de que interrumpas la estancia en Europa, que tan provechoso te habría sido prolongar. Nunca se me ocurre pensar en calamidades. Sé que vienes por tu gusto y cualesquiera sean los planes que tengas nos hallamos en posibilidad para que los cumplas a pedir de boca. Mi propósito era ir a encontrarte; pero las situaciones como la que hoy tiene Jacobo, mientras más altas son más tiránicas, y el triunfo impone exigencias crueles; qué más crueldad que no poder hacer lo que uno quiere, por ejemplo estar ahora en Veracruz a recibirte. México también es una ciudad cruel por sus exigencias; yo no me he acostumbrado a ellas, y las detesto. Bueno, estoy adelantando pláticas que nos llevarán tiempo; esto te indica las ganas de verte. Jacobo ha tomado providencias para evitarte dificultades y molestias. Estoy ansiosa"...

Unos golpes a la puerta interrumpen la lectura.

—Señor Martínez ¿ya está usted listo?

Gabriel, contrariado, no responde. —"ansiosa de saber que has vuelto bien y estar avisada de tu llegada a México. No creas, me intrigan tus intenciones. Hasta pronto. Un abrazo de Jacobo y otro mío, como anticipo". La misma firma enérgica: el nombre solo, sin trazos secundarios, que María usaba para señalar los libros de su propiedad, en el pueblo, diez años antes. Acaso hay mayor ondulación en los rasgos; pero mayor firmeza.

Otros golpes, y la voz impertinente:

—Soy el coronel Fierro, su amigo...

—Un momento.

La presencia de María no se desvanece con la interrupción. De la calle sube la música de un huapango, que se une a la memoria de la mujer. ¡Cómo ha esperado Gabriel esta música viva de la tierra carnal! Es el rumbo que busca en pos de la liberación y del triunfo. —El triunfo es cruel —dice María. Pero María es el regreso al cautiverio...

—Señor Martínez, ¿quiere que vuelva más tarde?

—No, salgo en seguida.

Veinte minutos antes de la llegada del tren se presenta María en la estación. Jacobo y dos ayudantes la acompañan. Severo es el atavío de la dama; no lleva ninguna joya; va vestida de negro, con gran distinción; la fatiga se refleja en el rostro, con encanto de concentración; el porte revela una personalidad subyugante; la voz es resuelta:

—He decidido el órgano en vez del piano. Le servirá más.

—O una serie completa de campanas; pareces mamá en vísperas de nochebuena, sin acertar a lo que quiera el niño.

La señora sonríe levemente; su voz es cálida:

—Nuestro niño. Exacto. Aunque sea casi de nuestra edad.

El silencio sobreviene; la voz cobra inflexión de ternura:

—Jacobo, ¿qué irá a ser de él?

—Tienes diez años haciéndote la misma pregunta. Es la única debilidad que te conozco.

—Quisiera inyectarle tu decisión.

—Los artistas tienen otras cualidades.

—Tú y yo estamos comprometidos en hacer de él un gran artista, un maestro.

—Nada nos ha sido imposible.

La señora estrecha el antebrazo de su marido en señal de reconocimiento.

—En México, sin embargo... Necesitará bríos como los tuyos.

—Como los nuestros.

—Y dudo.

—No eres mujer de poca fe.

—Contigo.

—Estás conmigo.

—Pero él ¿estará con nosotros?

—Con quién más puede estar.

—No comparto en esto tu seguridad.

—Peor para él.

—Puede rodar en el montón de músicos de maquila.

—Amaneciste pesimista.

—No: avivada nuestra responsabilidad... paternal.

—O el orgullo de no salir vencida.

—Quizá también; pero es algo más que amor propio el empeño de que Gabriel llegue a la cumbre; lo sabes perfectamente; será lástima que se malogren sus excepcionales disposiciones por falta de apoyo.

—Nada tenemos que reprocharnos.

—Lo sé. Si no hubiera tantos otros motivos, con la ayuda a Gabriel me tendrías comprada en cuerpo y alma. Tampoco tenemos de qué arrepentirnos. Bajo nuestro amparo, su personalidad ha acabado de cuajar en estos dos años y es legítimo el orgullo que sentimos al recibir noticias de sus éxitos...

—Por fuentes autorizadas.

—Búrlate de tu propia satisfacción. Sin embargo me preocupa el cambio de ambiente. ¿Hallará condiciones favorables para el paso decisivo?

—Se las crearás tú.

—Por mí, por nosotros no quedará, estoy segura.

La llegada de militares y políticos que acaparan a Jacobo interrumpe la intimidad. Sin desentenderse de los circunstantes, María proyecta el foco de su atención en el esperado Gabriel, durante los minutos que tarda el tren; salta de recuerdo en recuerdo, distantes entre sí; recorre imágenes acumuladas en años y años; va de pendiente en pendiente: qué lo habrá hecho regresar si nada le faltaba, qué viene a hacer, qué le parecerán la recepción, el país, la casa, la habitación, los cuidados propuestos para su agrado, siendo un hombre como es: enigmático, encerrado en sí mismo, ajeno al sentido práctico de la vida, paradójicamente indeciso y empecinado, humilde y soberbio, apacible y violento, complicado y sencillo. Él y ella se trataron bajo el mismo techo, como hermanos, desde párvulos; crecieron unidos por afinidades, hasta que la presencia de una mujer intrusa les reveló la vocación de identidad, y este descubrimiento los separó; amargada, sumida en escándalo, ella sin embargo lo esperó mucho tiempo, hasta que los reveses mudaron por completo la naturaleza de su afecto por Gabriel; cuando de nuevo se dio a buscarlo y lo encontró, imperaba en ella definitivamente, como en la infancia, el sentimiento materno hacia el muchacho hermético e indefenso. Tan prolija familiaridad no ha conseguido que María se halle segura de haber penetrado si no es a los accesos externos de ese hombre, cuyos designios se ha propuesto develar; ¡cuántas veces ha padecido el espejismo de una diáfana simplicidad, al alcance de la mirada: Gabriel en apariencia de niño extravertido, Gabriel entregado a jubilosas explosiones, Gabriel sumido en candorosas perplejidades! ¡cuán pronto se cierran las puertas de la intimidad y el misterio crea otra vez la distancia!

Se ha llenado la estación. Dirigiéndose a María, dice uno de los interlocutores de Jacobo:

—Cómo se conoce que ha llegado barco a Veracruz; mire no más qué gentío en espera de los viajeros, y cuántos con tipo de reaccionarios, que quieren comernos con los ojos.

—¿Qué se apura, general, si a muchos de éstos se los habrá comido usted con las manos, sin dejarles ni los huesitos, y qué tiempo que le hizo la digestión?

—Esta doña María siempre tan ocurrente, que nunca le puede uno salir pie adelante, ni siquiera mi general Obregón. Pero mire, mire cómo la ven las gentes, que se la comen.

—Tenga usted la seguridad de que no se animan, no tienen tan buen estómago como usted.

En efecto, María no puede ostentarse en público sin ser blanco de miradas, que van de la simple curiosidad o de la admiración hacia su prestancia, hasta el morbo, la malevolencia, el sarcasmo y el odio.

—Qué duda cabe: usted es cada día más famosa; no hay en México quien no la conozca y abundan los que la envidian.

—No será usted de estos últimos.

—No hay quien pueda con usted: sus respuestas son peor que cañonazos. Párele ya.

—¿El general se bate en retirada?

—Es honroso hacerlo ante un ejército como es usted, con esas baterías.

El vulgar escarceo, molesto para María, no la distrae de sus preocupaciones, sino las agrava. ¿Qué sucederá el día que Gabriel asista a uno de estos diálogos, que desde hace diez años son obligado ejercicio de la señora? ¿y qué, cuando dentro de unos minutos, el recién llegado advierta la jauría de miradas inequívocas? Acostumbrada a esta fiera persecución, María simula desdén e indiferencia; pero las saetas le llegan a lo más vivo; y esto es lo que le duele ante la presencia inminente del repatriado, y por lo que no hubiera querido su regreso. ¿Podrá comprender? Sobre todo, ¿comprenderá el nuevo estado de cosas que priva en México? ¿se adaptará a la Revolución? ¿se lo estorbará la larga estancia en Europa? El sedimento pueblerino que yace en Gabriel ¿podrá avenirse a la crueldad con que la capital recibe a los forasteros, haciéndolos pagar un penoso noviciado? Éste es el punto neurálgico de María, martirizada sin descanso por la sevicia de la gran ciudad, desde que llegó a ella en 1914. El predominio alcanzado ha hecho que se recrudezcan los ataques. Todo lo sabe Gabriel; ¿mas podrá resistir el contacto despiadado de la realidad? ¿la capital será igualmente hostil para él? ¿se le hará inocente partícipe de la malevolencia que pesa sobre María y Jacobo? ¿los abandonará por esto? ¿les será fiel, a riesgo de frustrar su carrera? No, no frustrará su destino manifiesto. Para eso es María Ortega Martínez de Ibarra Diéguez, la mujer dominante, hábil en el conocimiento de las gentes y de las situaciones, fecunda en recursos, poderosa en influencias, implacable en la lucha, serena en el peligro, longánime con el débil.

Vuelve a dolerle la inseguridad de contar con Gabriel. Estaría todo perdido. Jacobo tiene razón, como siempre: teme salir vencida en su creciente destreza para comprender y dominar los más difíciles casos; en el de Gabriel se halla convicta: cada vez entiende menos y es menor su influencia, principalmente desde que lo encontró en Europa y lo tomó bajo su amparo; las complejidades y el espíritu de independencia fueron creciendo a medida que se desenvolvía en más amplias perspectivas. Explicable, pero inaceptable para el engreimiento de la señora, no acostumbrada a la resistencia contumaz de un ser querido, al que se tiene por débil y adopta el peor género de oposición: la resistencia pasiva, el juego de un laberinto inextricable.

Jacobo también lo reconoce: algo más profundo que amor propio: angustia de maternidad. Ni ella ni su marido quisieran aceptar esta sustitución; pero han pactado no discutir sobre realidades. Los necesita Gabriel y todo queda dicho.

¿En verdad los necesita? ¿No será otro subterfugio de oscuras tendencias? La mujer que se ufana de su seguridad en sí misma, vacila frente a la maraña espesa de sus cavilaciones. El fracaso ante Gabriel se origine quizá en quererlo tratar puerilmente, como a incapaz de autodeterminación; sin duda otra cosa esperaba de María, sin duda, sin duda; ¿pero a qué precipicios quiere lanzarla el pensamiento desde hace tiempo, y ahora que vuelve a incurrir en él? Sólo es amor propio agudizado por el éxito en otras riesgosas empresas.

El empeño de velar por Gabriel ¿se mantendría si en el matrimonio con Jacobo lograra descendencia?

—Señora doña María: está usted como si viniera a despedirse de alguien para siempre —la impertinencia del general viene a salvarla del tremedal en que siente hundirse.

Una rápida sonrisa burlesca indica el sesgo de la contestación, al tiempo que el movimiento concertado de los circunstantes anuncia la entrada del convoy. ("Despedirse de alguien para siempre. No es la primera vez que lo espero. Pareces mamá en vísperas de nochebuena. No es éste el modo de tratarlo. Es la única debilidad que te conozco. Humilde y soberbio. Laberinto. La única debilidad. Soberbio. El orgullo de no salir vencida. Soberbio. Soberbio. Es un soberbio. Lo fue siempre. Como yo".)

—Cómo me disgustan estas aglomeraciones —dice María, entre la confusión de los que se arremolinan en el andén.

—Cuánto gachupín —comenta el general.

Se ha detenido el convoy. Comienzan a descender los viajeros. El barullo, las exclamaciones crecen. ("¿Será el temor de resultar vencida por la intrusa?")

—¿Por qué te ríes así? —pregunta Jacobo con extrañeza.

—Las cosas que a uno se le ocurren, cuando menos piensa: figúrate que se me acaba de venir a la

41

memoria el rapto de Gabriel... y hablando del rey de Roma: míralo.

El semblante halagüeño con que Gabriel aparece sobre la plataforma es oscurecido de pronto; desciende y se dirige con rapidez hacia María, en ademán de asistirla:

—¿Estás enferma? —dice al tiempo de abrazarla; el tono de voz, el gesto, conjugan ternura y angustia; el inesperado desembarazo con que Gabriel procede, la espontaneidad con que la abraza, su solícita inquietud, el tono estremecido de su voz, desconciertan a María.

—Ve no más cómo nos han cambiado al muchachito encogido: parece galán de cine —la señora se dirige a Jacobo—; tú que apostabas que llegaría como siempre: con la lengua comida por los ratones y escondiéndose de que lo descubriéramos.

Con los brazos en los de María, Gabriel se ha quedado mirándola detenidamente, sin reparar en Jacobo, hasta que lo escucha decir:

—Es que le sorprende hallarte a las puertas del sepulcro.

—¿Cómo estás, Jacobo? —lo abraza—: tú dime la verdad, ¿qué tiene María?

—Miedo de que no te guste México.

Prorrumpe la risa de María:

—¿Tan vieja me hallas que me crees moribunda?

—Siquiera esta vez tómenme en serio, déjense de bromas.

—Lo que debemos tomar es tu equipaje y marcharnos —la señora da instrucciones a los ayudantes; Jacobo despide a sus amigos.

—Quería no darles ninguna molestia —dice Gabriel—, por eso ni les avisé.

—Estas cuentas luego las arreglaremos.

A la salida espera el coche lujoso, con chofer uniformado, que abre ceremoniosamente la portezuela.

42

Gabriel se siente cohibido, no se atreve a preguntar lo que se proponen, o indicar lo que desea; le punza verse arrastrado como temía, recaído en la servidumbre aborrecida.

—Jacobo y yo hemos dudado si poner a tu disposición un piano o un órgano.

—¿Y por qué no las dos cosas? —interviene Jacobo en tono resuelto.

—Eso es —dice María con explosiva felicidad—; por supuesto que traes abundante cosecha y grandes proyectos.

—No lo quieras confesar tan pronto; déjalo que se reponga del susto.

—Ya nos ha dicho, y es justo, que lo tomemos en serio. Gabriel: te agradezco de todo corazón el interés que contra tu costumbre has demostrado por mi salud. Eres tan poco expresivo (ni siquiera me has dicho si recibiste mis últimas cartas, especialmente la que te dirigí a Veracruz) que tu alteración al saludarme casi me mata. No, no estoy enferma; pero me siento muy fatigada. Jacobo y yo hemos tenido unos meses tremendos, desde que volvimos de Europa, al iniciarse la campaña electoral de don Álvaro. Mucho trabajo y muchos peligros. En fin, dejemos ahora la política y cuéntanos tus novedades.

—Yo, pues qué novedades, deseaba volver a México, a veces no encuentro sentido a la vida y pienso que no sirvo para nada, rompí casi todos mis papeles antes de regresar.

—No, Gabriel, eso no puede ser cierto.

—Nada valían: eran imitaciones de imitaciones, que no expresaban lo que me propuse decir; estoy indigesto de tantos modelos que nunca podré igualar, y de ambiciones, de proyectos que no tengo capacidad para realizar; la música como repetición es cosa sin sentido para mí; ni sé si vale la pena volver a intentar lo que no he podido conseguir.

—Estás diciendo tonterías, y dudo que las creas tú mismo.

—Haya paz —interviene Jacobo—: está bien que Gabriel sea un insatisfecho; de otro modo estaría perdido.

—Lo que no está bien es que se derrote.

—México es mi última esperanza. Quizá en él podré hallarme.

Brilla la mirada de María y brota su entusiasmo:

—¡Claro! ¡Sí! ¡Tú necesitas a México y México te necesita! ¡Tienes toda la razón en abjurar de lo ajeno, dañaría tu obra, la falsificaría!

El coche vira con precisión y penetra la puerta de un jardín espacioso.

—Estás en tu casa.

—Oye, María, y tú, Jacobo, pensé que me llevaban a un hotel. Yo les ruego, yo quiero... ("No he de dejarme arrastrar más".)

Esfuerzo inútil. Sería necesario apelar a medios enojosos. Gabriel tiene que posponer su resolución de independencia.

Se le ha reservado un departamento —independiente— al fondo del jardín. Suntuosa es la mansión de los Ibarra y Diéguez. Jaula dorada. ("Pretensiosa, insoportable mansión".) Sensación de confinamiento a un mundo extraño. ¿Cuál es el reglamento de la casa?

—Puedes hacer lo que te venga en gana. Un día, una semana, un mes o siempre puedes dejar de vernos. Queda este criado a tu servicio, te traerá los alimentos cuando prefieras no venir al comedor. ("Estos ridículos criados de librea, ese ridículo portero, tieso como títere".) Queremos que estés a gusto. Encuentras allí cuadernos de papel pautado. Mañana traerán el órgano y el piano. ("Este ridículo

44

busto de Beethoven, hecho de yeso, y el consabido cuadro "claro de luna".) Si quieres ruido, ruido; si silencio, silencio, ¿recuerdas el juego? ("Halago carcelero".) Tu boca es medida. ("El hombre, medida de las cosas".) Estás en tu casa. ("¿Cuándo será que pueda, libre de esta prisión, volar al cielo?") Tiempo tienes para escoger un hotel, una casa de huéspedes, lo que prefieras; nuestro deseo es ayudarte a encontrar la vida que buscas. ("Busco aire. Deseo echarme a andar a solas, libre, al hallazgo de lo que quiero. Busco, deseo la libertad" —y otra vez las reminiscencias de lecturas—: "No salgas fuera; lo que buscas está dentro de ti".)

Con su actitud, Gabriel hace que resuenen dentro de María las palabras oídas en la estación: —"como si viniera a despedirse de alguien para siempre". ¿Qué había en los ojos de Gabriel al descender del tren y al abrazarla, juzgándola enferma? ¿qué origina semejante angustia? ¿por qué al llegar a casa estuvo a punto de estallar su indignación y algo más quizás: una sorda, reconcentrada inquina?

—María, estás enferma; necesitas reposo y dejar a un lado las preocupaciones —le dice Jacobo.

—¿También tú?

—Cuando la mujer fuerte ve fantasmas quiere decir que debe dormir.

—Sabes leer mis pensamientos. ¿Crees que sean fantasmas?

—Lo son si te alteran. Jamás nada real te arredra.

—Pero ¿qué le hemos hecho para que nos repudie como a enemigos?

—Nunca vi que te abrazara de manera tan efusiva y natural.

—Y después ¿cómo explicas el cambio y esas miradas de rencor?

—Los artistas deben ser así, y así hay que tomarlos o dejarlos.

—Tienes algo que callas. Gabriel también. Sólo que hay una diferencia: tú y yo nunca nos hemos ocultado nada.

—Gabriel y yo tenemos razón: estás enferma, necesitas descansar; no ha sido para menos la fatiga de estos días. Dejémoslo a él también; posiblemente lo que le irrita sea creer que tratamos de acapararlo, de cuidarlo como a menor de edad. Propónle que salga a descubrir libremente a México, que busque su camino, sus amigos; que no halle ningún obstáculo de nuestra parte. En fin, yo no voy a darte lecciones a ti, que eres maestra, mi maestra, en el manejo de la voluntad.

—Míralo pasear nerviosamente en un corto trecho de jardín, con señales evidentes de querer venir, sin atreverse a buscarnos.

—Quieres que lo confiese, ¿no es cierto? Lo haré, haciéndome el encontradizo.

Gabriel se sorprende. Jacobo le anuncia que va a salir en esos momentos y propone que lo acompañe, para que comience a orientar los pasos en el laberinto de México. Gabriel ensaya una disculpa por su anterior brusquedad: era sólo delicadeza, deseo de no inferirles molestias. Jacobo lo ataja:

—Creía que habías aprendido que con nosotros no necesitas fingir nada. Lo que quieres es sentirte libre, y tienes razón. María se propuso brindarte un trampolín para que saltaras con facilidad. México es un laberinto difícil. Podemos allanarte el noviciado. Sabes que me gusta hablar claro y no andar con rodeos. ¿Quieres decirme tus proyectos?

Habían subido al coche y Jacobo había ordenado que se dirigieran a Chapultepec.

Gabriel fue hablando con creciente desembarazo: la libertad creadora, el bastarse a sí mismo, la prueba decisiva de su capacidad, las esperanzas de hallar en la patria las fuentes para una obra personal. Jacobo le va replicando: todo está muy bien, pero la vida tiene un sentido práctico y el arte necesita comunicación; la música requiere que se la ejecute; hay puertas que deben abrirse; los artistas en México han tenido el apoyo de empleos oficiales; concretamente ¿qué quiere Gabriel, si no conoce a nadie, ni sabe dónde se ubican el Conservatorio, los teatros, los centros de actividades artísticas? ¿por qué renunció tan inopinadamente a seguir en Europa? El ambiente musical de México es raquítico, carece de oportunidades, todo se halla por hacer, los idealismos de Gabriel corren riesgo de ahogarse. Jacobo describe un panorama desalentador; la indiferencia de su acompañante, que parece andar en las nubes, lo exaspera.

—¿Quieres dar unos pasos por el bosque?

—¡Magnífico! Esto es de una belleza incomparable —casi consigo mismo, Gabriel tararea una melodía; vuelto de pronto hacia Jacobo, pregunta—: ¿te costó mucho trabajo triunfar en México?

—Necesité grandes ayudas.

—¿María?

—No bastó: imagínate lo difícil de la empresa.

—Es una ciudad cruel, según María. ¿Por qué?

—Pronto lo sabrás en carne propia. Pero precisemos: yo puedo hacer que te nombren director del Conservatorio; no se me ocurre mejor cosa que proponerte.

—Me da miedo tu sentido práctico, fulminante. Con franqueza, Jacobo: hablamos dos idiomas distintos, vivimos en dos mundos diversos; por eso me rehuso a seguir bajo tu amparo; eres un hombre de éxito y yo me muevo en la incertidumbre; si he de volar, ha de ser con mis propias alas. Lo sé: si te lo pidiera, podrías formar para mí una orquesta, un teatro, todo un equipo en que cuajaran fácilmente mis aspiraciones.

—Y si yo te dijera: no tus aspiraciones, sino las de México, que necesita eso que has dicho.

—No me tientes, amigo. Déjame perderme en la tierra de México; si renazco, será porque mis raíces encontraron jugos vigorosos, como el de estos ahuehuetes milenarios que son, en sí, México.

—¿Y si el entierro te asfixia?

—La tierra habrá cumplido su justicia. No quiero ser planta de invernadero. No quiero ser músico de importación. Estuve a punto de sucumbir por completo a los encantos de Europa, en medio de creciente vacío; me sentía sin raíz, ocioso; mis trabajos eran pasatiempos, carecían de sentido profundo. Prefiero una vida dura, que me afirme o me desengañe.

—Eres de la misma casta de María.

—Y de la misma tierra que tú, sólo que nacimos con destinos diferentes. No lo tomes a mal, Jacobo, ni ... ...gas por ingratitud; reconozco cuánto les debo a María y a ti; reconozco la generosa intención de ambientarme; si no fueras un personaje poderoso, aceptaría que lucháramos juntos para triunfar; convence a María de que el mejor modo de seguir beneficiándome será entregarme a mis propias fuerzas, para saber si he aprovechado la ayuda que ustedes me prodigaron en estos años.

—Quieres alejarte de nosotros.

—Quiero no seguir siendo carga para ustedes. No he de llegar a la cumbre cayendo de lo alto, sino escalándola.

—El secreto de lo que llamas mi éxito y la firme armonía entre mi mujer y yo es que siempre ponemos al descubierto, sin miedo, lo que trata de esconderse en la subconciencia; eso nos permite obrar certeramente y con absoluta libertad. Gabriel: quiedo con María, el cariño fraternal que te profesamos es inquebrantable porque constituye una herencia sagrada. Vas a saber lo que la delicadeza, la discreción de mi esposa le han impedido confesarte: una vez que por nuestro matrimonio se desvaneció la tempestad contra María en el ánimo del tío Dionisio y retoñó con mayor fuerza su afecto hacia la sobrina predilecta, tú pasaste a ser la obsesión del buen anciano, que se creía el único responsable de los malos pasos en que te imaginaba; vivió sus últimos días amargándose con hacer suya tu irremisible condenación por aquella mujer, sin que valiera la seguridad que María le daba de recobrarte incólume, tarde o temprano. Ya recuerdas la fijeza indomable con que tomaba una idea. Sólo en sus últimos momentos, en el delirio de su agonía, creyó en la promesa, y aferrado a las manos de mi mujer y a las mías nos excitaba a tu pronta reconquista. —"Podrán. Ustedes sí podrán. Pongan empeño. ¿Me lo prometen? Si quieren, lo conseguirán. Prométanmelo. Mi muchacho, mi pobre muchacho. No vayan a hacer que por él me condene. No supe cuidarlo. No quise comprenderlo. María, cuídalo como madre. Dejo en ti mi confianza. Jacobo, prométeme que serás para él un hermano fuerte, consecuente. Mi pobre Gabriel"— así de modo interminable. Murió arrastrando tu nombre: —"Allí se los dejo. Gabriel. Gabriel."

Cuando momentos después regresan, Gabriel prolonga su llanto, primero arrodillado frente a María por expiación, luego en sus brazos, con sentimiento de purificación. Al verlos llegar, la señora se alarmó; el arrodillamiento le pareció insoportable por grotesco; quiso echarlo a broma; interrogaba con los ojos a su marido sobre la causa de aquel exceso; se dejó abrazar pasivamente, y al fin la contagió Gabriel con su emoción. Éste no logra serenarse. La dama se le separa. El marido quiebra el silencio:

—Es la reconquista del infiel.

—¿Tragedia o comedia? Detesto los melodramas.

Transcurridos largos minutos, el pródigo consigue hablar:

—Sólo en música podré decírtelo: Jacobo me ha hecho comprender en carne propia la catarsis de los griegos, dolorosa y gozosa, como los misterios del rosario.

María quiere poner término al incómodo desbordamiento, usando el buen humor:

—Una purga con grosella —dichas estas palabras, advierte que causan mal efecto y que se ha pasado de tono, lo cual tan pocas veces le acontece; contrariada explica—: no tenemos perdón: ustedes por hacerme caer en mal gusto, y yo por pretender salvarlos del melodrama. No quiero saber nada. Vamos ¡a trabajar en juicio! —la voz ha recobrado el tono de halagüeña confianza.

La primera mujer

Conforme avanzaba noviembre, crecía el bullicio político en la residencia de los Ibarra y Diéguez. Entraban, salían gentes de toda condición. El jardín se veía lleno de sujetos que soportaban largas, a veces inútiles esperas.

En el retiro de su departamento, Gabriel observaba la feria de los pretendientes al acomodo en la administración pública que se aproximaba. Los rostros, las conversaciones, el contrapunto de necesidades y esperanzas le brindaban un espectáculo, mezcla de comedia del arte y pantomima, que, según su costumbre, buscaba traducir musicalmente, sorprendiéndose de no hallar sino formas lentas, amargas, propias para marchas fúnebres, en vez de la pero de la cual no quitará su residencia definitiva. La sensación de estabilidad, el dejar de ser nómada, se resolvía en euforia, que lo aventaba sin rumbo al hallazgo de calles, plazas, jardines, monumentos, gentes, costumbres. En lo externo, era el mismo muchacho a la par distraído y concentrado, que con humilde avidez contemplativa se asombraba en las capitales del viejo mundo, inquiriéndolas a pie, a solas con curiosidad inagotable. Acá, como allá, lo dirigía un exacto sentido de orientación; yuxtaponiendo sitios, articulando referencias, creaba para sí la ciudad; frente a los monumentos públicos se detenía con parejo interés que frente a escenas callejeras; hacía coro a los merolicos y se mezclaba en incidentes vulgares; oía todo género de conversaciones, aprendía giros del bajo pueblo, imitaba su pronunciación, comía vendimias ambulantes, dispersaba su personalidad en el ser de la muchedumbre; con cara de bobo pasaba largas horas en lugares de tránsito intenso: el Zócalo, la Alameda, las calles de Madero, Tacuba, Dieciséis de Septiembre o Cinco de Mayo. El aire de forastero le permitía ver a sus anchas, detenerse cuanto quisiera, incurrir hasta en impertinencia y obcecación. ¡Qué libertad la de ser un desconocido! ¡Qué amplios límites para su aprendizaje! Sólo recordaba, como eu sueños, algunas perspectivas de su rápido paso por la ciudad, años antes; pero ni siquiera pudo localizar el hotel en que se hospedó, en que la señora Victoria y él se hospedaron.

—¡Victoria!

El nombre, al fin, vuelto a pronunciar, aunque intentara desecharlo.

Había sido en vano. Los primeros pasos por la ciudad buscaron la calle, el número, la casa —tantas veces imaginada— donde habitó la señora —¿por qué persiste en suplantar el nombre con esta palabra de distancia?— donde habitó la señora, desterrada de su provincia, durante los años de la violencia revolucionaria, y desde donde le dirigió aquellas cartas matizadas de amargura y resignación; al contestarlas, al reproducir el domicilio en los sobres, qué deseo de transportación e intimidad, al conjuro de las señas donde vivía la noble mujer, qué ansia de conocer la casa, de adentrarse a sus rincones, emoción intacta cuando al día siguiente de llegar el pródigo estuvo frente al número, en la calle, a sabiendas de que gentes extrañas ocupaban la casa, dejada mucho tiempo antes por la señora, cuyo fantasma, sin embargo, era con obsesión evocado tras esos balcones, en ese barrio, y luego en la ciudad entera, por sitios donde los recuerdos o el capricho avivaban las huellas de la ausente, cuyo nombre vino de nuevo a los labios —paloma confiada— una mañana de andanzas, al azar.

Había descubierto el edificio del Conservatorio y, no atreviéndose a entrar, permaneció en observación frente al establecimiento, escuchando la algarabía interna en que se mezclaban sonidos instrumentales y vocalizaciones, mirando el ir y venir externo de alumnos y maestros, hasta que, sintiéndose a su vez observado desde la puerta por un grupo de estudiantes, quienes acabaron por hacerle burla con risas maliciosas y murmuraciones, halló inmediato refugio en el Museo, que también desconocía; lo recorrió de prisa, proponiéndose regresar con ánimo adecuado; salió antes de media hora, todavía se situó unos momentos contemplando el plantel cuya dirección le acababa de proponer Jacobo, alzó en puño la mano, echó a andar calle abajo, encontró, dudó, penetró, entonces fue, allí estaba, como el día que la conoció, como el momento en que la reconoció frente a frente:

—¡Victoria!

Volvía por fin el nombre, sin suplantación reverencial. Venía con familiaridad que antes nunca se permitió la boca. Volvía la presencia invicta, el muslo marino adelantado, las alas en alto, crujientes, el talle, los pechos poderosos, el ademán en vuelo, toda impregnada de viento, ceñida.

(Alguno de los novelistas que Gabriel había leído en la adolescencia hubiera escrito: —"Ya se habrá comprendido. El joven músico fue llevado por la casualidad a las puertas en que los émulos de Praxiteles y Tiziano abrevan sus ansias de gloria; estoy refiriéndome a la arcaica casona de las nobles artes, fundada por un monarca ilustrado: la Academia de San Carlos, en cuyo patio se levanta una magnífica réplica de la Victoria de Samotracia. Verla y sentirse presa de la más viva emoción fue todo uno para nuestro héroe, quien unió al punto dos instantes sublimes de su existencia: aquel en que conoció *in situ* el original de la famosa estatua helena, cuyo súbito encuentro lo hizo estremecerse, porque le revivió con ilusión perfecta de realidad, como si estuviera padeciéndolo, aquel otro instante decisivo, cuando de manos a boca, distraído en el oficio de tocar las campanas, pues era campanero de su pueblo, se le presentó una mujer de soberana belleza, en todo semejante, hasta en el ademán decidido, a esa estatua, que por coincidencia o por armonía preestablecida lleva el mismo nombre de la dama. Pero volvamos a San Carlos".)

El rapto en corte brusco de unas manazas a la espalda y sobre los hombros, con la destemplanza de una voz:

—Martínez, ¿eres tú? ¡lo que menos esperaba!

Gabriel volvió el rostro con aturdimiento, reconoció la fisonomía del impertinente, pero no consiguió recordar su nombre.

—¡Qué gusto van a tener los amigos con la sorpresa de tu regreso! ¿Desde cuándo estás en México? Un artista como tú no debe volver a la patria en silencio. ¿No tienes ya quién te administre? ¿No has aprendido a administrarte por ti mismo? Mucho ruido, mucha prensa, fotografías, es necesario, tú sabes, no basta valer, hay que hacerse valer, sobre todo cuando se ha estado fuera por tanto tiempo.

Gabriel había conocido en París al innominado; era escultor, pero se dedicaba más a la bohemia; jactanciosamente hablaba de su taller y de las celebridades que allí se reunían; más de una vez Gabriel fue arrastrado a ese patizuelo sórdido, en el que se amontonaban objetos tan heterogéneos como los concurrentes; las diez, doce obras iniciadas, que servían de pretexto para disquisiciones prolijas del escultor sobre su espléndido futuro, seguían siendo bultos más o menos informes, indefinidamente abandonados.

—Tienes que sumarte a nuestro grupo. Los envidiosos nos dicen "los europeos", aunque se nos han unido algunos que no han estado allá, pero tienen afinidad con el credo artístico que sostenemos. Ha sido el principio de una pelea que ofrece animarse. Tenemos asociados a varios periodistas de los de mayor empuje. Por supuesto que habrás estado ya en el Conservatorio: allí es donde más hace falta coraje, viven todavía con Gounod y Verdi, aunque hay materia entre los muchachos ansiosos de renovación. Ven, vamos a darles la sorpresa a gentes que tú conoces y que tienen su estudio aquí en San Carlos; precisamente Morales, ¿lo recuerdas? aquel pintor, amigo inseparable mío en París, tiene posando en estos momentos a una modelo que ya verás: algo digno de Botticelli, toda una hembra pagana del Renacimiento.

Así comenzó Gabriel a formar círculo en un mundillo pintoresco, en el que se mezclaban estudiantes y maestros de toda condición, periodistas y gente de teatro, modelos y modistillas, toreros, tahures, golfos, cuyo sitio de frecuentación eran las cantinas, los cafés circundantes y los llamados estudios de artistas. Gabriel se dejaba arrastrar, sin comprometerse, resuelto a ser espectador de permanencia voluntaria. Le divertía esa comedia viviente; la tomaba como parte de su aprendizaje. Hallaba tipos, notas interesantes. El conjunto le producía efectos de rápida embriaguez; en el fondo, todo aquello le repugnaba, le parecía un estilo de vida trasnochado, irreconciliable con su modo de ser y de sentir.

Pero se dejaba llevar por aquellos amigos que conoció en Europa, mal que le chocara la confianza súbita de su trato, lindante con la grosería, pues ninguno había intimado allá con él; propiamente no se consideraba su amigo; aceptó sin embargo el tuteo y las otras demostraciones de familiaridad que le dispensaron; aceptó los elogios desmesurados a su talento, que difundían en sus aquelarres, aunque se negaba siempre a justificar con hechos o palabras el dominio musical de que se hacían lenguas los corifeos inesperados; negábase a tocar y a opinar sobre cuanto se relacionara con la música; prefería escuchar y no hablar; encontró un medio sencillo para escabullirse de la curiosidad que lo amagaba, y fue hacer que los otros hablaran del genio que llevaban dentro y de la segura gloria que los consagraba; recurso infalible para desviar el frívolo interés de admiradores en potencia.

Cuando aquel día interrumpió el trabajo del réquiem, halló que los periódicos, a una, daban cuenta de su regreso, lo llamaban músico insigne, le pronosticaban triunfos avasalladores, lo convertían en el maestro avocado a revolucionar el arte nacional y ser caudillo de las nuevas generaciones, ansiosas de senderos no trillados. Gabriel estuvo lejos de pensar que los hilos de las informaciones hubieran sido movidos por Jacobo y María, embargados como estaban por los preparativos de la toma de posesión presidencial. Atribuyó las gacetillas a la impertinencia de la camada que frecuentaba y, con propósito de reñirlos por el ridículo en que lo ponían, buscó a los que juzgaba responsables directos. Nada inquirió, sino advirtió que a todos les habría gustado sentirse sus acreedores por esa propaganda que juzgaban "formidable" y que fue celebrada estrepitosamente. Pronto dejó de preocuparle quién fuera el chabacano panegirista.

Consigo mismo reconocía Gabriel que, a pesar de su dependencia, estaba contento. Ni María ni Jacobo lo importunaban. Sólo ella, una vez y previo anuncio, equivalente a solicitud, había ido al departamento para ver cómo quedaron instalados el piano y el órgano, así por si algo faltaba. En cambio, Gabriel... no tenga usted miedo al futuro... usted me que lo hacía únicamente a la hora del desayuno y de la cena. Con discreción lo invitaban a salir juntos: un domingo los acompañó a los toros, una noche a la ópera y a un restaurante de lujo; en las otras ocasiones se excusó.

El departamento era cómodo, bien ventilado e iluminado; amplia, la estancia principal; Gabriel se había conmovido al encontrar en un librero las obras cuya lectura compartió con María en lejanos tiempos; nunca más las tuvo a mano, y eran una dichosa recordación. El bienestar lo reconcilió con el busto en yeso de Beethoven, con la estampa intitulada "claro de luna" y hasta con los criados uniformes; la mansión misma dejó de parecerle insolente. Sobre todo después de compartir la miseria humana del círculo al que se había vinculado, experimentaba sensaciones de limpieza, de paz, de potencia creadora y de incolumidad, en el refugio de su apartamiento, tan diferente de los tugurios en que sus camaradas pretendían hacer arte y hacían loco derroche de tiempo y energías, prostituyendo sus facultades.

No había ocultado a sus mecenas las relaciones que iba contrayendo, ni las impresiones que le producían. Jacobo habló alguna vez de presentarlo con el Rector Vasconcelos, en torno del cual sabía que se agrupaban los elementos más valiosos del país; acababa de patrocinar un festival Beethoven con las nueve sinfonías, dirigidas por el maestro Carrillo, y proyectaba, con la restauración del Ministerio de Educación Pública, un renacimiento poderoso de la cultura nacional. Gabriel demostró escaso interés y Jacobo no insistió. María se mostró imperturbable ante las descripciones que de sus nuevos amigos hacía Gabriel, y aun pareció celebrar esos contactos: —"hay que conocer a México en sus diversos aspectos"; pero días después preguntó si había vuelto a ver en México a algunos músicos con quienes en Europa trabó amistad: Manuel Ponce, Julián Carrillo, Gustavo Campa; si había estado en los estudios de los maestros Carlos Meneses y Pedro Luis Ogazón; sin duda se había informado qué amigos le convenían y quería inducirlo hacia ellos. Con estos datos, Gabriel ampliaba su composición de lugar.

Entretanto, el réquiem fue copado por invencibles resistencias, pese a que le consagró total atención; hubo jornadas de doce y quince horas ininterrumpidas, estériles: el piano, el órgano, la boca, la mano respondían de opuesto modo a los imperativos de la intuición. Gabriel abandonaba los instrumentos y, como enjaulado, recorría la estancia de un extremo a otro, sin descanso, poseído de sentimientos en pugna, gesticulando, accionando, hablando incoherencias, golpeando los teclados, hasta la fatiga. Se sentaba nueva vez al piano, al órgano, a la mesa frente al papel pautado. Tarareaba. La roca seguía impasible. Aridez, aridez, aridez definitiva. Exhausta la expresión. Empecinada la resolución. El cansancio lo hacía echarse sobre la cama, perseguido por la idea creadora, que ahuyentaba el sueño; aunque cerrara los ojos, corazón y cerebro resonaban la inasible melodía, en suplicio sin fin.

Confió a María el fracaso. Ensayó junto a ella el tratamiento de la secuencia. Cada vez que fallaba la prosecución del texto, repetía los compases lúgubres de la introducción, intentando soluciones.

—Comprendo lo que quieres hacer —asentó María con tono decidido—: algo semejante al llanto de campanas con que despediste a la bella forastera, el día que se alejó del pueblo; no tienes más que recordarlo y reconstruirlo.

Las manos de Gabriel se paralizaron momentáneamente sobre el teclado; hizo intento de voltear, de replicar; fue una brevísima interrupción; las manos corrieron sin saber lo que tocaban; luego, en corte brusco, cerró el piano y giró el cuerpo hacia la dama; con mirada distraída y voz lenta, preguntó:

—¿Crees tú que lo pasado pueda revivir?

—Déjate de filosofías. Me cuentas tus dificultades y se me ocurre una salida: eso es todo; y como decía mi tío Dionisio: que los muertos entierren a los muertos. ¿Ves? de oír tanto tu famosa introducción me he puesto fúnebre. Seriamente: me preocupa lo que te pasa y que no te habitúes a la vida de México; aunque pienso que pueda ser cosa pasajera la inevitable desorientación de los primeros días, el trabajo de readaptación, y de por sí, que México es una ciudad extraña, se necesita tiempo para encontrarle gusto. Por otra parte, dicen que es buen síntoma que los artistas no queden satisfechos, y que mientras más progresan y son mejores tienen más dificultades; lo que, si es verdad, significa que vas por buen camino, y lejos de mortificarte, debes alegrarte.

Podría tener en todo razón. Desde luego la tenía en juzgar que la esterilidad por que atravesaba no se debía al cambio de ambiente; por lo contrario: hallaba en México estímulos abundantes para la imaginación creadora, y tantos, que acaso su plétora determinara la ausencia de medios expresivos. Pero Gabriel había dejado de oír a María, tuviera o no razón. Divagaba con el estímulo de aquellas palabras: "la bella forastera" —"el llanto de las campanas"—"el día que se alejó"—"la bella forastera".

María percibió la enajenación de Gabriel, se puso en retirada, y el campo quedó abierto a las imágenes de Victoria, evocadas al compás de viejas melodías, que repasaron las páginas completas de la balada: en el principio fue la revelación sobre las torres, bajo las campanas, a prima tarde, al comienzo de la primavera: parecía una visión, era una diosa, fue una mujer: eso era, una mujer, como las de las novelas, una mujer de carne y hueso, no una estatua, una nunca vista mujer, caída como centella, presencia del cielo fulminante, alucinante, viento arrasador, fuego, criatura marina (en la Victoria de Samotracia la reconoció muchos años después) y, con todo, la primera mujer, el descubrimiento de la mujer en aquel pueblo de sombras enlutadas. Así comenzó la historia.

Remontado en las alturas desde donde sólo bajaba al desempeño de humildes menesteres, el campanero fue el último en enterarse de que se hallaba en el pueblo esa mujer, cuya hermosura, cuyo porte y, bajo todo, su condición de viuda —esparcida de boca en boca, salazmente— traían sublevada la conciencia del vecindario. Por los ásperos caminos que llevan a la capital del Estado había venido de vacaciones. Era la tentación de un mundo apenas imaginado; el demonio y la carne. Desde su llegada, la señora se sorprendió con el concierto de campanas. Le hablaban a lo más hondo —gloriosas, gozosas, dolorosas—, y un día que tocaban a muerto, no pudo resistir más la necesidad de conocer al autor de la inaudita música. Subió a la torre. Lo conoció. Esperaba encontrarse con un arcángel y halló a un muchacho en crisis de pubertad, cuyo aspecto desvalido y el espanto que la sorpresa le produjo, la movieron a lástima; se acercó a tocarlo, pero la rehuyó con enérgica violencia, que la hizo apartarse y descender del campanario.

En el muchacho no hubo ya paz. Rehuía nuevos encuentros y los buscaba vergonzantemente. Las campanas entraron en desconcierto. Cuatro veces, cuando menos lo esperaba, volvió a estar cerca de la señora. Una de aquellas ocasiones, oyó decirle: —"me gustaría poder ayudarlo"; acababa de preguntarle si le gustaría estudiar música, dirigir una orquesta, estar en Europa. El desconcierto de las campanas llegó a ser insoportable, irritó a los vecinos, el cura desterró del campanario al muchacho. Mas una mañana, éste se dio cuenta de que la forastera se marchaba; trepó a la torre y se puso a ver el camino a la ciudad, por donde montada en un caballo blanco, vestida con una capa blanca, se alejaba la viajera; el muchacho no pudo contenerse y se apoderó de las campanas, que tocaron como si el fin del mundo hubiera llegado. Para el pueblo fue aquello el fin del mundo. La turba quiso golpear al que había sembrado el pánico. Cuando lo bajaron del campanario, el muchacho encontró la declaración de amor en los ojos de su prima María. Sobrevinieron días de fiebre. Amaba a María. Le pareció una traición a la confianza familiar. Declaró entonces que deseaba a Victoria. El tío don Dionisio lo envió a un colegio de salesianos. Escribió inútilmente implorando el consentimiento para manifestar a María sus amorosas pretensiones. En la última carta dejó dicho: "me han quitado las esperanzas de que María pudiera salvarme... la señora Victoria me ha ofrecido ayuda para dedicarme a la música... yo no sé cómo dio conmigo; me escribió... luego ella misma vino dos veces... tenía la firme resolución de no hacerle caso... no más tenía que agradecerle que por ella conocí lo que siento por María... he caído en la mala tentación... acaba de volver la señora y le acepté sus ofrecimientos... es inútil hacerme cambiar... lo único que siento es la pena que le doy, que siempre sería menos que conseguir que María me correspondiera, contra su gusto de usted... pienso que a pesar de todo no podré olvidar a María... Dios le pague todo el bien que hizo a este pobre huérfano, hasta el evitar que por mi causa María no hubiera sido feliz conmigo"... La carta no llegó a manos del tío; la interceptó María, y fue principio de fatalidades.

La inhibición lo había convencido de que Victoria era el mal, y sus proposiciones, acechanzas del demonio. Por eso rehuyó el estudio formal de la música y no quiso tomar parte de la banda en los salesianos; puesto a escoger oficio, se decidió por el aprendizaje de la herrería: los golpes al rojo vivo le recordaban la dócil respuesta de las campanas, el martillo tenía semejanzas con los badajos (al escuchar, años después, *El Trovador* de Verdi, le satisfizo hallar justificación en el coro de los herreros); era obligatorio, sin embargo, el estudio del solfeo; tal fue su facilidad, que profesores y compañeros llegaron a pensar que Gabriel simulaba no haber conocido antes ningún rudimento de música; mayor sorpresa fue, para él mismo, la experiencia de tocar el piano, un día que se halló a solas en el salón de actos: aquello sonaba, le sonaba, resonaba su propio sentimiento en aquella materia sonora; tuvo miedo, y salió corriendo; era como si al tocar una piedra le hubiese arrancado palabras. Desde allí espió los asuetos por acercarse clandestinamente al piano, después al órgano de la capilla, luego al cuarto en que guardaban los instrumentos de la banda: todos le respondían milagrosamente, como en la fábula del flautista por casualidad; se dio a observar con mayor cuidado su manejo; procurando no ser advertido, se colocaba en sitios que le permitieran seguir los movimientos de las manos en el teclado, y sus efectos; al tiempo de la escoleta, se acercaba a los compañeros y, tratando de restar interés a las preguntas, iba informándose de las peculiaridades de cada instrumento; pero los rehusaba si se los ofrecían públicamente.

De las improvisaciones furtivas pasó a leer el solfeo en el piano. Hubiera querido que alguien opinara si el ejercicio era correcto, según le parecía. Con ser grande la complacencia que halló en la prueba, no podía compararse a la de dejar correr las manos libremente sobre el piano.

Hizo nuevo descubrimiento: su oído percibía la más leve desafinación, las entradas fuera de tiempo, los tonos mal dados. Intuía los aciertos y los desaciertos de la banda y de los coros colegiales.

Iba pesándole su secreto. A medida de su curiosidad y del deseo de explayarse, aumentaba su reserva. La música era el idioma del mal, irreconciliable con la bienaventuranza, encarnada en la doncella que había quedado esperando en el pueblo.

Victoria contra María. La viuda y la doncella Los vocablos y sus significaciones cavaban profundidades en el mancebo, habituado a soliloquios. La lucha cobró encarnizamiento mayor cuando sin saber cómo llegó a sus manos la primera carta de la señora. Idea repentina: por fin, María quebranta el silencio. Mas no era su letra, ésta de rasgos aristocráticos, que con el perfume y la finura del papel, presagiaban a la "otra". Jamás había soñado recibir una carta de mujer. Inédita emoción: aspirar el perfume, contemplar la escritura del sobre, rasgarlo con dolor, adivinar el texto, desplegarlo temblorosamente, avorazarse a la primera y a la última línea, pulsar el trazo de la firma, leer, adelantar los párrafos, volver, sentir el fuetazo de las frases, repasar lentamente una y muchas veces, memorizar, envolverse en el aliento de la ausente, dejarse envolver, arrastrar.

Dormido podría repetir la dirección que se le daba para que contestara: Calle de Placeres, número 498. No contestó. Hasta el modo de recibir la carta —estaba debajo de la sábana, en el momento de acostarse— tenía sabor de pecado. Hasta el modo de leerla, pretextando imperiosa necesidad para salir del dormitorio. Así las demás cartas: una estaba dentro del cuaderno de solfeo, la otra venía entre la muda de ropa limpia. Corriera con gusto a la calle de Placeres, número 498, de la lejana capital de provincia; pero la sola idea de verse obligado a escribir lo hacía perder el juicio.

Dejó la herrería y pasó a la imprenta, porque "a María le gusta leer libros, y a la 'otra', la música". Trató de olvidar los términos de las misivas, aunque lo angustiaba su tardanza, y más, el supuesto de no recibirlas. Cesó de tocar a hurtadillas los instrumentos del colegio y procuró convencerse de que nada milagroso tenían sus descubrimientos, ya que desde años atrás afluían a su boca "esas ocurrencias", expresadas en repiques y duelos de campanas, que —"según lo sentí, concurren eficazmente al espíritu de devoción que reina en el pueblo". Eran éstas —oh poder del demonio— algunas de las palabras que pretendía olvidar; y estas otras, tentadoras: —"todo ese mundo maravilloso de la música puede ser suyo; ¿por qué desperdiciar el divino don?; la gloria llegará".

Como llega la muerte, sin aviso, llegó la señora. (Gabriel se ha inspirado en ese recuerdo para componer el oratorio sobre la parábola de las vírgenes prudentes y las necias; el pasaje del desconcierto a la llegada del esposo desencadena la lucha entre las diversas secciones de la orquesta y del coro a dos voces: sopranos —las vírgenes prudentes—, contraltos —las necias—, en vivísimo *crescendo* fugado.) Lo sorprendió en una fiesta de navidad que ofrecían las damas de la población a los colegiales más humildes. (¿Cómo había venido de tan lejos y asumía funciones de mando en el festival?) ¡Victoria! Lo estremeció el reconocerla, el oírla: —"escuche la voz de su destino... hay algo superior que me hace insistir a pesar de sus desaires y resistencias... lo que forzadamente niega con la boca, libremente lo afirma con los ojos, ansiosamente lo imploró al despedirme con aquel terrible son de campanas que a toda hora me persigue... entendí su clamor e hice promesa de no abandonarlo, de defenderlo contra usted mismo, contra sus prejuicios y su inercia fatalista... todo se halla dispuesto... mi promesa es de orden sagrado"... (Ahora sorprende a Gabriel Martínez la semejanza con lo que Jacobo le dijo en días pasados, al relatarle la muerte del tío Dionisio: —"nuestro cariño es una herencia sagrada".) Lleno de confusión, el colegial no salió de tartamudear varias veces: —"no puedo", ni se arriesgó a probar el efecto que causara la declaración de sus propósitos matrimoniales con una muchacha que lo esperaba en el pueblo, a donde tornaría, para no salir jamás. El terror lo paralizaba. Le parecieron eternos los minutos de la comparecencia. Deseaba huir. Al mismo tiempo, desahogarse, hablar interminablemente, oír para siempre, saber ¿cómo había conocido su paradero? ¿cómo había dispuesto en tierra extraña esta fiesta, burlando la vigilancia de los superiores? ¿cómo era su ciudad, su casa de Placeres 498, el horario de sus atenciones, de sus pensamientos, el rumbo de sus gustos? Preguntar, saber esto y más: todo. Lo real y lo imaginado en la vigilia y en el sueño desde la hora y punto de su encuentro en la torre. Los labios, la lengua tartamudeaban. Dentro bullían las ansias refrenadas. ¿Quién, antes, lo había tratado de "usted"? —"Cómo está usted, Gabriel... no tenga usted miedo al futuro... usted me reveló, con sus campanas, un mundo ignorado"... ¡qué señorío, qué ternura en el tratamiento! El hijo de padres desconocidos elevado a regia privanza.

La señora puso fin a la turbación del asilado: —"por mí, no hay prisa; pero el refrán lo dice: el tiempo perdido los santos lo lloran; tomaré mañana el tren de regreso; esperaremos, la música y yo, a que se decida usted —entonó esta palabra con acentuada delicadeza, hizo pausa, elevó el brazo, tocó su mano el hombro del azorado y, bajando la voz, anunció—: nos veremos". Con paso cadencioso se marchó, se mezcló a diversos grupos, atendió a otros colegiales; iba repartiendo amabilidad; sembraba el asombro en todo sitio; su gentileza no se daba reposo. Gabriel permaneció inmóvil, hasta que la bullanguería lo echó a un rincón. Abrigaba la esperanza de que volviera la señora, o el vaivén de la gente hacia ella, lo empujara. Nada hizo, sino contemplarla distante, atisbando las miradas halagüeñas, los mimos que le dirigía desde lejos. ("Así ha de ser una madre".) ¿Quién de todas las mujeres que la rodeaban podía comparársele? Sobre todas excedía en gracia y elegancia.

Desde que se halló sometido de nuevo a la fascinación de aquella presencia, cesaron los remordimientos, y la culpa dio lugar a la beatitud. Todo era en ella deleitable, hasta las huellas, en el rostro, de la melancolía; todo: la orgullosa prestancia, la opulenta belleza, la templada serenidad, la inaccesible desenvoltura, el exquisito gusto de sus galas y movimientos, el conjunto espléndido de su persona y la atmósfera creada en torno suyo, sin sombra de mal alguno. Ahora parecía imposible haber admitido que los vivos recuerdos de la figura se torcieran en imagen perversa, falsa de toda falsedad. Hasta el aire mundano la nimbaba de ligereza translúcida y la carne semejaba ser porcelana o cristal. Armonía de rasgos y volúmenes: los pies breves y firmes, alto el empeine, sinuosas las caderas y rítmicas, el tronco erguido, macizos los hombros, los brazos bien torneados, las manos ágiles, los dedos largos y finos, el cuello esbelto, la cabeza soberana, coronada con la gloria de la cabellera en imperial ondulación. Y el prodigio de la cara, que revelaba la historia intensa de aquella vida: las herencias acumuladas de su estirpe, la esmerada educación, su sociabilidad, su mundanidad, los viajes, las emociones, los placeres del espíritu y de la carne, las congojas, en el rostro lleno de contrastes: la frente despejada y, hacia las sienes, con apariencias de fragilidad; los arcos románicos de las cejas, que abrían las capillas hondas para el manifiesto de los ojos, bajo las pestañas, vestales de misterios y asombros, entre la tenue sombra de los párpados y las ojeras, cuenca de los fulgores. ¡Dios! ¿cuál era el color de los ojos metálicos? Deslumbraba su brillo. Eran ojos de oro, irisados, ¿pero cuál matiz predominaba? (El músico halló la clave al descubrir el verso: "azules y con oro enarenados", aunque la duda persistiera cuantas veces contempló después los ojos enigmáticos, que le dejaban la sola sensación de deslumbramiento.) Prolongando la curva de las cejas, el arranque invicto

70

de la nariz, profusa en miniados dibujos, forja de muchas generaciones cuyo carácter compendiaba: era, como la boca, laberinto de ansias y desdenes (cuán cierto fue luego para el estudiante que la faz del mundo habría cambiado si la nariz de Cleopatra hubiese sido más corta); eran, boca y nariz, el puerto en que asomaban las pasiones, atemperadas por el mentón, que cerraba el óvalo perfecto de líneas descendentes. ¿Había cauce de lágrimas en la frescura de las mejillas, y rictus de tristeza en las risueñas comisuras de los labios? (Gabriel vino a explicarse la simetría de aquellos contrastes cuando supo ver en ese rostro lo apolíneo y lo dionisíaco.) A la par infundía reverencia y confianza.

La buscó al obedecer la orden de partida. Terminaba la fiesta. El celador tronó los dedos: —"Aprisa, Martínez, no se quede atrás." Fracasó. El regreso al colegio, por calles oscurecidas. Llevaba la boca seca. El frío lo hizo tiritar. ("Así ha de ser una madre.") Iba con los ojos delirantes. No los pudo cerrar en toda la noche. Alongábanse las comparaciones: cuanto le parecía bello o apetecible, fue medido con la imagen y semejanza de la reaparecida: músicas, colores, sabores, perfumes, tactos, paisajes, ideas, sueños, ilusiones, palidecían ahuyentados. ¡Qué deleznables las figuras de mujer, evocadas! Éstas de la pequeña ciudad, ridículas; aquéllas del pueblo, abatidas. En el coro, María, con sus botas y vestidos anacrónicos, y sus manos duras, y su boca despulida, y sus ojos ingenuos y su cutis descuidado, y sus caprichos de mimada, sus violencias y exageraciones; la vivacidad, rayana en grosería; el recogimiento, en misantropía; naturaleza entregada libremente a sus ímpetus, deformada por el ámbito estrecho de su desarrollo, como él, huérfano, desgarbado, indigno de alternar con la gran señora, medida de toda pulcritud.

El espectro luminoso persistía en el insomnio. ¿Cómo pudo identificarlo alguna vez con el mal, empecinadamente? Había pecado contra la belleza. El arrepentimiento acrecía con el recuerdo de las magnanimidades recibidas. ("Ha de ser así una madre.") Perduraba la sensación de la mano en el hombro. Esta mano musical. Estas voces de seducción, vivas en el oído. Seductora. Belleza seductora. Mujer seductora. El insomnio estalló con el mal pensamiento. ("Así ha de ser una amante.") ¿Cómo pudo sobrevenir? Era la primera vez que semejante monstruosidad se le ocurría. ¿Estaba sembrada en la subconciencia por alguna novela? El muchacho se sobresaltó. Calle de los Placeres, número 498. Lo sacudió el calosfrío del pecado. Se sintió réprobo. María lloraba en un rincón del insomnio. El tío Dionisio también. Quiso el precito volver al pueblo. Escudarse. Salvarse de la tentación. Escribir a don Dionisio, a María. En el primer momento de la mañana, denunciar al director del colegio las asechanzas que lo conturbaban. Resonante, la voz de la beldad: —"esperaremos... nos veremos", lo perseguía y deleitaba.

Llegada la mañana, transcurrido el día, no habló con el director, no escribió ni a Placeres 498. Lo rodeó el silencio. Transcurrieron en inútil expectativa los meses, las estaciones. Llegó el estío. Mediaba septiembre. Volvió la seductora. Sus instancias, después de su mutismo prolongado, fueron más precisas. Estaba informada de los ejercicios musicales que subrepticiamente hacía el escolar; le recordó la parábola de los talentos enterrados; le habló de Guadalajara, de México y Europa. Gabriel se atrevió a dar las gracias; pero se negó a explicar su resistencia. La descarga del encuentro no fue menos terrible que las anteriores; pero los ojos fueron más audaces ante la hermosura. Hizo nuevos descubrimientos: la finura nerviosa de los pies, de las manos, del rostro; la pureza clásica de la frente y la nariz (en todos esos meses el curso de historia lo indujo a copiar las estampas femeninas del texto, que le recordaban rasgos de la forastera); las líneas eran de complicada simplicidad; toda ella era concierto de atuendo y sencillez, de arrogancia y ternura.

Esta vez quedó convencido de que había juego de astucia en la disposición de las entrevistas, para burlar el régimen disciplinario de los salesianos; la señora, esta vez, aprovechó la liberalidad con que se abrieron al público las puertas del colegio para visitar la exposición de artes y oficios, conmemorativa del centenario de la independencia nacional; el día de la apertura, especialmente, los alumnos quedaron a merced de la invasión, libres de vigilancia; la señora iba discretamente vestida; fuera de alguna sonrisa leve, predominó en su semblante la gravedad; aunque las circunstancias permitían alargar el encuentro, la enigmática desconcertó al ingenuo precipitando su despedida; tras de unas cuantas frases contundentes, le tendió la mano con efusiva energía y, sin decir adiós, desapareció entre la concurrencia.

Esa noche Gabriel recibió carta de don Dionisio; el buen tío lo llamaba, dando fin al destierro. La misma noche, después del refectorio, el alumno expuso su estado de conciencia al padre director: —"yo creo —le dijo para terminar, con voz entrecortada— que todo se pondrá en paz no más con un solo remedio: que yo me casara con María". El superior le mandó que escribiera al tío, con entera franqueza. Gabriel obedeció. En tres cartas posteriores —de septiembre a noviembre— don Dionisio se contentó con decir que aprobaba la idea de aplazar el regreso, sin aludir para nada a las pretensiones nupciales del mancebo. La lucha interna recrecía.

Llegó a sentirse desahuciado. Los condiscípulos no hablaban de otra cosa que de la revolución. Todo era inquietud fuera y dentro del ánimo. —"Tenga valor de ser lo que usted es" —le había dicho la señora en la última entrevista. Lo dominaba la sensación de derrumbamiento.

Así volvió a presentarse Victoria. Fue cuando Gabriel escribió a don Dionisio la carta interceptada por María: "He huido de los salesianos, negándome a que ella arreglara las cosas, y hoy mismo me iré a Veracruz, para embarcarme rumbo a España." Pero los sucesos no fueron tan sencillos. Al golpe sordo de voz en que Gabriel estalló: —"Bueno. Acepto", sobrevino el silencio; breve, a uno y a otra les pareció eterno. —"¡Bien! —exclamó con firmeza la dama— yo arreglaré todo como es debido, y la semana próxima iniciará usted sus estudios en Guadalajara o en México, según lo prefiera." La sorprendió la rapidez enérgica de la contestación: —"Ha de ser hoy mismo y siempre que de un tirón me vaya muy lejos, fuera del país." El tímido había reaccionado: la miraba con sostenida osadía. Otra pausa eterna. —"Hoy mismo irá usted a México, si así lo quiere; allí estará dispuesto lo necesario para el viaje a España. De todas maneras es preciso arreglar su salida del colegio." El adolescente respondió con fiereza, rayana en grosería: —"No volveré a poner los pies en la Escuela de Artes; en caso de que usted retire sus ofrecimientos, yo sabré a dónde ir; estoy decidido." —"¿Y su equipaje, por lo menos?" —"Nada tengo. He renunciado a todo."

El diálogo violento tenía por escenario el jardín de un suburbio, a donde acudió Gabriel después del furtivo encuentro que había tenido esa mañana con la señora. Como el día en que se conocieron, eran las primeras horas de la tarde. Las campanas catedralicias de la pequeña ciudad llamaban a maitines. El muchacho no quitaba los ojos de los de la dama trastornada por la súbita mudanza, complacida por la revelación del carácter que había intuido en el campanero del villorrio; lo contemplaba como la primera vez que lo sorprendió tocando unas agonías; los rasgos del adolescente habían madurado; la mandíbula se trababa en un gesto de salvaje ansiedad y de resolución fatalista.

—"Magnífico. El tren a México pasa cerca de las once de la noche. A esa hora lo tomará —dijo ella—; ¿entretanto, qué piensa usted hacer?" —"Nada. Esto es: escribir a mi tío para desengañarlo de que voy a poner el mar de por medio, si es cierto lo que usted me dice, o para decirle que voy a buscar trabajo muy lejos, donde nadie me encuentre." —"Lo esperaré a las diez y media en la estación." Fueron puntuales, aunque durante la tarde muchas veces el joven estuvo a punto de huir. Llegó como condenado a muerte. Su abatimiento creció al saber que la dama lo acompañaría en el viaje, al subir juntos en el tren, al instalarse en el carro, al ser obsequiado con una petaca que contenía ropa. Lo acometió una vergüenza patológica. Su obsesión fue la fuga. Tornó a los monosílabos durante los interminables seis días del viaje, bajo el imperio irresistible de la compañera. (Las recientes palabras de Jacobo narrándole la final agonía del tío Dionisio, encajan sus filos en el recuerdo de la escapatoria.) Tres días incesantes en México, yendo de oficinas a comercios, a restaurantes lujosos, a teatros. Gabriel como autómata, sintiéndose observado a cada paso por su guía. Todo era nuevo para él, y fatigante; pero más, la compañía de una mujer sólo concebida en sueños y cuentos de hadas o reinas de fantasía. No lo dejaba sino a intervalos, cuando ella iba de visitas. Tampoco entonces descansaba, sino que su tormento era mayor por la ausencia y por no saber qué hacer sin guía en ese laberinto.

Como una madre, lo llevó de tienda en tienda, probándole vestidos, comprándole cuanto necesitaba para muchos meses; le aconsejaba el comportamiento para cada una de las circunstancias que lo esperaban; le hablaba de sitios, de personas, de actividades, para que aprovechara mejor el viaje. Bajo el maternal patrocinio, levantaba la lengua el traidor pensamiento que repetía: —"Es viuda... es joven... es hermosa", y la otra nefanda ocurrencia del insomnio: —"Así ha de ser una amante."

Contra la sublevación de la carne —"te ha dicho que seas valiente... acuérdate que dicen los muchachos que a las mujeres les gusta el atrevimiento y que no perdonan al timorato"—, se oponía la dignidad intrépida de la señora, que no dio pábulo en ningún momento a los impulsos de la naturaleza. Ni el adolescente habría sido capaz de romper las cadenas de sus inhibiciones, por más que la dama lo temiera cuando lo vio reaccionar al decidir el viaje, o cuando le sorprendía el deseo en las miradas, que aplacaba con actitud serena, severa, no exenta de dulzura.

Y sin embargo, un resplandor que pasaba de vez en cuando por los ojos, acorde con un apenas perceptible temblor de las comisuras de los labios y de las alas de la nariz al respirar, auguraban piedad, anhelos, ansias, represiones, indefiniblemente. La escasa malicia y la torpeza del pueblerino carecían de otro incentivo: ni sonrisas, ni contactos de la mano, ni movimientos violentos, ni morosos abandonos, ni posturas desafiantes; por el contrario: cierta calculada distancia, cierta reserva en las conversaciones, pleno señorío en los actos de la ninfa.

Sólo ya en el muelle, poco antes de subir a bordo, el novato entendió los augurios. Las voces malditas —"viuda joven hermosa"— se alzaron con estruendo. Él se sintió tigre al advertir en ella intentos de abrazarlo, de retenerlo. Fue un segundo de intensa vacilación. La dama retrocedió con arrogancia y agitó la mano en señal de despedida. Confuso, escarmentado, él bajó la vista, permaneció inmóvil, se reincorporó a su condición de paria y avanzó hacia el barco. Antes de ascender, volteó: en el garbo de la gentil, miró el imposible, y en sus ojos, la esperanza. Era una tarde luminosa de noviembre.

La señora lo había prevenido todo: la travesía, la llegada e instalación en Barcelona, el ingreso al Conservatorio, las amistades iniciales; hasta las propinas y otros mínimos menesteres. El pendiente de que por la precipitación de los arreglos algo saliera mal, fue vano. La buena sombra precedía los pasos desterrados; corría, si se apresuraban; esperaba, si se detenían. (Uno de los primeros ejercicios de Gabriel, cuando llevó el curso de composición, se intituló *El Éxodo;* era una cantata bíblica, de la cual conserva el fragmento *La Nube,* donde se desarrolla el motivo insistente de la obra: los israelitas van por el desierto al amparo de una columna, en la noche, de fuego; de sombra, en el calor. Páginas autobiográficas de aquellos días en que a cada paso hallaba la omnipresencia de la mujer lejana.) Se desposó con la música, encarnizadamente; negaciones y deseos, recuerdos, tristezas y esperanzas fueron sus arras; no lo distrajo ningún otro apetito, ni el de conocer la urbe que lo acogía. En la música encontraba cumplida y agotada toda necesidad. La música era Victoria. También tal vez María. O la mujer escondida hasta entonces en la subconciencia, esperada desde siempre tras de oscuros temores, descubierta por fin, aunque inasible. (Gabriel Martínez ha querido, desde hace muchos años, expresar la fascinación del eterno femenino con la imagen de Helena de Troya en un poema sinfónico que le ha resultado inasible.)

Pasaron dos años. Puntualmente informada, Victoria estaba satisfecha. Dispuso que pasara el pupilo a Italia, donde más tarde se le reuniría. Transcurrieron los meses. Cuajado al sol de Roma, Gabriel envió a la señora un bosquejo de sonata: *Los encuentros;* luego el impromptu: *La Espera,* escrito en Florencia. La sensación del paisaje se había adueñado del adolescente, compartiendo el ánimo hasta entonces totalmente ocupado por la música. En cada detalle hallaba marco para la figura de la esperada. La belleza de Italia consonaba con la belleza de Victoria, mármol arrebatado a estos recintos, que reclamaban su restitución. La reclamaba la nostalgia del perdido entre tantos hallazgos y encantamientos. Volvían hechas realidad las emociones de lecturas que poblaron de fantasías el yermo de la existencia pueblerina, en los lejanos años de pasión por devorar libros en que la gloria de Roma resplandecía: *Quo Vadis, Fabiola, Lucio Flavo, Los últimos días de Pompeya, Espartaco.* Aquel antiguo mundo aquí estaba, al alcance de los ojos, del tacto, del olfato. Esta ciudad eterna, con su atmósfera para respirarla, con sus árboles, con sus colinas, con sus caminos, con sus piedras, más bella que las más bellas ficciones. Resucitaba el ansia despertada en la niñez por el amor de Ligia y Vinicio, por el estrépito de las legiones, por las locuras de los césares, por la vesania del pueblo, por las luchas de los gladiadores, por la exaltación de los mártires; y sobre todas, la noble figura de Fabiola, que había sido en la novela el trasunto anticipado de Victoria, tornaba en música el paisaje, y el ánimo en esperanza.

Gabriel hubiera querido describir ese mundo

de impresiones a la que fue partícipe y cómplice de aquellas lecturas: María; pero la luz de Italia la unimismaba con Victoria, y a Victoria dedicó las melodías alumbradas en el universo de alucinaciones idas, presentes y venideras.

Acostumbrado a las apariciones súbitas de la dama, Gabriel esperaba encontrarla a cada paso, cada día, en el espejismo de mujeres que de lejos se le asemejaban. Algunas veces corrió hacia los hechizos de la esperanza en el tráfago de calles y plazas; mas donde con obstinación cotidiana la buscaba era al entrar y salir de clases en Santa Cecilia, bien que íntimamente prefiriera las Catacumbas o el Coliseo como escenario del encuentro.

Las cartas de la señora fueron ensombreciéndose. Las cosas en México se complicaban. El viaje quedó indefinidamente diferido. Gabriel quiso abandonar Italia, con serle tan querida, cuando quedó desengañado de que no sería la tierra prometida para el redescubrimiento de la presencia bienhechora. O acaso predominaba la atracción de París, hasta entonces en inconfesada lucha interna con Roma. Se trasladó a Francia y, desde el primer día, se arrepintió del cambio; sin embargo, desde el primer día experimentó el embrujo de París. La contradicción subsistió largos meses: el propósito insistente de tornar a Roma carecía de decisión, igual que si se hallase puesto ante dos hermosuras reñidas en atractivos. Debería volver a Roma. Se quedó en París.

Estalló la guerra. Todavía pudo el estudiante aferrarse a Francia durante varios meses. Al fin fue obligado a cruzar los Pirineos. En Madrid, a principios de diciembre de 1914, recibió una lacónica misiva de Victoria: sus bienes habían sido arrasados por la revolución; a costa de sacrificios, enviaba la cantidad suficiente para que Gabriel pudiera regresar; lo esperaba en la capital, a donde tuvo que refugiarse tras el desastre de su fortuna.

Tras tormentosas vacilaciones, Martínez devolvió el dinero y halló trabajo en ciudades y aldeas españolas. Tomó por deber escribir a Victoria cuando menos una vez a la semana; con frases musicales iniciaba o terminaba indefectiblemente las cartas; en la medida de sus arbitrios hacía llegar obsequios a la desposeída: tejidos, piezas de loza, pequeñas esculturas, reproducciones de cuadros célebres, algunas prendas de orfebrería, perfumes. La guerra europea y la revolución nacional dificultaban la correspondencia. Las cartas de la señora —cuántas se perdieron en el camino— eran cada vez más angustiosamente concisas y espaciadas. Luego anunció que abandonaba la República, sin decir a dónde se dirigía. En vano Gabriel esperó nuevas noticias de la fugitiva; en vano buscó sus rastros. Uno, dos, tres años. A sabiendas de la inutilidad, él seguía escribiéndole de tarde en tarde a México y a Guadalajara, de donde le fueron regresadas las cartas con la notación de "no conocido". Cuando transfigurada en gran señora, cuyo atuendo recordaba el de Victoria, se le presentó María en Santiago, algunas alusiones lo hicieron entender que ésta sabía el paradero de la seductora, pero nunca se atrevió Gabriel a inquirir la menor noticia. Los viajes en compañía del matrimonio Ibarra lo hicieron diferir una vez más el propósito de buscarla personalmente.

Los remordimientos en torno a la imagen de la desaparecida —¿por qué no se ha puesto a buscarla con empeño, más todavía: con frenesí? ¿por qué al volver, al llegar a México se propuso no buscarla, repudió encontrarla?— ponen término a la balada de la recordación. Gabriel deja de tocar. Se levanta, con santa furia de inquisidor. Abandonará la capital. Removerá el cielo y la tierra. Se siente hombre

80

de acción. Acariciaba el deseo de asilarse tierra adentro, en alguna ciudad provinciana; pero su deber es no darse reposo hasta encontrar a la "señora". Sale, cruza el jardín, tropieza con el coro de pretendientes políticos, uno de los cuales viene a pedirle que interceda en su favor ante doña María —"que no le negará nada"— para que se haga justicia a sus méritos revolucionarios; acuden varios otros, casi todos los circunstantes, acumulando ruegos parecidos. No es un *scherzo*, sino salmodia ominosa: el *Dies irae* perseguido. —"Yo, yo no soy más que un arrimado en esta casa, que voy de paso por México; ella es muy buena y los atenderá, tengan confianza." Cuando consigue salir a la calle, zumban definidas en los oídos de Gabriel Martínez las voces del coro que no lograba concertar; pero le inquieta descubrir si alguna malicia se retuerce bajo las palabras del suplicante: —"a usted no le negará nada la señora del ingeniero".

CODA

El amigo escultor —se llama Cirilo, pero no le gusta que lo llamen sino por su apellido: Gálvez— había dejado de frecuentar el círculo de "los europeos". Con ruidosas demostraciones recibió a Gabriel cuando ese día se hallaron en la esquina de la Profesa.

—¡La mosquita muerta! ¿No dizque no tenías quien te administrara? Y ¡qué administración! Ya la quisiera el mejor matador de toros, el mismo Rodolfo Gaona, o la Fábregas, o Caruso y Paderewsky, para no salir de tus terrenos. Vas en caballos de hacienda, como luego dicen. Para comenzar, la propaganda es formidable.

Ante la extrañeza de Gabriel, que pedía explicaciones, Gálvez lo sacudió por los hombres:

—No te hagas el inocente. ¡Hombre, cuántos quisiéramos esos padrinos! —Gálvez afirmaba que Jacobo y María inspiraban la campaña de prensa favorable a Gabriel—: ¡qué suerte! y a lo mejor algo más que buena prensa te toca en el reparto: dizque la dama es muy generosa.

Las palabras, el tono y los guiños chorreaban malicia. Por evitar una escena desagradable, Martínez precipitó su marcha. Todavía Gálvez añadió lleno de intención:

—Por supuesto que no habrás perdido en el Colón la nueva revista política.

Gabriel quedó molesto e intrigado. Escocíale la cobardía de no haber exigido explicaciones al escultor, con lo que acaso dio la impresión de aceptar vergonzantemente sus insidias; en tardía reacción pensó volver y abofetearlo.

Se desquitó en el teatro. Entre los personajes de la sátira era fácil reconocer a Jacobo y a María, ridiculizados por las formas con que, según el libretista, ejercían influencia decisiva en la vida pública; el cuadro intitulado "María Pistolas", en que "la señora del ingeniero" iba y venía del modo más afrentoso, colmó la ira de Gabriel, quien con los puños crispados, a los gritos de —"¡canallas! ¡miserables!"— avanzó, trepó al foro y arremetió contra los cómicos. El escándalo suscitado fue de órdago. En el clímax del paroxismo, Gabriel tiraba golpes a ciegas.

Jacobo lo rescató en la inspección de policía, horas más tarde. Al llegar a casa, María simulaba gran enfado; sin embargo, jamás Gabriel había leído con igual claridad en el semblante y en los ojos de la dama el afecto profundo, macerado ahora en admiración y reconocimiento, a él consagrado. Perfume o vino, embriagó al héroe, curándole las heridas de los malandrines, bien empleadas a cambio de aquel homenaje de Dulcinea.

82

2° movimiento: *creciente*

De la larga paciencia, o el billete de lotería

Amplio es el cuarto, y alto, aunque desolado. Anchas, al norte, las ventanas. Abajo, el suburbio en hormigueo. Los altos techos de vigas. Las paredes dadas de cal, con sombras de polvo, leves. Pisos, puertas y ventanas destartalados. Las maderas crujientes. Los vidrios rotos y empañados. Al centro, la tarima para modelos. A un lado, hacia el norte, se levanta el caballete. Asientos heterogéneos en dispersión. Una mesa redonda, de estilo, desvencijada, cubierta de objetos desordenados: libros, revistas, papeles, trapos, utensilios de cocina, una cafetera, paletas, colores, pinceles. Hacinamiento de cuadros contra las paredes. En el rincón inmediato a la puerta, un recostadero y, a mano, como enorme azucena, la bocina del fonógrafo, en una mesa cuyos paños contienen discos, revueltos con espátulas y otros cachivaches. Tan amplio es el cuarto, que sobre su aglomeración parece vacío.

—Lo de siempre: le dije que la esperaba sin falta en punto de las once y cuando bien me vaya llegará no antes de las doce, si es que amaneció sin genio para dejarme plantado. Estas modelos tienen más melindres y se dan tono de primadonas, que hace mucho, a ésta, la hubiera mandado al diablo; pero es estupenda, y tengo cifrada en ella mi esperanza decisiva, o como dicen que alguien dijo de cada obra que acomete un artista: es, hoy por hoy, mi billete de lotería y, la mera verdad: mi larga paciencia. Imagínate: se la quité a Diego, quien a su vez la sonsacó de San Carlos. Por ella se ha hecho una doméstica guerra de Troya, sí, aunque no sea ni se llama Elena. El viejo Atl, que se las pinta en rebautizar muchachas cuyo nombre pueda estorbarles la fama que ambicionan, le puso **Pandora Branciforte**. Al principio, con sus pocas pulgas, la chica se puso furiosa, recordando aquello de "me cae en pandorra"; pero cuando supo que sugería una mujer fatal, por un lado, y una marquesa-virreina por el apellido, quedó encantada; muchos ya no más le dicen "la marquesa". El caso es que Pandora sigue sembrando discordias en el gremio, y es que, claro, no le falta la consabida caja tremenda, en la que, a guisa de bolsa, lleva el arsenal de sus encantos: cosméticos, instrumental variado, cigarrillos, drogas, mil extravagancias.

Gerardo no deja de pintar. Sobrepuesto a la tela que llena el caballete, un cuadro pequeño es el campo en que mueve los pinceles.

—Tú no conoces a Atl. Creo que hasta es paisano tuyo. ¡Fantástico! Uno de estos días iremos a buscarlo a su madriguera en el convento de la Merced: allí lo mismo pinta, que fragua operaciones financieras por millones de pesos, escribe cuentos, crítica de arte, panfletos, proyectos de inversiones, artículos para periódicos, cartas; o es confesor laico de mujeres de toda condición, desde las fruteras del mercado vecino, hasta señoras cultas y elegantes. Haremos que nos presente a algunas de las muchachas cuyo descubrimiento y rebautizo lo tienen orondo: Isabela Corona, de bella voz cálida, con drea Palma y Gloria Iturbe, actrices con destino manifiesto. Y las grandiosas mentiras de Atl, obras bailarina, que sé cuánto desconcertantemente; Anfigura de trágica; Nahui Ollin, pintora, escritora, maestras de fantasía y color. Es tan mentiroso como Diego, pero de género distinto: la misma diferencia que hay entre su pintura y carácter. Alguien debería recoger con espíritu de comparación las invenciones de ambos pintores; resultaría un punto de vista muy novedoso y certero para explicar su obra. Atl es cósmico. Le gusta hermanarse con el Popocatépetl, que ha sido su morada en largas residencias. Lo veo como un Moisés volviendo del Sanaí o del Horeb. Tiene ojos centelleantes, barba mesiánica, firmeza musical en la voz y una carcajada fabulosa, que pasará a la historia del renacimiento nacional. Es vegetariano y sibarita. Haremos que un día nos invite al restaurante de Croce, porque verlo catar vinos y oírle discurrir en materia culinaria, es un placer. Tiene mucho de Dionisos. Le gusta *epatar* —¿no dicen así ustedes, los europeos?— con su apariencia y fama de "viejo terrible"; pero en el fondo es de una bondad franciscana; cuando yo llegué a México, desorientado y aturdido, él fue el único que no sólo me dio beligerancia, sino que me ayudó con generosidad sin límites; me relacionó en todos los círculos; la hizo de mi panegirista en tono mayor; a pesar de que se trataba de un provinciano casi autodidacta, presentó mi primera exposición, organizada de todo a todo por él mismo. ¡Fabuloso! Imagínate: de un rincón sacaba una media, guardada entre unos trebejos, y vaciaba monedas de oro, que me ofrecía sin medida, lo mismo que a otros visitantes. No creas por esto que hay en mí parcialidad cuando afirmo que sin Atl no existiría la pintura mexicana moderna; he oído decir esto a José Clemente Orozco, quien reconoce cuánto le debe al funambulesco doctor: el empleo de colores secos a la resina, el regreso a la pintura de dimensión monumental, el establecimiento en 1910 del "Centro Artístico" para exigir al gobierno que proporcionara muros donde pintaran los mexicanos, y esto después de haber opuesto victoriosamente a la exposición de pintura española, subvencionada por México a gran costo, durante el centenario de la Independencia, otra de pintura mexicana; después, cuando la Revolución, Atl puso a su servicio el arte, iniciando a la pintura en el camino por donde ha llegado a su actual apogeo. Sí, es injusto excluirlo cuando se habla de los "grandes" entre nuestros pintores. Pasará mucho tiempo para que los jóvenes dejen de necesitar la saludable influencia de la pintura de Atl, a fin de escapar a la avasalladora imitación de Rivera y Orozco, si no quieren ser miserables epígonos, reflejos de reflejos. La naturaleza pintada por Atl es nuestra salvación. A veces mi tocayo, pues Gerardo es su nombre: Gerardo Murillo, me hace creer, con él, que aun físicamente es inmortal, inmune a los virus malignos que osadamente dice haberse inoculado. ¡Ah! el viejo fauno, de carcajada retumbante.

Gerardo Cabrera pinta sin dejar de hablar. Es un hombre que no tiene más de veinticinco años; mestizo, con finos rasgos indígenas; la piel bronceada y los ojos verdes, como es común en gentes del istmo tehuano; nativo de Juchitán, a los doce años escapó de su casa y fue a la capital de la provincia, Oaxaca, con el propósito de hacer estudios en el Instituto en que los hicieron Benito Juárez y Porfirio Díaz, porque como el mismo Gerardo dice, no hay muchacho oaxaqueño, y más si tiene sangre indígena, que no aspire a seguir aquellas huellas, tratando de superar o, por lo menos, igualar a tales modelos, instintivamente configurados en la avidez de los adolescentes; ¡claro! quería ser abogado, para de allí saltar lo antes posible a la política; el contacto con el tesoro artístico de Oaxaca lo hizo variar; desde niño mostró singulares disposiciones plásticas, que los monumentos de la antigua Antequera acabaron de revelar; habían transcurrido ya muchos meses de su llegada y en vez de asistir a clases proseguía redescubriendo la ciudad, piedra por piedra, detalle a detalle; muy temprano abandonaba la casa de asistencia, empeñado en sorprender novedades diarias aun en sitios y objetos larga y repetidamente contemplados; llevaba una libreta, que muy pronto consumió en apuntes arquitectónicos; a media calle se detenía para dibujar alguna fachada, el herraje de algún balcón, las mercaderías y los tipos ambulantes; pasaba las mañanas frente a Catedral, Santo Domingo, la Soledad, San Francisco, el Palacio de Gobierno, lápiz en ristre, captando perspectivas distintas; trabó amistad con un individuo al mismo tiempo escultor, pintor y orfebre, que ocupaba un cuchitril a inmediaciones del mercado, y cuya mayor clientela estaba hecha por gentes que venían a pagar mandas a la Virgen de la Soledad y encargaban la factura de retablos y milagros de plata; para entonces, Gerardo había dibujado en grandes láminas las tallas que ornan la fachada del Santuario; se las mostró al amigo, quien después de mirarlas en silencio comentó: —"tienen muchos defectos y aunque son muy académicas no están del todo mal"; familiarizaron el trato; de la paciente observación, Cabrera pasó a ser espontáneo ayudante, así en la preparación de materiales como en fundir milagros, retocar esculturas y cuadros, o dibujar leyendas al pie de los retablos; para la romería de diciembre se acumularon los encargos y Gerardo aceptó el desarrollo de algunos asuntos portentosos: escapatorias de fusilamientos, de accidentes campesinos y ferroviarios, caballos desbocados, ríos salidos de madre, centellas desatadas, parturientas, moribundos, ahorcados; —"bueno, se te ocurren muchos detalles chistosos que no me habrían pasado por la cabeza; pero tienes que olvidarte de lo que te enseñaron en la escuela; sigues siendo muy tieso, muy académico, y esto no les cuadra a mis marchantes", comentaba el dueño del taller, al retocar las obras de Gerardo, popularizándolas con tonos chillantes y rasgos de ingenuidad; tenía razón: una vez que Cabrera poseyó rudimentos en el manejo del color, se había lanzado a copiar cuadros de las iglesias oaxaqueñas; la única clase que llevaba con regularidad en al Instituto era la de dibujo, que lo relacionó con personas afectas al arte; si al renunciar decididamente a la jurisprudencia, vaciló entre la arquitectura, la escultura y la pintura, pronto lo ganó esta última; conoció a cuantos la cultivaban en la ciudad; algunos profesionistas le brindaron la ocasión de hojear historias del arte y reproducciones de obras maestras; lo dominó la obsesión de buscar más amplios horizontes en la capital de la República.

—Me gustaría volver, como tú, a la provincia, una larga temporada. Nunca más he vuelto a mi tierra. Sus imágenes ya me parecen sueños. Voy olvidando su mensaje y esto debilita. La metrópoli enerva. Once años de destierro, en medio de ficciones y simulaciones. Uno acaba por hacerse también algo farsante, y lo peor es llegar a no saber si la propia obra es máscara engañosa. ¡Qué larga lucha para sobrevivir dentro de la tragicomedia! Entre tanto pelear y defenderse, lo hacen a uno lobo feroz, desde para conseguir qué comer y abrirse paso rompiendo puertas cerradas e ídolos falsos, hasta para no doblarse frente a la facilidad, el comercio con el arte y otras tentaciones que tratan de desviar al artista. ¿Recuerdas cuando nos conocimos tú y yo en San Carlos? Andabas con la obsesión de que alguien te hiciera una réplica de la Victoria de Samotracia y bromeaban los amigos preguntándote si la querías de bolsillo. Acababas de volver de Europa, lo que la envidia de muchos no podía perdonarte, y menos con el bombo que los periódicos te hicieron. Yo, entonces, pasaba sin comer días enteros, por soberbia de no pedir a nadie nada; cuando bien me iba, reunía para la escamocha, ¿sabes? el platillo de los parias: una inmunda mescolanza con los desperdicios de las fondas de última categoría; interviene la suerte para disfrutarla y esto es una compensación del que se ve obligado a comerla: tú pagas, digamos cinco centavos, y tienes derecho a meter una vez la cuchara o a ensartar un instrumento punzante, con riesgo de coger algún trozo de carne aceptable o sólo piltrafas, a veces no más residuos de legumbres, o nada; es habilidad o azar; allí nos reuníamos varios de los que cortejábamos a las musas, y no faltaban una que otra de carne y hueso —muy en huesos, como debes imaginar— que fueron gratuitamente nuestras primeras modelos. Dichosos tiempos, a pesar de todo. Todo lo hacíamos por amor al arte. Cuando pensábamos en el dinero, nunca era relacionándolo con el ejercicio artístico, sino con actividades laterales: un empleo, un oficio servil; por ejemplo, a veces yo trabajaba en carpinterías, en talleres mecánicos, en fundiciones o como sobrestante de ingenieros, para salir de situaciones desesperadas; pero sin abandonar jamás mi afición, o mejor dicho, mi pasión por la pintura. Creo que tú te habías ya marchado a la provincia cuando conseguí que Diego me admitiera como ayudante; vi el cielo abierto; resultó al cabo que para mi modo de ser no era muy agradable soportar día con día el genio del monstruo, como yo lo llamaba por admiración y por desquite; sin embargo, a vuelta de sus pleitos, groserías y mentiras, en los tres meses que me tuvo a su lado, aprendí más que todo lo que me habían enseñado o que yo había descubierto por cuenta propia. Diego acometía entonces formidablemente los muros de la Secretaría de Educación. ¡Qué días aquellos de fiebre! Cuando los recuerdo despojados de sus incidentes vulgares, me parece haber vivido en el Renacimiento; y si no héroe, por lo menos me jacto de haber sido testigo y partícipe de la jornada. Intenté luego trabajar con Orozco, que pintaba en la Escuela Preparatoria; el manco me imponía temor, y aunque fue benévolo conmigo, no me atreví a manifestarle mis aspiraciones, en espera de una insinuación suya para servirle de ayudante; me contenté con verlo pintar y con escucharlo; hemos llegado a ser muy buenos amigos, le debo grandes enseñanzas; pero nunca se me ha quitado aquel temor que me inspiró desde un principio, aun después de descubrir en él a uno de los hombres más buenos, generosos y sencillos entre cuantos he tratado.

Gerardo Cabrera deja de pintar, se levanta y pasea por el cuarto, sin dejar de hablar:

—Las relaciones con Diego y Orozco me produjeron gran desaliento; al comparar con la suya mi capacidad, sentí que mis ambiciones eran quimeras; cómo alcanzar su poder creador, su fuerza constructiva, la vasta visión del hombre y del mundo compendiada en límites de superficies, el dominio de la expresión por el dibujo y el color, la difícil facilidad para la composición, y su agilidad intuitiva que convertía el trabajo en juego y la solución de problemas en "puntadas" o "vaciladas", como ellos dicen. Estuve a punto de abandonar el camino del arte. Fue cuando conocí al doctor Atl, quien me regañó, me alentó y no sólo me aconsejó, sino se interesó por ver mis cosas y por hacerme trabajar en su presencia, mañanas enteras, dando pábulo a mis audacias, exagerando sus elogios y llevándome a cumplir el sueño de una primera exposición mía, individual. Me lo advirtió: no es el fin, sino el principio de más duro calvario; ahora vienen los críticos, los competidores y los envidiosos; prorrumpió en sonora carcajada, tras de la cual añadió: contra eso, esto; cerró el puño y volvió a reír desenfadadamente. Lo más irritante para mí ha sido la conspiración del silencio, tramada por las mafias contra los que se rebelan a ser sus instrumentos o borregos.

Cabrera levanta el tono de la voz:

—Yo soy hombre libre. Por ningún precio me arrastrarán las camarillas de los elogios mutuos y las intrigas. Mi obra, si vale, se impondrá por sí sola, desbaratando sus pérfidas maquinaciones. Ahora que has vuelto, tampoco tú te les juntes; mantén tu independencia, porque de otro modo estarás perdido. Muchos que valen menos que yo han logrado prebendas, contratos, chambas a montón y, lo que más he querido, disponen de muros en edificios públicos para pintar. Yo prefiero vivir encerrado en estas cuatro paredes antes que conseguir algo con bajezas. Estoy rodeado de lobos; pero saben a qué atenerse conmigo. Un día pretenderán ser borregos míos y también los ahuyentaré a patadas. Estoy convencido de mi triunfo; será mañana o dentro de muchos años; pero algo infalible me anuncia constantemente que mi larga paciencia se verá coronada con espléndida victoria.

Gerardo se sorprende con su arrebato, paraliza el ademán amenazante, aligera el ceño y échase a reír:

—¿Qué te parezco en plan de profeta o de actor trágico? ¡Para que me apedreen! ¿verdad? Sin estas descargas no podría vivir. Hay ocasiones en que llega mi exasperación a querer golpear, arañar y despedazar a mis modelos; a destruirlo todo, a poner fuego al estudio entero. Tal vez a ti te pase lo mismo. Por lo regular soy tranquilo, trabajo como burro, me gusta "camellar" —como luego dicen— horas y horas, infatigable, poseído de una especie de locura que me hace perder la cuenta de los días; en semanas completas no salgo de aquí, ni sé cuándo es domingo, ni tengo fiestas; hay noches que no duermo. Es bonita esta fiebre de crear. Mil veces la prefiero con sus tormentos a los períodos de desgana, en que no se ocurre nada y todo sale mal, sin otro remedio que la calle, los amigos de café y el sueño pesado.

Ha vuelto a sentarse frente al caballete:

—Ya casi no tengo amigos. Es buena señal, porque significa que pierdo menos el tiempo y me amargo menos la vida. Los que me quedan son pocos, pero buenos, y encontrarnos es la mayor alegría, porque sucede muy de tiempo en tiempo. Quisiera tener otros, que admiro desde lejos por algún motivo; pero ni se me ha presentado, ni he buscado la ocasión de acercármeles, y como casi todos ellos tienen prestigio, tampoco deseo exponerme a que me desdeñen o me desilusionen. Pienso, por ejemplo, en don Antonio Caso, cuya oratoria me ha conmovido; pienso en Lombardo Toledano, a quien le he oído unas clases de moral muy atractivas; en Antonieta Rivas Mercado y algunos de su grupo; en Genaro Estrada. ¿Sabes? A quien conocí fue a Vasconcelos, cuando yo trabajaba con Diego; me causó mala impresión porque me pareció muy pagado de sí mismo; hablaba en tono impertinente de todo lo divino y lo humano; aunque no dejo de reconocer sus méritos, no me atrajo en lo personal.

Hizo una pausa para revolver colores en la paleta.

—Mi simpatía tiene una medida: el deseo de pintar lo que me atrae por afinidad o diferencia. Es lo que me pasa con don Antonio Caso y con Antonieta Rivas, cuyos rasgos me complace contemplar a distancia; lo mismo, aunque por opuestas razones, me sucede con el general Calles y con Amaro. Sería feliz con retratarlos a mi gusto, sobre un fondo de mi elección. ¿Conociste a Ramón López Velarde? Quizá mi mejor obra sigue siendo el retrato que le hice, cuando comencé a tratarlo, y en el que se halla prefigurada, de raíz, la gran amistad que luego nos ligó. Han criticado que lo representara en actitud mística, como un ex-voto, pero con sonrisa mefisto-félica, el ademán sensual de una mano, la otra cris-pada por el terror y una pierna en actitud traviesa, mientras al fondo aparece la confusión de unas piernas de bailarina, vuelos de ojos y pájaros, man-chas policromas encendidas, volutas del incensario caído en el ángulo bajo de la izquierda, entre ropa-jes eclesiásticos y femeninos, revueltos como alfom-bra del personaje. Al principio intenté hacer un simple retablo, como los que aprendí a pintar en Oaxaca, todo ingenuidad: el poeta y la Patrona de su pueblo. Las variaciones introducidas a medida que avanzaba el cuadro fueron una gran experiencia, que luego pude confirmar comparando los primeros apuntes de Orozco y la obra definitiva: no había pensado antes en el proceso que hay entre la concep-ción estética y su realización. De cuanto imaginé primitivamente, sólo quedó en el centro del retrato la nota viva de un clavel, puesto en manos del poeta; desapareció la Virgen; desapareció Fuensanta, ves-tida de luto ceremonioso; desaparecieron los corti-najes rojos proyectados por fondo. Y eso es Ra-món, o por lo menos esas fueron las raíces de nuestra afinidad: mezcla de devoción, terror, sen-sualidad y burla. Niño grande que al mismo tiempo, como lo retraté, puede rezar, acariciar, travesear y horrorizarse. Su muerte ha sido una calamidad pú-blica; las naciones cuentan por siglos la destilación de personalidades como la de nuestro amigo; ella bastaría, si no asistiéramos a la prodigiosa concurrencia de tantas otras, para singularizar esta época de la vida mexicana, que yo llamo el Renacimiento. Y eso que Ramón murió joven. Parece que se le ha olvidado; lo ignora el público para quien Juan de Dios Peza y Fernando Celada son los mayores poetas de México; lo ahoga la popularidad que gozan Díaz Mirón, Urbina y sobre todo Nervo, a quien los detalles de su muerte, el traslado de sus restos y su entierro en la Rotonda de los Hombres Ilustres, sirvieron de propaganda. El aparente olvido de Ramón es el silencioso crecimiento de un árbol milenario, cuyas raíces y ramas cubrirán extensiones dilatadas... Ya estoy otra vez en do sostenido mayor o en do de pecho, "a la manera del tenor que imita la gutural modulación del bajo", como Ramón se autoburló. Y es que no puede ser menos, cuando uno tiene la suerte de haber convivido con hombres cuya inmortalidad queda fuera de duda, y la hemos respirado junto a ellos, la hemos visto como estrella de fuego sobre su cabeza, sin que por ningún momento hayamos caído en incredulidad. A los treinta y tres años, el billete de Ramón tenía seguro el premio de la gloria; como Diego y Orozco, entre los que viven. Tú y yo, en cambio, seguimos esperando la lotería con larga paciencia.

El pintor lanza el pincel al suelo y rompe a reír:

—Yo, por lo menos, espero a la modelo, y ni siquiera ésta viene. ¿O acaso descubres ya en mí alguna señal de predestinación, que no sea precisamente a los lados de la frente?

Toma un pincel grueso y reanuda el trabajo en silencio, a grandes golpes de color. El tiempo transcurre. Al cabo de varios minutos, Gerardo Cabrera vuelve al discurso:

—Yo sí veo en ti señales de predestinado. Por eso quiero retratarte: para fijar y explicarme tus signos, y en homenaje de discípulo a maestro. No

94

hagas esos gestos. Estoy hablando en serio. ¿Ves cómo pinto, sin dibujo previo, acumulando masas de color? Es lección tuya, que me ha servido formidablemente para el aprendizaje del oficio. ¿Recuerdas que cuando nos conocimos, allá por el año de 20, me contaste que habías comenzado a tocar y a componer directamente sobre los instrumentos, ignorante por completo del solfeo, y que aun después de largos estudios preferías ese procedimiento al de figurar por escrito los sonidos? Aquí está: donde tú dices "pauta", yo digo "dibujo"; saltamos, y la obra surge con inmediata viveza, sin andamiaje que le reste vigor natural. No que desdeñe yo el dibujo, como no desdeñas el solfeo; bastante trabajo ha supuesto el empeño de dominarlo y no hay día que no lo ejercite; pero la verdadera pintura no es cubrir con colores o iluminar los trazos hechos de antemano, sino crear, infundir la vida directamente. Soy, pues, discípulo tuyo en una cuestión esencial. Pero ¿has venido en papel de convidado de piedra? ¿te comieron la lengua los ratones de provincia? He hablado de un hilo, sin parar, como loco, preguntándome y respondiéndome.

—No das lugar.

—Tienes razón. Tengo el vicio de hablar hasta por los codos. Pero dispongo de tan pocas oportunidades para practicarlo. A veces me veo tentado a salir a la calle con mis cuadros a cuestas, propuesto a rematarlos, no por interés de dinero, sino por hacerla de merolico, pregonando su historia e inventando sus excelencias, lo mismo que convenciendo a las gentes para que se dejen retratar al aire libre, o simplemente predicando mis teorías y contando mis experiencias. ¿Ves? El chorro se ha desatado nuevamente. Por desgracia eres inmune a la verborrea. Sería fantástico un torneo de oratoria entre tú y yo.

—¿Has leído los diálogos de Platón?

Gerardo se dispone a bromear a costa de Vasconcelos, que ha popularizado a Platón en ediciones copiosas; viene a la boca del pintor un chiste atribuido al ex-presidente Obregón sobre los libros clásicos impresos por su ministro de Educación. Sobrevienen las campanadas de un reloj público que da las doce.

—Las doce, ya. Esa condenada Pandora me ha plantado. El tiempo del genio clama venganza.

—*Allons, enfants... A la recherche du temps perdu...* los santos lo lloran.

—Por eso no hay una santa que se llame Pandora. ¡A la hoguera por hechicera!

—Con eso acaso la santificarás.

—Santa Pandora, que te ha hecho hablar al fin.

—A propósito, escucha: en el repertorio de musas, mortales y semidiosas que ustedes tienen ¿hay alguna que se llame Diotima?

—¡Ah! platónico, se me había olvidado: eres vasconcelista, y no en la confesión de Buda, sino en la de Apolo. El teatro-cine Apolo ¿sabes? las coristas y esas cosas, entre bambalinas; pero ¿por qué me preguntaste si conocía los diálogos de Platón? A propósito, ¿conoces el chiste que por las ediciones de los clásicos le hizo el general Obregón a tu maestro indostánico?

—Sí, lo conozco ya. Lo que ahora te pregunto es si conoces a alguna Diotima.

—Pues ahora mismo se me ocurre que lo es Pandora —estalla la carcajada del pintor—: Diotima de Mixcalco, de Tepito, ve tú a saber de qué barriada. ¡Divertido! Diotima del Indio Triste o de la Lagunilla. ¡Soberbio! No se me había ocurrido antes. Y qué ¿vas a componerle una ópera o una canción?

—En serio: estoy componiendo una sinfonía concertante inspirada en el *Simposio*, donde Platón ve al Amor en todos los ángulos.

—Exacto: en eso no se usaban todavía los triángulos, a pesar de que había vivido ya Pitágoras.

—Pero recuerda que vivía Xantipa. No, estoy hablando en serio. Me gustará, primero: comparar mis ideas con la imagen, sincera o chusca, que ustedes tengan de Diotima; segundo, releer el *Simposio* contigo y con otros amigos...

—Tercera: que bauticemos juntos la sinfonía. Ya está: sinfonía erótica. ¡Colosal! ¡Morbosa! ¡Taquillera!

—No seas payaso. La viola llevará la voz de Diotima...

—Espera: la sinfonía se llamará "el amor platónico", por aquel chiste...

—Lo conozco. ¿El del plato? Estoy documentado, chocarrero.

—Decididamente no hay mejor nombre que sinfonía erótica.

—¿Quieres que hablemos en serio?

—No, porque oigo en la escalera los pasos de Pandora, o Diotima, si así lo prefieres.

Al ruido de pasos precipitados que suben, instantáneamente sucede la violencia de la puerta que se abre y el estrépito del taconeo que hace crujir al piso. Como una exhalación, la mujer se dirige al pintor:

—Ger: no me vas a regañar, porque traigo muy buenas noticias. Aplaca tu rigor, como cantan en mi barrio.

—La misma canción todos los días.

—Ardo, Ardo, deja decirte, Ger...

—El que ardo soy yo, al que jer...ingas, yo. Además, este señor va a pensar que eres tartamuda.

—Ger, esas cosas no se dicen delante de personas. ¿Ya no te gusta que te llame así? Entonces, amor, amorcito.

—¿Ves? Te lo decía: Diotima.

—Te pones pesado. Vamos, Gerardo, pues, ¿vas a trabajar? ¡Pronto! ¿Dónde está el biombo?

—En la mañana, hoy, se *empeñó*... en irse.

—¿Y si yo también me *empeño*... en irme? Diego... ¿sabes?...

—Pues te me vas inmediatamente. Martínez, aquí tienes no a la que buscas, sino a Xantipa.

—Tu mamá. Dispense, señor, que sin conocerlo; pero es imposible con éste, de otro modo. Tú, no ibas a querer que sin biombo me arreglara para posar, y menos delante de una persona a la que no conozco.

—Permítame presentarme: Gabriel Martínez.

—Músico, poeta y zafado.

—Aprendiz de músico.

—¡Ah, los músicos, mejores gentes que los pintamonos! Usted tiene cara de gente decente, y que Ger le dé las gracias, porque de no estar usted aquí, a él no le habría soportado sus pesadeces. Él bien sabe. ¿Compone usted canciones?

—Sí, compuso *Estrellita*, *La Borrachita*, *Pompas Ricas*, todas las que te gustan y otras que te puede componer.

—Hoy estás verdaderamente insoportable, camarada. Mejor los dejo trabajar.

—Cómo, Martínez, ¿no querías conocer a Diotima?

—¿Qué te traes con esos nombrecitos? Con lo de Pandora ya estuvo suave, y eso no más por haber sido puntada del viejo sangre liviana. Bueno, Ardo, Ger o Gerardo (ya el señor sabe que no soy tartamuda) ¿quieres liquidarme? No te hagas el chistoso: deja esa espátula, que al cabo nunca me has asustado. Con que...

—Gabriel, estás viendo que por lo menos ésta...

—Ésta tiene su nombre, grosero.

—...ésta no puede venir con nosotros al Banquete platónico.

—Qué ¿me has conocido de muerta de hambre? Contigo, ni a un banquete del Café Colón.

—¡Estupendo! Apuesto a que en provincia los artistas no disfrutan escenas tan edificantes como ésta que aquí te toca ver, oír y gustar.

—¡Ah! ya me lo figuraba, ¿usted viene del interior de la República? ¡qué encanto! ¿de qué parte es usted?

—No, marquesa, el señor Martínez hizo su gloriosa carrera en Europa; pero al volver de allá tuvo la humorada de encerrarse algunos años en provincias; fíjate, nada menos ahora compone una ópera en que sale una mujer muy águila en cuestiones de amor, que se llama...

—¡Qué relajo se traen conmigo! Antes, que autor de canciones; ahora, de óperas; luego me van a salir con que hizo la Novena Sinfonía. Vámonos respetando.

—Por mi parte voy a explicarle... pero antes dígame cómo quiere que la llame, porque los líos de Gerardo han hecho de su nombre un enredo, y no quiero disgustarla.

—Es usted muy caballero. No podía esperar menos. Fíjese que con tanto relajo de bohemios yo misma no sé a veces cómo me llamo; que si Pandora o Dora o la virreina o la marquesa; mi nombre verdadero es Paula, Paula Gutiérrez, aunque desde la escuela me gustó más el de Paulina, y así me conocían mis amigas; ahora, que a mí me da igual cualquier nombre, lo que me disgusta es la intención.

—La llamaré Paulina. Es bonito y no deberían habérselo cambiado. Le decía, Paulina...

—No. Suena ya raro.

—Pandora es muy sugestivo; pero creo que le gusta más Dora, por natural.

—Usted me adivina. Vamos a ser buenos amigos.

—Martínez, ahora sí estoy sintiendo en la frente señales de mi fama. Y a usted, marquesa, le recuerdo que mi amigo es músico y no pintor: queda fuera de sus dominios.

—¡Chistoso! Si les admití eso de Pandora Branciforte fue porque la palabrita me sonaba a pianoforte de conciertos. La música es mi verdadera debilidad.

—Pues con tantas debilidades...

—¡Vamos, ya, camarada, déjala en paz!

—Por los buenos oficios de tan buen abogado admito la reconciliación. ¡A trabajar, virreina, que la lotería nos sonríe!

—¡Qué dijiste: la contento! Pues no hay de piña, niño. ¿Sabes lo que tenía que decirte? Me voy a dedicar al teatro. Serio. Es la sorpresa que te traía. Sucedió esto: anduve buscando el modo de relacionarme con la señora Antonieta, más bien por ti, que quieres conocerla y entrar en su grupo.

—Protesto. Entrar en su grupo, no.

—Bueno. Anoche supe que andaban organizando un grupo teatral, y de pronto me vino la idea de que mi porvenir está en el teatro, que siempre había querido eso, aunque nunca me animé a confesármelo, por miedo a mí misma o por creer que era una puntada de loca pretensiosa. La idea me agarró con fuerza, como si se me hubiera clavado en la frente. Lo primero que pensé fue venir contigo; luego dije: —"me va a vacilar y a desanimar". Iría mejor con Atl. Pero ¿por qué no agarrar mejor al toro por los cuernos? Pensándolo y haciéndolo. Me fui a las calles de Mesones, donde vive la señora. Por cierto que dicen que es la casa en que vivió la mentada Sor Juana de la Cruz, y por cierto también que uno de los que estaban allí, un muchacho medio jorobadillo, de lentes, con acento de yucateco, para más señas, llevaba un retrato de Lupe Vélez, que lo traía loco, y decía que sólo Sor Juana podía hacerle sombra como la mujer más grande que México ha producido.

—Puede que después de todo tenga razón, virreina. Y ¿qué dijo de esto Antonieta? ¿qué dirán Lupe la de Diego, Adelita Formoso, Amalia, Lola del Río y su prima María, la musa de Siqueiros, mi paisana Áurea, de ojos verdes, y tantas damas insignes de nuestro Renacimiento?

—Pues anda, pregúntales, y no me interrumpas. Llego, pregunto por la señora, me pasan a una piecezota tres o cuatro veces más grande que ésta, viene a mi encuentro la dicha Antonieta, que luego reconocí, pues la había visto en casa de Diego; creo que también ella me reconoce, le digo cuál es mi profesión y qué pretensión me lleva, sabiendo lo de sus actividades artísticas; se calla, como dudando, y luego, sin más, me hace seña que la siga y les dice a los muchachos que allí estaban: —"Esta joven desea tomar parte del grupo dramático". —"Yo la conozco"— gritó un muchachito de pelo quebrado, que no ha de tener ni doce años, y me pregunta si soy modelo de su paisano Gerardo Cabrera.

—Sí, debe ser Andresito, que vive en casa de Antonieta: un juchiteco muy ladino y de terribles ocurrencias.

—No quiero hacerles el cuento largo. Me comieron con los ojos. Se atacaron conmigo a preguntas. Les daba risa lo que les contestaba, sacándoles pie delante, por si su intención era chotearme. Total, que les gustaron mis desplantes, me chulearon la voz, el cuerpo, las facciones; uno gritó que la divina salvaje; a otro le oí decir que mi vulgaridad

101

era exquisita o algo parecido, refiriéndose a la boca y a la tosquedad de las líneas de la cara; el jorobadito dijo unos versos, que después le hice repetir, porque me gustaron, y que hablan de una "india brava" con "talla escultural" y "piel tostada por el sol"; se me quedaron de memoria estas cosas: "Vibran en el crepúsculo tus ojos, un dardo negro de pasión y enojos, que en mi carne y mi espíritu"... quién sabe qué más. Se pusieron de acuerdo en que tengo un primitivismo extraordinario; casi lo mismo que siempre les oigo decir a ustedes.

—Debut redondo.

—Yo quedé encantada. De veras, es un grupo simpático, muy distinto al de ustedes los pintores, que no más están hablando del proletariado, de la lucha de clases, del capitalismo, de cortarles la cabeza a los burgueses, de teñirse de sangre, como si no fuera suficiente andar siempre embarrados de todos colores. Esos amigos de Antonieta son gente fina, hasta en el modo de vestirse y de hablar. Luego, luego, revelan su cultura, hasta en las bromas, como uno que no habló en serio ni un rato, pero se ve que es muy agudo; a mí me divirtió mucho con unos versos tremendos contra Diego y otras personas conocidas. En fin, me citaron para el lunes que viene; será cuando comiencen a leer la primera obra que van a representar.

—Bueno, marquesa, ¿y tú sabes?...

—No la interrumpas, por favor.

—Ya sé los chismes con que vas a salir, como si a ustedes, los pintores, no les hubiera aprendido bastantes cosas; por ejemplo, que nada, ni la vergüenza les importa, con tal de alcanzar lo que quieren; se pasan la vida tronando contra el capitalismo, los burgueses, el gobierno, el clero; llegada la ocasión se desviven por servirles, con tal de sacarles dinero, y algunos hasta de balde, no más por presumir que conocen a fulano y a zutano, que pueden abrirles buenas puertas.

—De mí no puedes decir que haya vendido jamás mis convicciones.

—Por que tú vives en la luna y eso hace que no hayas llegado a la cumbre. Yo sí quiero llegar. Lo demás no me importa. Y a propósito: les dije que mientras tú no acabes el trabajo para el que te sirvo de modelo, yo tendría que ajustar el horario de los ensayos, con este compromiso.

—Formidable conciencia profesional.

—¿Te burlas? Al pelo: me liquidas y santas pascuas.

—Eres un estólido, camarada.

—Por mí, estoy en lo dicho. Tú dirás; pero ya es mucho echar perico. Si quieres que pose, váyanse saliendo pronto para arreglarme.

—Tú mandas, irresistible Branciforte.

Pintor y músico salen del cuarto.

—Tenías razón: es estupenda; ¡qué temperamento! ¡qué naturaleza fosforescente! Perdóname que te diga: eres muy necio al tratarla así.

—Quieres decir: como animal. Pero si casi lo es, y constituye su mayor atractivo: piel, garras, espinazo, dientes, ojos felinos; anda, se mueve y mira como pantera (por esto ha de haber sido lo de Pandora); la tigresa real de Darío ¿eh? o la real hembra del Olimpo vernáculo, para decirlo en términos de agrado a tu helenismo flamante. Oye ¿y por qué no hubo alguna felina, una sedosa gata de Angora, por ejemplo, en la historia bestial del impetuoso Júpiter?

—Ustedes, los pintores, son como los estudiantes de medicina; después de mediomatarse en el trabajo, explotan en los peores excesos. Ángeles y bestias.

—Vivimos la vida completa. Eso es todo. Y eso:

la plenitud vital de los que hacen la pintura moderna de México explica la indiscutible ventaja que lleva este arte sobre todos los otros, hasta convertirse en suceso mundial. Ustedes en cambio, los músicos, los poetas, tienen miedo de vivir; viven con demasiada asepsia; rehuyen la realidad por no caer en las groserías del materialismo, y han ido a parar en la deshumanización del arte. ¡Cuernos! ¡Pamplinas! El arte es la sublimación de la vida; *ergo*, como dice Juan Diego, lo primero es zambullirse, chapotear en la vida, llenarse de ella, agotarla en sus grandezas y miserias.

—Ha vuelto Demóstenes, y el domador de Pandora le hace sitio.

—Pueden ya entrar. Estoy lista.

—Yo me marcho, Gerardo. Despídeme de ella.

Es inútil que trate de detenerlo. El músico desciende a saltos la escalera.

EL TEATRO Y LA IGLESIA, O DE LAS AFINIDADES ELECTIVAS

—Pandora o la gana de vivir. Es la verdad: he nacido y sobrevivido con miedo de vivir. He visto pasar la vida como corriente veraniega. Espectador nervioso, sin coraje para lanzarme a las ondas en lucha, conforme con contemplarlas e imaginar sus fuerzas, peligros y encantos, desde la orilla. Pandora o el movimiento, la acometividad incesante. Yo, la inercia. Gerardo tiene razón: la experiencia es la madre del arte. ¿Cuáles han sido mis experiencias? Ensoñaciones, anhelos, al paso de la realidad. En vez de cortar la flor o comer la fruta, me contento con la transeúncia de su perfume. Sí, he corrido, a sabiendas de no alcanzar. He golpeado, convicto de hacerlo en el vacío. He sido un hombre de acción en los campos de la fantasía; mas en las coyunturas de la realidad, la he dejado hacer y pasar.

El hombre camina con lentitud en la calle aglomerada. Se recrea contemplando el tránsito, a esta hora intenso, de gentes y vehículos. Con cautela provinciana, cruza las esquinas, bajo las indicaciones vigilantes. Le recrea el espectáculo de brazos y silbatos, las luces de semáforos en juego: rojo-amarillo-verde. Adelante.

—Adelante. Lentamente siempre adelante. Creciente. La creciente del tránsito a mediodía. El ruido ensordecedor de la ciudad.

Lejanos recuerdos de París y Berlín, de Roma y Madrid. Imágenes inmediatas de Zamora y Morelia, de Pátzcuaro y Tzintzuntzan. En los ojos, los lagos de Como y Zirahuén, los fulgores de Nápoles y las altas sierras de Uruapan, los canales de Brujas y la caída del Cupatitzio en la Tzararácua, la Umbría de San Francisco de Asís y el escenario de don Vasco de Quiroga.

—Gerardo tiene razón. La vida me ha ofrecido sus dones y he sentido vergüenza de tender la mano para cogerlos graciosamente, sin asalto ni lucha. Como dice un libro que leí: "pasé junto a mi dicha sin conocerla". Más bien, haciendo el desentendido, la dejé marchar o me di a la fuga. Mi música es fruto de pura imaginación. Verdad: ninguna gran pasión me ha hecho experimentar sus lumbres, retorcerme, oscilar entre angustias desesperadas e insoportables delicias, agonizar. Sin embargo, Gerardo no tendría razón si afirmara que mi obra es endeble, invertebrada.

El músico se detiene, divertido con el arrojo de los transeúntes que cruzan la confluencia de avenidas esquivando el vértigo de los vehículos, el ulular de sirenas.

—Esquivar la realidad, adivinándola, sustituyéndola: esto es el arte: crear una realidad a nuestra imagen, semejanza y gusto. Así, Jacobo no tiene razón. El ideal es la realidad anticipada. Intuida. Esto es la fuerza de mi obra, la vértebra de mi música. Yo soy un pasional. Llevo en mí un principio de acción. Soy un hombre de acción. Acaso el gozne de la voluntad que parece roto, haya sido sustituido en mí por el de una superación ideal, que renuncia las trivialidades del vivir vulgar y salta sobre la violencia, por innecesaria, para llegar a lo esencial. Es cuando suena mi Voz.

Gabriel Martínez precipita el paso, tratando de no dejarse llevar por sus pensamientos; y sin embargo...

—Sin embargo, Gerardo tiene razón: mi música, nuestra música, como nuestro teatro, nuestra poesía, nuestra novela, caminan muy a la zaga de la pintura. Nos falta su coraje, diría: su falta —pero es mejor decir: su liberación— de vergüenza, su desenvoltura o desfachatez. Nosotros tendemos a la evasión. Esto frustra nuestros ímpetus. En Paula vemos a Pandora. Yo busco a Diotima y sé su nombre prosaico, de antemano. Soy un hombre de acción que opera en el vacío. Y sin embargo...

Ha salido de las calles congestionadas por el tránsito.

—Soy un hombre de acción, con apetito de actuar. Mi dimensión es la grandeza.

Sube a un ómnibus en marcha.

—Me repugna la violencia estéril. El tiempo es mi aliado.

Cuando él mismo arguye que aquello es sofisma de débiles, internamente se responde:

—Aun para repudiar la servidumbre de María y Jacobo, no fue necesaria la violencia. Vasconcelos me invitó a una jira por el interior; su exaltación educacionista me contagió; quise quedarme como

maestro en un villorrio de Zacatecas; aplaudió mi
determinación, porque "allí maduraría, en contacto
con el pueblo, mi mensaje musical"; estaba yo en-
diosado con el que así hablaba; bajo sus consejos, mi
afición antigua por la lectura se convirtió en furor;
con sentido nuevo, releí la Biblia, que por muchos
años había sido mi libro de cabecera; Victoria me
había regalado un ejemplar manuable cuando partí a
Europa; desde niño, confluía su texto a la inspiración de mi sensibilidad; en el villorrio, durante largas
horas, devoré los clásicos, a medida que llegaban en
aquellos tomos verdes; perdí la noción de mis inquietudes; olvidé a Victoria; convertí a la música en
agencia popular para los humildes; dispuesto a en-
señarlos, fueron ellos quienes me enseñaron en la
música un sentido y rumbos nuevos; era lo que al
volver a México buscaba; en los instrumentos primitivos, en las flautas de carrizo y de barro, en los
organillos de boca, en los cantos rurales, en las resonancias de la naturaleza, en la melancolía lugareña
lo hallé; hundido en el destierro, germinaba el mur-
mullo de voces arcaicas, que había deseado siempre
traducir en sonoridades inauditas; vida nueva, con
semejarse a la triste infancia y adolescencia, bajo el
denominador común del arrumbamiento en un luga-
rejo sin ubicación geográfica, pero lo que antes fue
limbo, ahora era purgatorio voluntario, en el que
las visiones del mundo se purificaban. (Había estado en Italia sin conocer a Dante más que de nombre y por algunos fragmentos, por algunas huellas
de museo; vine a conocerlo y a seguirlo apasionadamente desde la selva y el limbo, hasta el purgatorio
y la gloria, en mi retiro provinciano, bajo la inspiración de Vasconcelos: aquellas letras negras que
sobre el verde olivo del volumen decían escueta-
mente DANTE, despertaron por sí solas un mundo
confuso de nociones e impulos, anticipando los pla-

ceres del viaje hacia Beatriz). Al sobrevenir el pensamiento del futuro, pues no había renunciado a él, en el ancho foro de aquella soledad recomenzaba la vieja querella entre la iglesia y el teatro.

Se suceden los gritos del cobrador: —"¡Suben! ¡bajan!"—, seguidos de golpes en la carrocería del vehículo; se bambolean unos contra otros los viajeros, promiscuamente apretujados; luchan entre sí por entrar o salir, por acomodarse, por hallar asiento. En el barullo de conversaciones e imágenes, el músico se sobrepone para no romper el hilo de su interior discurso:

—La iglesia fue acaso María. El teatro, Victoria. O al contrario. Pero ¿por qué volver a plantear el problema con sus nombres? Mucho tiempo he dudado: ¿nací para componer música eclesiástica? En momentos aún puedo jurarlo; al partir a Europa no era otra mi decisión; aunque de antes, desde los salesianos, quizá desde las imaginaciones despertadas por la lectura subrepticia de novelas o por el espectáculo de María en sus caprichos y arrebatos, el teatro me atraía; cuando de las representaciones escolares de dramas y zarzuelas, pasé a ser espectador profesional, quedé imantado por las candilejas. La primera vez, en México, cuando íbamos a Veracruz, Victoria, una noche, me llevó a la ópera; representaban *Madame Butterfly*: qué trabajo contener frente a la señora mi desbordamiento; salí del teatro como sonámbulo, tratando de reconstruir situaciones y melodías que, por ejemplo, el coro interior a boca cerrada, juzgaba sublimes. Ya en Barcelona, no perdí ocasión para conocer el repertorio completo de las compañías que actuaban en España: deslumbramiento, exaltación, al oír las fanfarrias triunfales de *Aída*, la primera ópera que vi montada en Europa; desconocida embriaguez con *Traviata*, *Bohemia* y *Tosca*; erizamiento trágico ante *Cavalle-*

ria Rusticana y *Payasos;* admiración total hacia *Carmen;* emulación incontenible por algunos pasajes de *Lucía,* de *Norma,* "el cuarteto" de *Rigoletto,* el "sueño de *Manón,* la "serenata" del *Barbero de Sevilla.* Victoria se interesaba por conocer en detalle mis experiencias e impresiones teatrales; luego habría de disgustarse porque sucumbí a la idolatría wagneriana, defeccionando de las huestes italianas, y porque más tarde le hablé con entusiasmo de *Pelléas,* como culminación del género. (El preludio de *Lohengrin* me transportó en éxtasis por un ciclo angustiosamente cerrado con la muerte de Isolda, pasando por el idilio de Sigfrido, las caballerías de las Walkirias, el encantamiento de *Parsifal,* el estruendo de *Tannhäuser* y la sabiduría orquestal de *Los Maestros Cantores.*) Mi delirio dramático latía en el ahinco con que acometí el aprendizaje de los más variados instrumentos, cuyo timbre se me antojaba el carácter de contrapuestos personajes, cada uno con papel predestinado; yo mismo quedé sorprendido de la facilidad que hallaba en descubrir lo que después de muchas lecturas llegué a llamar el mecanismo psicológico —el alma, decía entonces— del violín y los timbales, del oboe y la tuba; otra sorpresa: encontrar las afinidades hereditarias y las diferencias individuales en las familias de instrumentos; aun cuando el sonido de las cuerdas me había siempre agradado más, el aprendizaje me llevó a preferir las maderas, los metales y las percusiones, en quienes advertía vastos e inexplorados recursos de originalidad expresiva; mi temperamento reconocía en ellos una línea de parentesco propicio; tuve ocasión de irlos tratando íntimamente, de distinguir los matices de sus modalidades, por ejemplo entre las flautas de plata, cuyo sonido es bello y brillante, las de oro, melosas y suaves, aunque apagadas, y las de platino, de voz firme y constante;

la riqueza de semitonos entre los armónicos complementarios, por la combinación de los pistones en las trompetas; los efectos diferentes del corno inglés y del francés, del fagot y del contrafagot, el clarinete y el clarinete bajo; las dificultades presentadas por los trombones para conseguir la nobleza de su sonido en pasajes rápidos y para el canto suave de melodías; el carácter de las tubas, irreductible al de los trombones. Luego, la semejanza de los instrumentos con los sentimientos; las analogías con la naturaleza.

Concierto ronco de claxones en un congestionamiento de tránsito, distraen el monólogo del músico; también lo distrae la presencia de una descocada que mira en desafío; se hallan frente a frente; a una sacudida del vehículo chocan entre sí; ella sonríe con descaro, inicia una conversación, le pregunta por qué gesticula tanto, como si hablara solo; él masculla malhumorado; ella lo mide con mirada burlesca y lanza: —"¡qué tipo de zafado!"; asoma la irritación en él; hilaridad entre los pasajeros; el arranque del vehículo derriba a la mujer contra un hombre gordo que va sentado; carcajadas; la mujer se levanta engallada contra el hombre gordo y los que celebran su caída; el músico queda en segundo término; va escabulléndose al incidente; consigue un asiento distante; cesa la algarabía de claxones; el vehículo da tumbos en el empedrado.

—¿Qué música excelsa puede salir de todas estas vulgaridades, como pretende Gerardo? Sí. Acaso. ¿No se produjo así el expresionismo de Debussy, en *Iberia* por ejemplo, la *Petrushka* de Strawinski?

El vehículo ha ido despoblándose. Junto a Gabriel queda un asiento vacío; resueltamente viene a ocuparlo la descocada, que con impertinencia espeta:

—Oiga usted, caballero, de verdad, sus gestos me intrigan, debe usted venir pensando algo muy interesante, ¿pudiera yo saberlo? porque hasta creo conocerlo a usted, soy de las segundas tiples del Lírico, ¿no va usted al café de enfrente? creo haberlo visto con la palomilla de Cirilo Gálvez.

—Soy un zafado.

—¡Mire nomás! Tan delicados ni me gustan. ¡Hombre! y ahora que dice zafado, sí, ya lo reconozco, usted fue uno que armó un sanquintín, hace años, en el Colón; yo entonces principiaba; sí, usted es, no lo niegue.

—Usted me confunde.

—Bueno, como quiera. El caso es que me simpatiza para amigo; sus gestos indican que usted no es un cualquiera.

—Gracias. Pero tuvo razón al pensar que soy un zafado.

—Pues precisamente los zafados me encantan; yo también soy una zafada; ¿sabe? tengo unas puntadas: por ejemplo, al verlo, se me ocurrió que usted es un poeta que venía componiendo versos, ¡ay! los versos me encantan, porque aunque no lo crea, soy romántica.

—¿Y si en vez de poeta resultara dramaturgo que venía tramando melodramas?

—¿De veras? ¡oh qué encanto! imagínese que toda la vida he estado esperando a alguien que pudiera escribir algo que me diera oportunidad para saltar a primera tiple. Casi diez años. No que yo sea vieja. ¿Qué edad me calcula, con franqueza?

—Veinte años.

—¡Oh, qué galante! No, tengo veinticuatro. ¿De veras, usted hace teatro?

—Bueno, ¿y si le dijera que usted ha echado a perder una de mis fantasías mejores?

—No entiendo. ¿Quiere decir que lo distraje? ¡Qué pena! Pues yo le ayudaría a reconstruir el cuadro. ¿Dónde iba?

—Pues vamos llegando a Tacubaya, y dentro de dos paradas me bajo.

—Qué lástima, ¿quisiera acompañarme hasta Mixcoac?

—Otro día la buscaré. Hoy tengo un compromiso urgente.

—¿La señora?

—Imagínese usted a la mujer de un zafado.

—No sea rencoroso. De veras, me gustaría volverlo a ver.

—Se lo prometo. Con permiso. Bajan.

Gabriel descendió y echó a caminar muy lentamente.

—Parece saxofón. Encuentro a México lleno de Pandoras. Segunda tiple. La vida plena. Por tanto, la vulgaridad. No soy tan desconocido. Mi heroicidad, hace años. Debí acompañar a mi admiradora inesperada y contarle mis pensamientos. Habría sido buena experiencia. No fui cortés. ¿Qué hubiera pensado de mi antropomorfía instrumental? Ella un saxofón, el viejo gordo un trombón, yo un contrafagot. ¿Habría tenido sentido el contarle mis años de aprendizaje? Sin duda no fueron tan penosos como los de una corista que no ha pasado de segunda figura. ¿Veinte años? ¡Treinta, por lo menos! Me infundió lástima, finalmente. Primero fue asco. Debe tener experiencias interesantes en su vida. Las contará con llaneza. He de buscarla. Buena señal su encuentro: el teatro me llama otra vez con insistencia. Pero ¿y la iglesia?

Siente placer de sentarse bajo un árbol, en la Alameda, frente a la parroquia de Tacubaya. Son las dos de la tarde.

—Bajo el patrocinio de Victoria no fue penoso mi aprendizaje, sino divertido, cada vez más apasionante, de hallazgo en hallazgo. Familiarizado con los instrumentos, me consagré a la orquestación: era

112

dar vida a la gran familia de personajes, relacionándolos, manejándolos como marionetas, rebeldes en ocasiones, peleados entre sí, defendiendo cada uno su destino, su carácter, su voz; obligándolos a convivir y actuar en armonía, sumando sus diferencias en unísono significado. ¡Incitante aventura! Me sentí capaz para emprender la composición de una ópera; vino a mis manos el poema *Tabaré*, que me pareció filón riquísimo de situaciones dramáticas y efusiones líricas; a medida que lo leía, y llegué a hacerlo en alta voz, arrebatado por el entusiasmo, brotaban a raudales los temas melódicos y el dibujo orquestal; juzgué fácil disponer por mí mismo el libreto, respetando el texto poético, pues me hallaba compenetrado de la obra. Conforme avanzaba e iba confrontando los problemas arquitectónicos de la empresa, experimentaba los primeros desencantos de mi fervor, en un íntimo juicio: había detalles que me complacían, pero el conjunto carecía de proporciones; así llegué al convencimiento de que al arte no bastan la voluntad y buena disposición, porque no sólo es juego, sino disciplinada capacidad y, como dice Gerardo, larga paciencia. De aquel ensayo prematuro, hecho en Barcelona, sólo conservo la "elegía de la madre".

Lentamente se levanta. Lentamente camina una, dos, tres calles. Desde que volvió de provincias, con ánimo de instalarse definitivamente en México, Gabriel Martínez vive con una familia michohacana, en una casona vieja de Tacubaya. Es el único huésped. Se le ha cedido habitación independiente. La familia tiene apenas un año de haberse radicado en la capital y, en añoranza perpetua de Pátzcuaro, todavía no se resigna con el cambio.

—Qué horas son de venir a comer, don Gabriel. Estas malvadas costumbres de México, en que todo anda al revés.

Le gusta que lo riñan en esta forma, que lo hace sentir el calor del hogar que no ha tenido.

—Ya ve que muy raras veces llego tarde; pero ahora...

—Ni diga nada: con hoy son quince días de que llegó, y no más cuatro ha venido a comer y ni uno a cenar; pero siéntese y váyame contando cómo le ha ido.

—Usted sabe: se lo decía desde que nos conocimos y cuando decidieron trasladarse acá: México es cruel con los recién llegados.

—Pero ¿y sus relaciones, don Gabriel? Usted no es aquí un don nadie.

—El que sale a bailar, pierde su lugar. Sobre que yo propiamente nunca he tenido lugar aquí: vuelto apenas de Europa, renuncié a la capital, a sus pompas y vanidades, como se dice del diablo; entusiasmado con la idea de ser maestro misionero, me soterré buen tiempo en el campo, luego anduve de la ceca a la meca...

—Óigame, don Gabriel: Pátzcuaro no es la ceca ni la meca, sino la capital del mundo; pero sobre *todo*, déjeme traerle de comer, y después platicamos.

Mientras el ama cumple sus menesteres, el huésped rumia las palabras: —"anduve de la ceca a la meca, en busca de Victoria".

Entre la comida se reanuda la conversación: el trabajo a que aspira Gabriel no se consigue de un día para otro, requiere muchos elementos y un gran apoyo económico, que sólo el Gobierno puede proporcionar; se trata de colocar a México a la altura de las grandes metrópolis de la música: crear un público, educándolo; renovar los estudios musicales, formar conjuntos permanentes, desde luego una orquesta sinfónica, y así hasta llegar a las más puras expresiones del arte.

—Pues yo de todo eso no entiendo nada; lo que

sí, es que usted hace una música muy bonita, como aquella que dirigió en la fiesta de la Virgen, hace dos años, y que tanto le celebraron en Pátzcuaro, que lo comparaban con... ¿cómo se llama? ¿Pedroza? ¿Pedrosi?

—Creo que con Perossi. ("Esto es: la iglesia".) ¿Quiere decir usted que debo dedicarme a componer música para iglesia?

—Yo no sé; lo que le digo es que le sale muy bonita.

Terminada la comida, Gabriel lleva consigo a su habitación la fluencia de sus pensamientos, que a solas desarrolla:

—Victoria me descubrió el teatro; en el recuerdo, su imagen condensaba los esplendores, los atractivos tremendos del teatro; en el teatro la sentía cerca; y cuando pude trasponer las puertecillas de los escenarios, creía mirarla frente a las candilejas, entre las bambalinas, en las iluminadas lunas de los camerinos, en la embriaguez del rebullicio antes y después de levantar el telón, en la huidiza sombra de las actrices, en la refulgencia de los vestuarios, en las ilusiones de la escenografía. Yo andaba azorado en ese ámbito misterioso y brillante.

—María era la iglesia. Unidos bajo el mismo techo desde muy niños, el metrónomo litúrgico acompasaba nuestras vidas; no conocíamos otra música que la eclesiástica, sumergidos en los confines de la parroquia y el curato, bajo la tutela clerical del tío Dionisio, que nos había recogido huérfanos, antes de que alcanzáramos el uso de la razón. Pronto María entró al coro; me gustaba distinguir su voz en ejercicios y ceremonias; me gustaba verla ensayar en las noches oscuras del curato; me habría gustado acompañarla en el canto; a solas recordaba las melodías que oía en su boca, imaginaba sus gestos y ademanes al cantar, sus risas cuando alguien des-

115

afinaba en los ensayos; me habría gustado ser el cantor parroquial que dirigía el coro y tocaba el armonium, cerca del cual se colocaba María, inclinándose para descifrar las notas que cantaba. Entonces conseguí ser el campanero y hallé voces más poderosas, que prolongaban muy lejos del pueblo el concierto religioso; me aferré por interpretar la música escuchada en labios de María, la música que María y yo habíamos escuchado quizá desde antes que naciéramos, la música que sigo escuchando en lo profundo, a pesar de los años, a pesar del teatro, a pesar de Victoria, y que me sigue hablando de aquella niña, sobrina, como yo, de un cura lugareño, cuya residencia compartimos, envueltos bajo común autoridad por los menesteres eclesiásticos, que dilataban hasta nuestra casa las fronteras del templo parroquial.

—Pero Victoria fue la que me indujo a estudiar música sagrada. Desde que la conocí no habló de otra cosa. Tras de mi primer aprendizaje en Barcelona, quiso que me especializara en órgano y estudiara canto gregoriano, para lo cual expresamente fui a Roma. Cierto que nunca su figura ni su recuerdo me inspiraron armonías religiosas; por el contrario, su primer encuentro desafinó las voces místicas de las campanas a mí confiadas; mientras en España e Italia la esperé, sólo compuse música profana, salvo ejercicios escolares de estilo sacro, no obstante que los estudios en Roma me dieron a gustar en plenitud la belleza del arte religioso y, en especial, del canto gregoriano, cuyos modos desde entonces resuenan a lo largo de mi obra, descubriendo una de mis afinidades electivas.

—Y fue María la que me volvió de lleno al teatro. Peregrinando por España, durante los años de la guerra, yo había encontrado refugio y subsistencia en la música eclesiástica, después de haber intentado vivir del teatro; el oficio de copista en la capilla de la catedral compostelana me abrió las puertas de uno de los archivos musicales más ricos de la cristiandad, propicio a estudios fecundísimos, en el mayor sosiego, del cual me arrancó María, transformada en segunda Victoria, y me paseó por todos los grandes teatros europeos, relacionándome con las celebridades, disponiendo que se me abrieran los secretos domésticos de los foros y que aquella vida me fuera familiar. Por eso digo que no sé si el teatro es Victoria o María.

Gabriel Martínez experimenta la suave modorra de la tarde. Parece casa de pueblo ésta que habita. Por la ventana entran el sol y la sombra de un árbol que se mece. Reina quietud profunda. Se afirmaría estar a muchas leguas de una ciudad populosa.

Gabriel carece aquí de instrumentos musicales. Hay en la sala un piano de la familia, traído de Pátzcuaro a pesar de su vejez, denunciada en lo amarillento y flojo de las teclas. Para usarlo, es preciso atravesar el huerto, cruzar el corredor, rozar la vida familiar.

Martínez exagera el celo de ser independiente, porque teme sucumbir de nuevo en servidumbres. Ha sido fiera su lucha por ese ideal, forjado a golpes de renunciaciones, gozado a costa de una vida errante, un tanto estéril, pues al fin ¿qué vale la independencia por sí sola, si no como instrumento de poder?

Gabriel Martínez recuerda en este punto el piano y el órgano que tuvo a su disposición en el departamento que al regresar le cedió María. —"Son tuyos: puedes recogerlos cuando gustes"— fueron las palabras de la señora el día que Gabriel vino a decirle su resolución de vivir en provincia. Nunca pensó aceptar el regalo, aunque sintiera su necesidad. ¿Ha valido la pena el sacrificio? ¿le ha valido la independencia el realizar alguna obra maestra, el sobresalir en su arte, o siquiera para dedicarse a él plenamente? No. Rotundamente no. Y sin embargo, siente Martínez que no ha perdido el tiempo en estos años de vagabundo, a primera vista estéril. No lo ha perdido, porque sabe haberse hallado a sí mismo, después de viajes y olvidos; tanto, que ha llegado a no necesitar instrumento alguno para concebir la música entrañable, siempre soñada; y porque se siente capaz de grandes destinos, quizá la primera vez en su vida de inhibiciones y titubeos. Maestro misionero, luego maestro de música en las misiones culturales de la Secretaría de Educación y, ante todo, viajero ávido del país que siendo propio apenas conocía, en contacto con el pueblo, con las vulgaridades del vivir llano, con lecturas excelsas y meditaciones asiduas en el reino interior cada vez mejor amurallado, rehizo humildemente su aprendizaje, desde los elementos más rudimentarios.

Y encontró a Diotima en Victoria. Esto fue así, según la remembranza del músico errante:

—Llegó a mi destierro el primer volumen de los *Diálogos* platónicos editados por Vasconcelos. Tremenda sucesión de impresiones dramáticas, me transportaron a un mundo antes insospechado: el juicio, la renuncia a la libertad injusta, la muerte de Sócrates, el deber, el alma, la santidad, la belleza, el amor; mundo de acciones e ideas vivísimas, apasionantes, ligadas entre sí. Sócrates no murió; después de con-padecer su suplicio en el *Fedón*, lo vi alegremente resucitado en el *Banquete*, recreando la figura de Diotima de Mantinea, "mujer muy entendida en punto a amor, y lo mismo en muchas otras cosas". Inesperadamente aquellas palabras de Sócrates: "Todo lo que sé sobre el amor se lo debo a ella", me recordaron a Victoria con violencia. La

118

tenía olvidada en mi nueva vida, y olvidado el deber de buscarla, que fue principal motivo para salir a la aventura. Leí con avidez mayor el diálogo del filósofo con la extranjera sabia.

Gabriel tiene a la mano el volumen, localiza las páginas y sigue los subrayados: "el deseo es una señal de privación" —"el amor ama naturalmente la belleza, y Afrodita es bella"— "la inmortalidad es igualmente el objeto del amor" —"como un relámpago, una belleza maravillosa: belleza eterna, increada, imperecible".

—Así hablaba Diotima, y así despertó el ansia de hallar a Victoria —"si por algo tiene mérito esta vida, es por la contemplación de la belleza absoluta"— que con la presencia y la mirada, más que con la palabra, me había iniciado en los misterios de la hermosura. Entonces pensé que la inercia en buscarla procedía de un temor larvado: el estrago de los años y de los reveses en la beldad, acaso aniquilada; el riesgo del desencanto; la desazón de ir hacia ella sólo por gratitud, por lástima o por simple curiosidad. Fuese lo que fuese, precipité la marcha, dirigiendo los pasos a Guadalajara, donde alguien habría de darme razón de dama tan principal en sus linajes. Cumplí al fin la gran ilusión que de niño compartí con María: conocer la ciudad cuyo nombre, de tanto escucharlo, nos era familiar y legendario, como sus gentes y edificios, como sus costumbres e historia. Lo primero fue buscar la dirección que días y noches me había obsesionado —Placeres, número 498—; no había quien conociera esa calle; al cabo de largas indagaciones, me informaron el cambio de nomenclatura: *Madero* era la nueva denominación, y acaso el número actual no correspondiese al antiguo. Sí, el carácter de la casa —Madero 498— era el "suyo". Revestido de valentía, sofocando el rebato del corazón, llegué al cancel, al timbre, frente al patio reluciente, lleno de macetas, rodeado de nobles arquerías. Todo era como con los datos de sus cartas y conversaciones lo había imaginado durante años. "Ella" de un momento a otro aparecería, convocada por el timbre o por las pulsaciones del corazón. Acudió una sirvienta que desahució a mis preguntas. La hice volver con la súplica de que alguna persona de la familia viniese a informarme. Regresó con tono tajante: que no tenían idea quién fuera esa señora. Insistí. Tras muchos ruegos logré saber el nombre del que les rentaba la casa. Su localización fue trabajo inútil: el inmueble había sido adquirido en remate fiscal. No me di por vencido. Inquirí que se reunían en el casino de la ciudad los representativos de viejos abolengos. ¡Ah! sí, cómo no, la conocían, ¡pobre! había quedado arruinada, ella, tan gentil, tan señora, se había puesto a trabajar en México, algunos afirmaban que había emigrado a Estados Unidos, a Cuba o España, quién sabe a dónde habría ido a parar. Entonces enfoqué mis pesquisas en sus parientes, en los de su marido y en las damas que habían cultivado su confianza. —"Cuando le sobrevino la desgracia, no quiso recurrir a ninguno de los que hubiéramos podido ayudarla: prefirió desaparecer, de la noche a la mañana; en su ausencia le remataron los pocos bienes que dejó abandonados". —"Que yo sepa— dijo una de sus amigas íntimas—, no ha vuelto a comunicarse con nadie: fue siempre muy orgullosa, enemiga de que la compadeciéramos". —"Persona muy difícil: fue cuñada mía: vagamente sé que todavía el año pasado estaba en San Antonio Texas". —"¡Ah! ¿usted es el joven al que sostenía sus estudios en Europa? Estaba encantada con usted. No me hablaba de otra cosa. Sé cómo lo conoció: un campanero prodigioso. Si usted ignora dónde se halla, ¿quién lo podrá sa-

120

ber?" —"No puedo afirmarlo; pero alguien dijo haberla visto en Zamora. Es posible, creo que allí le quedaban algunos bienes".

—Fui a Zamora, con el débil indicio. Encontré huellas más perceptibles. Había estado en la ciudad el año anterior. Tenía un juicio pendiente sobre unos terrenos a inmediaciones de Jacona. Era posible que volviera un día con otro. Acaso la encontrara en México.

—De México me llamaban los amigos: qué andaba haciendo en la legua, perdiendo el tiempo, desperdiciando oportunidades, renunciando al sitio en que se me necesitaba dentro del sacudimiento artístico del país. En más de un año no había vuelto a la capital; mutiladas y retrasadas, las noticias que llegaban al retiro sobre las actividades y proyectos del flamante Ministerio de Educación, en otras circunstancias me hubieran arrebatado; entonces me dejaban impasible los ecos de acontecimientos y la creciente fama de nombres nuevos, entre los que, según halago de los amigos, faltaba el mío. Era tiempo de asomarme unos días al tinglado de pintores, autores, actores, músicos, poetas, periodistas, donde acaso encontrara a Victoria. En el camino me desvié a León, recordando los años que allí viví de interno, y las visitas que, burlando la vigilancia escolar con ayuda de algunas amigas, como después lo contaba entre risas, me hizo la que finalmente habría de arrancarme de aquella existencia. En verdad lo que a León me llevaba era la esperanza de hallar huellas de Victoria, mediante la identificación de sus antiguas amistades. Fue difícil; pero no salí defraudado: "ella" seguía cultivando relaciones con varias de las damas que por travesura le ayudaron a encontrarse, doce años hacía, con "un colegial del que deseaba hacer un gran músico"; de regreso de Norteamérica pasó larga temporada en

León, de donde había marchado a Zamora y Morelia; últimamente comunicó de México "que sus negocios, al fin, iban por buen camino". Doce horas después, yo estaba en la capital.

—Jacobo era ya Secretario de Estado. María me reprochó: —"si hubieras sido franco, te habrías evitado molestias y, sobre todo, no te habrías desviado de tu camino, porque yo, desde un principio, te hubiera dicho donde podrías hallar a la que buscas; tampoco era el caso para que yo resultara oficiosa, y como persistías en guardar silencio cuando te insinuaba el tema de tu benefactora, creí que no te interesaba saber de mí nada respecto a ella, con la que llegué a pensar que seguías en correspondencia secreta; también ella guardó siempre absoluta discreción, y nunca me ha mencionado tu nombre, ni aludido a ti en forma ninguna". Sin duda di muestras de violenta sorpresa e impaciencia, porque María comenzó a explicar las cuestiones denunciadas en mi rostro: —"la viuda de Cortina se halla en contacto con nosotros hace algunos años; Jacobo le ha hecho algún servicio, y esto me impedía también hablar del asunto, para que no se pensara que lo sacábamos a relucir por presunción; estoy segura de que la mañana misma de nuestro encuentro en Santiago de Compostela, platicando algo que se relacionaba con la señora, te dije que soy incapaz de sentimientos despreciables y que algún día te convencerías de que no guardo rencor a esa mujer; si he hablado de servicios, ha sido no más por explicarte la causa de nuestras relaciones; no quieras saber más; mucho me había cuidado en decírtelo; pero cuando he venido siguiendo tus locuras, la pérdida de tiempo y de capacidad a que te has dedicado neciamente, aquí tienes las señas que buscas, y ojalá el encuentro no sea nuevo mal o te produzca desengaño" —esto diciendo, María puso en mis manos un sobre a ella dirigido, en cuyo ángulo, con letra inconfundible, se leía: "Victoria E. Cortina—Plazuela de las Rosas 3—Morelia". Esa noche, Jacobo y María me invitaron a su palco del "Arbeu"; se presentaba, como el día en que Victoria me inició en la ópera, *Madame Butterfly*.

Las sombras de la tarde comienzan a invadir la habitación del añorante, asaltado por la tentación de ir al Teatro Lírico, en busca de la segunda tiple. Gabriel sale con pasos cautelosos de ladrón.

LA PUERTA OBSTINADA Y LOS PLANTÍOS DE LA BELLADONA

Desde sus primeros días de Barcelona el antiguo campanero fue atraído por el *Orfeó Català*. Desde entonces pensó realizar algo semejante cuando volviese a México. Evocaba los grupos de campesinos espontáneamente reunidos para cantar en las noches rurales, a impulsos de recóndita necesidad. Investigó la obra que José Anselmo Clavé había llevado a cabo en toda Cataluña, levantando coros de millares de obreros, que sin previa instrucción musical aprendían de memoria y de viva voz las partes de un conjunto luego interpretado con asombrosa perfección. Supuesta la capacidad natural del mexicano para la música —Gabriel Martínez la había sentido desde la confusión de su infancia como deseo y necesidad—, el antecedente catalán podría ser superado. La idea fue madurando a través de años y experiencias, hasta el día del regreso; cuando Martínez conoció a José Vasconcelos, consagrado entonces a reconstruir la Secretaría de Educación Pública, el designio de hacer cantar al pueblo fue acogido con entusiasmo. —"Se halla en mis planes, de modo muy principal. Muchas veces he dicho que si queremos redimir a México, necesitamos bañarlo en música, recorriéndolo de un extremo a otro con orquestas y orfeones, y haciendo que por todas partes el pueblo cante."

Incorporado al séquito vasconcelista en una jira por el norte del país, Gabriel propuso echar a andar desde luego el proyecto y pidió quedarse como maestro misionero de música en medios rurales. El éxito fue conocido en México, de donde se multiplicaron las llamadas al desterrado; el propio Ministro lo reclamaba para que actuara en la capital, sumado al movimiento en que participaban pintores, poetas, dramaturgos, escenógrafos, tipógrafos, con el común afán de un resurgimiento en todos los órdenes de la cultura.

Gabriel dejó su aislamiento de varios meses. Llegado a México, tuvo confirmación de halagüeños ofrecimientos: dispondría de amplios recursos para emprender tareas en el campo de la música; se le confiaría la organización de grandes conjuntos corales, la dirección de una orquesta sinfónica permanente, la depuración de las danzas vernáculas tendiente a crear el ballet mexicano. Todo lo rehusó en la única entrevista celebrada con el Secretario de Educación, ante quien adujo las ventajas de mover musicalmente a las provincias, punto menos que abandonadas a los ecos de la metrópoli; en ésta sobraban elementos capaces para la empresa, mientras allá faltaban hombres de buena voluntad; por otra parte, habría de rehuirse a una centralización de actividades, en pugna con el carácter nacional del Ministerio. No sólo se le dio la razón, sino que fue calurosamente felicitado, y obtuvo el nombramiento de promotor musical en Michoacán, a donde partió rápidamente, dos días después de haber llegado, y sin satisfacer el deseo de saludar a varios amigos, ni despedirse de las contadas personas con quienes había estado durante su fugaz estancia en la ciudad.

124

Camino a Morelia —directa, violentamente—, lo absorbía un solo pensamiento: "la veré al fin"; pero mezclado con palabras admonitorias: —"ojalá el encuentro no sea nuevo mal o te produzca desengaño".

Al llegar, al dar con el Jardín de las Rosas, era tiempo de retroceder, de preferir la ilusión incólume a las contingencias de la realidad. No retrocedió. Llamó a la puerta del número 3, con firmeza. Esperó eternidades. Vino una viejecita. Otra espera desesperante. La viejecita volvió y lo introdujo a una estancia en penumbra. Sobre la pared, el golpe lento, isócrono de un péndulo. ("No, no debió ser así, así no era su recibidor en Placeres 498".) De muy adentro se avecinan pasos de mujer. Ella. En penumbra. La voz desencantada:

—Ah, es usted, Gabriel, qué anda haciendo.

Él se había levantado con efusión. Ella se detuvo a distancia y alargó la mano en saludo rígido, rápido:

—Siéntese.

Pausa.

—Qué vino a hacer.

Pausa mayor.

—Hubiera preferido no volverlo a ver.

Pausa insoportable.

La diosa de alas, opulenta, venía transfigurada en Virtud medieval, arrancada de algún pórtico: Chartres o Estrasburgo, Reims o Colonia; mármol salido del purgatorio: las líneas de majestuosa simplicidad, rectas, enérgicas. O aquella suprema emoción, al aparecer, en la penumbra de una sala de conciertos, la figura fantasmal de Wanda Landowska, vestida con túnica blanca, y adivinar sus manos ascéticas, consumidas —como la cara, como el cuerpo inmaterial— por el oculto fuego de una pasión, el espíritu desbordado en el clavicordio, perdidas las dimensiones de la sala, el tiempo anulado bajo el imperio de la música, etéreamente regida por aquella mística sombra. Hechos a la semioscuridad, los ojos contemplaban las líneas ennoblecidas por la purificación, puestos en olvido el tiempo y el inicial desagrado, desatendida la voz que hablaba sin inflexiones, a grandes pausas. Era, sí, una de aquellas figuras admiradas día con día, largas horas, en los viajes a Estrasburgo, instalado indefinidamente frente a la catedral, bajo el coro de las virtudes. Muy cercano, un repique de campanas interrumpió el éxtasis. Volvió la sensación del péndulo, de la voz, de las pausas interminables. La señora se había puesto de pie. Gabriel continuaba sentado.

—Le repito que tengo una ocupación inaplazable, y que no hemos de volver a vernos. Si algo tenía que decirle, se lo he dicho ya.

Estalló en Gabriel una de aquellas crisis de locuacidad y arrebato con que solía reaccionar su timidez:

—Pues yo he venido resuelto a no separármele más.

La voz incolora de la dama se tiñó levemente de burla, desprecio e indignación:

—¿Con qué derecho?

—Con el derecho de no habérmele separado nunca.

Victoria tardó en responder:

—No entiendo. ¿Está usted loco?

—Usted lo sabe.

—¿Yo? Ya se lo dije: si algo malo hice, bastante caro lo he pagado.

—He de contarle día por día mi locura, mansa sólo en apariencia, desde que no supe más de usted; no, desde antes, desde sus cartas, desde Veracruz, y México, y León, desde nuestro primer encuentro.

—Le ruego callar y dejarme. O lo dejaré yo.

—Aquí la esperaré, una, dos, diez horas, y siempre, como siempre.

—¿Se da cuenta de lo que dice? ¿Sería capaz de pensar siquiera en causarme algún daño? ¿Sabe usted cómo y con quién vivo? No sea impertinente —por lo inexorable del tono y la actitud, era un arcángel gótico.

—Sin embargo, tengo una deuda con usted.

—La desconozco, en absoluto, y ojalá pudiera decir lo mismo de usted.

—Por lo menos he de darle cuenta...

—Basta. No abuse de mi cortesía o de mi debilidad para proceder en otra forma.

Gabriel se puso en pie, con sorda irritación:

—Hay actos de los cuales nadie puede jamás librarse, cuyas consecuencias nos siguen fatalmente para siempre. Si usted se cree libre, yo no. Esté tranquila: no la importunaré; pero nadie podrá impedirme seguir unido a usted como hasta hoy, a pesar de todo— hizo una reverencia y abandonó la casa; el jardín, los muros adyacentes, el nombre mismo del sitio: "las Rosas", le representaban la violencia que habría de usar para no volver allí.

Sobrepuesto a la turba de los enigmas desencadenados por la entrevista, el músico se consagró febrilmente al trabajo, levantó los primeros orfeones de obreros y gente del pueblo, reunió en una peña cotidiana a cuantos de algún modo se interesaban por el arte, contagió a la ciudad con su entusiasmo, promovió conciertos, lecturas, representaciones dramáticas y exposiciones. Un secreto afán lo movía: el hacerse sentir a Victoria. No había vuelto a verla, por más que la buscaba, si no a inmediaciones de su casa, sí en todo sitio de afluencia pública: los portales, las tiendas, las oficinas, la catedral, el bosque de San Pedro, la calzada de Guadalupe, las calles de mayor tránsito. Y había vencido la obstinación de escribirle para preguntar qué intriga, qué culpa, qué causa desconocida provocaba su hostilidad, o para contarle la ilusión de hallarla y rendirle cuentas de los talentos que le había facilitado, para explicar en qué sentido afirmó que nunca se le había separado ni se le separaría y por qué pareció impertinente; para narrarle las impresiones de su actual belleza, o escribirle simplemente para quejarse, sin reproches, ni ruegos, ni explicaciones, ni esperanzas.

Una idea se le clavó con fijeza: María, nadie más pudo causar el desvío de Victoria, quizá sin proponérselo (—"soy incapaz de sentimientos despreciables") o por lo menos ella sabía la causa. Gabriel hubo de imponerse al rabioso deseo de partir a México en demanda de una explicación. Imaginaba el recibimiento chusco que se le brindaría, y el empecinamiento en que acaso incurriera la señora de Ibarra, fingiéndose ignorante. ¿Qué más daba, en fin, esperar u olvidar? ¿No había soñado en verse libre de una y otra? Lo era plenamente, y uno tras otro, los triunfos le sonreían, como estaba previsto.

El encanto de Michoacán le infundía renovados bríos. Al mismo tiempo que actuaba, componía, crecientemente seguro de ir hallando la fuente de inspiración original, en que hablaran los bosques, los lagos, los ríos, los eriales de la patria, y algo más: las alegrías y las tristezas, los desengaños y las esperanzas de la gente. No se lo proponía. Le causaba horror la premeditación del nacionalismo y de cualquier otra finalidad —religiosa, social o política—, que tratara de subyugar al arte; pero el contacto de la tierra suavemente lo dirigía, lo nutría, le dictaba profundas armonías, que no imitaban o pintaban lo externo, ni relataban lo anecdótico, sino que manaban de la abundancia del corazón, como debió surgir la pintura de Fra Angélico y la música de

Mozart. Ni renegaba de su aprendizaje europeo, que lo asistía como disciplina ecuménica para el hallazgo de la propia raíz, y acumulada herencia por acrecentar. Se reía de los que trataban de ocultar su ignorancia en el celo de la originalidad y el ultramontanismo patriotero, temerosos —decían con aspavientos— de sucumbir a influencias que desfiguraran su mensaje. —"Cualquier mañana —les decía— su nativismo se jactará de haber descubierto el Mediterráneo, es decir: serán los últimos en saberse plagiarios de lugares comunes, que ustedes presumieran como creaciones geniales". En cabeza propia mostraba descalabros: alguna vez, llevado de sus primeros entusiasmos por la ópera —no había transpuesto aún la puertecilla mágica del escenario y su conocimiento del género eran unas cuantas representaciones del repertorio italiano más popular— creyó ser objeto de súbita revelación que lo convertiría en innovador del drama musical: pensando en la naturalidad realista que ciertas situaciones exigen, los diálogos, por ejemplo, imaginó darles forma de recitativos, modulados en tonos de frecuencia diversa, que diferenciara tanto el carácter de los personajes contrapuestos, como los motivos e intensidades emocionales en cada representante; la orquesta subrayaría melódicamente los pasajes, creando el clima dramático; —lleno de asombro por lo que juzgaba invención formidable, la confirió misteriosamente a uno de sus maestros catalanes; todavía le mortifica la sonrisa, entre irónica, lastimosa, con que la "inspiración sobrenatural" fue acogida: Wagner había muerto muchos años antes y Debussy se había impuesto definitivamente; Gabriel no había siquiera oído hablar de la perspectiva tonal, del "leitmotiv" ni del *Pelléas*.

Por sus ideas comenzó a ser tachado de "malinchista". (La discusión del tema en posterior polémica llevó victoriosamente su nombre a lejanos ámbitos.) Pero su obra fue depurando acentos, en persecución de un lenguaje patrio. Aspiraba a expresar con la música la esencial peculiaridad exhalada por la poesía de Ramón López Velarde, con quien sentía el parentesco en cuyas diversas ramas la misma savia reventaba en símbolos idénticos de liturgia y concupiscencia, lugareños y universales. (Gabriel, cuántas veces, con macabra rutina, bajo "una nave de parroquia en penumbra", tendió y destendió el "paño de ánimas goteado de cera, hollado y roto"; con qué fuerza las imágenes de "la escala de Jacob llena de ensueños" —"la docena de tribus que en tu voz me fascina"— "tu tiniebla guiaba mis latidos, cual guiaba la columna de fuego al israelita", le recuerdan sus lecturas bíblicas; cómo el "contradictorio prestigio de almidón y de temible luto ceremonioso" revive a la prima parroquial, "cesto policromo de manzanas y uvas", mientras el "racimo copioso y magno de promisión, que fatigas el dorso de dos hebreos", dibuja "el perímetro jovial" de Victoria, "nave de los hechizos", "vertebral espejo de la belleza", "cónclave de granizos", "cortejo de espumas", "sempiterna bonanza de una mina", o palpita la tierra en "tardes de rogativa y de cirio pascual", en "el relámpago verde de los loros", en el "cielo nupcial, que cuando truena, de deleites frenéticos nos llena", en "el santo olor de la panadería" y "del aroma del estreno".) Sin tratar de copiarla, se sumergía en la materia sonora que lo circundaba; inflexiones del habla regional, pregones y ruidos callejeros, fragor de artesanías, conciertos de pájaros y campanas, músicos ambulantes, y el eco íntimo de todo esto y del paisaje, de las gentes, de las costumbres; transmutaba en resonancias las imágenes visuales, los datos del sabor, el olor y el tacto, de la memoria y la fantasía; en todo hallaba el ritmo y la melodiosa concordancia: un golpe, un estallido ingrato, alguna voz desaforada o la destemplanza de gritos y chillidos.

El primer fruto de los días michoacanos fue *Itinerario,* concebido en forma de *suite* sinfónica. Fracasado el esfuerzo para organizar una orquesta completa, el compositor se vio en la disyuntiva de presentar su obra con un reducido conjunto orquestal o arreglada para banda; lo decidió a esto último, el deseo de hacer llegar la música a grandes masas populares, cuya reacción hacia el tratamiento de temas vernáculos le interesaba conocer; introdujo una novedad, enfocada especialmente a conseguir mayor atención del auditorio, haciendo que los pasajes concebidos para las cuerdas fueran ejecutados a boca cerrada por el coro. El propio autor escribió la siguiente nota, inserta en los programas: —"*Itinerario* es la expresión musical de algunas impresiones de viaje por tierras michoacanas. Esta obra tiende al desarrollo de la música mexicana, llevada a la altura del arte por la acentuación depurada de sus elementos característicos. Entre *Itinerario* y la música folklórica pretendemos establecer una diferencia semejante a la que hay entre los retablos populares y la pintura mural de Diego Rivera. En el fondo es la misma realidad nacional, pero tratada en forma diferente. Arte significa creación. Por tanto, la música mexicana con rango artístico no debe ser la imitación o el zurcido más o menos bien disfrazado de nuestra música popular, sino la invención de formas en que se expresen, por vías diferentes, los mismos motivos nacionales en que se origina lo popular. De otra parte, la música no es traducción de la pintura ni de la literatura; sus medios expresivos son absolutamente independientes y tienen exigencias distintas a los medios propios de las otras artes, bien que todas coincidan en dar forma sensible a la belleza: con la palabra, la poesía; con el dibujo y el color, la pintura; con el sonido, la música. Queremos prevenir al auditorio para que no espere de *Itinerario* una música descriptiva o imitativa conforme a los títulos que llevan sus partes, pues la música genuina carece de programa o argumento, en el exacto sentido del término; tampoco espere oír una combinación de canciones o piezas vernáculas, a manera de 'aires regionales'. Con el objeto de atraer la atención del público y acostumbrarlo a *entender* el idioma propio de la música, las diversas partes de *Itinerario* han sido bautizadas con el nombre del sitio y la circunstancia que las inspiró; hubiéramos preferido dejarles el nombre genérico de la forma musical que revisten, y la cual debe buscar el oyente, una vez orientado por el asunto que la música expresa. No nos cansaremos de repetir lo que varias veces hemos dicho en anteriores conciertos: el tema o asunto es cosa secundaria en la obra de arte; sólo sirve para encauzarnos hacia la contemplación estética, tras de la cual se nos entrega un conocimiento más exacto de la realidad, y en el caso del arte nacional, un sentimiento más profundo de la Patria".

Con estas advertencias preliminares, el autor establece la composición de la obra: —"*Itinerario* se compone de las siguientes partes: *1) Morelia* (obertura) un primer tema, encomendado al coro, sugiere el sueño de la ciudad poco antes de amanecer, o bien, antes de ser fundada: el canto participa de la doble naturaleza de plegaria y canción, y expresa sentimientos de culpa original y de esperanza; el acompañamiento de timbales rozados en *crescendo* por escobillas metálicas, insinúa los primeros ruidos de la mañana; la transición del tema *grave* al *allegro* se marca por el tañido de campanas; el oyente puede imaginar el toque de ángelus o la llamada

132

del destino, que convoca a la historia de la ciudad; respondiendo al timbre de las campanas, las trompetas plantean el tema del *allegro* con el canto del gallo y el toque militar de diana, luego desarrollado por los diversos sectores de la banda: el oyente puede imaginar la arquitectura de la ciudad, los reflejos del sol sobre las canteras, la algarabía de calles y mercados, el barullo escolar, los sones artesanos y el eco de algún corrido fabuloso; las trompetas vuelven al tema militar, y el *allegro* se transforma en *marcha*: "la entrada del héroe"; imagínese a Morelos, montado a caballo, que recorre las calles entre aclamaciones estruendosas, con participación del coro. 2) *Encuentro en Zirahuén (andante cantabile)* coro y maderas desempeñan este breve trozo lírico, que recuerda el estilo de las canciones criollas; el oyente puede representarse la búsqueda afanosa y el hallazgo, al fin, de una bella mujer, nuevamente desvanecida entre los encantos misteriosos de un lago semejante a Zirahuén. 3) *La isla de Janitzio (scherzo)* el tema de danzas regionales, de cantos populares religiosos y profanos, así como el sonido de los remos en el agua, constituyen los motivos de este rápido movimiento, en el cual se demuestra cómo una forma tradicional de la música puede revestir las expresiones típicas de cualquier país. 4) *Meditación en Tzintzuntzan (largo)* el oyente imagínese cruzando el atrio de Tzintzuntzan, bajo los árboles añosos, de los que penden las campanas, o bien puesto frente al cuadro del Entierro de Cristo, asistiendo al cortejo fúnebre; si en las flautas reconoce la melodía del *andante*, piense que la bella mujer encontrada en Zirahuén forma parte de la procesión y alterna su voz con las del coro místico; el tema encomendado al fagot sugiere la figura conductora de don Vasco, padre y maestro de la turba que, meditando, trabaja y reza. 5) *El jardín de las*

Rosas (rondó) el sentido de este movimiento se ex-
insinúa su presencia en medio de la inocente alegría,
de pájaros o de flores; el tema de la bella mujer
plica por sí mismo: es un sencillo juego de niños,
poniendo una nota melancólica; quien prefiera, puede imaginar en este motivo a la legendaria doña
Ana Huarte o a cualquiera otra bella colegiala, contemplando las rondas infantiles desde el corredor
alto de las Rosas. *6) Paseo en Pátzcuaro (adagio)* al
tema de soledad nocturnal, de recogimiento religioso, de ansiosa espera y de búsqueda silenciosa, sucede la alegría del hallazgo, bajo un cielo radiante
(andantino) y el paseo, por sitios de ensueño, en
compañía de la mujer definitivamente recobrada, a
través de cuyas pupilas se goza el paisaje, ascen-
diendo hasta la Colegiata, en donde *(2º adagio)* la
melodía del amor humano se entreteje con la *Salve*,
que canta el coro. *7) Fandango en tierra caliente
(allegro)* el viaje termina en la cálida atmósfera de
una feria, donde todo lo popular tiene asiento; el
tema femenino de los movimientos anteriores aparece transformado primero en las notas de una serenata, después en tiempo de vals y luego en son de
un baile frenético al que se unen los demás motivos para llegar al final de la obra".

El renombre adquirido por Martínez como remo-
vedor del ambiente artístico y organizador de masas
corales despertó expectación por el estreno de *Itinerario*, precedido de gran publicidad. No estando seguro de que con sólo el anuncio acudiera Victoria,
Gabriel se atrevió a enviarle, con invitación especial,
el manuscrito de la partitura, dedicado "a la protagonista ideal de este viaje ilusorio". Llegado el estreno, ninguna providencia pudo asegurar a Gabriel
que Victoria se hallara entre la muchedumbre que
bien temprano llenó el recinto del concierto. Sin
embargo, el compositor dirigió la ejecución como si

la señora fuese la única oyente, pues por ella y para ella estaba hecha la obra.

El público aplaudió con entusiasmo e hizo repetir el *andante cantabile* y el *rondó*. La ovación final fue interminable; a gritos se pedía la repetición completa, y abundaban aclamaciones parciales a Zirahuén, a Tzintzuntzan, a las Rosas, a Pátzcuaro; éste fue el trozo escogido para satisfacer los aplausos, y como recrecieran al terminar el *encore*, hubo de tocarse dos veces el *rondó* y anunciarse para el domingo siguiente la repetición del concierto. (El poderoso aliento popular de tales demostraciones, centuplicado en relación con las prodigadas en los primeros festivales de música coral, hacía recordar a Gabriel Martínez el convencionalismo de los parabienes que recibió cuando en Europa, por agencias de María, fue presentando como compositor ante pequeños auditorios; en París, la última de aquellas ocasiones, en la Embajada Mexicana, lo halagó el juicio generalizado de "rareza exótica", que recayó sobre las piezas que formaron el programa. Entre ambos extremos había la diferencia de lo vivo a lo pintado. La insatisfacción de antaño quedaba explicada.) Lo que más le complació fueron los comentarios de gentes modestas —estudiantes, empleados, obreros— que se acercaron a felicitarlo ese día y los subsecuentes; con sinceridad exponían sus impresiones en lenguaje directo: "me sentí en Pátzcuaro", "yo sería capaz de pintar el retrato de la mujer aparecida en Zirahuén", "se me figuró ver de verdad que la estatua de Morelos caminaba por la calle", "qué ganas de ponerme a bailar en el fandango, como si hubiera estado en Taretan, mi mera tierra".

Cierto que no dejaron de llegarle reservas y críticas adversas; provenían de personas y círculos que administraban "el buen gusto" de "la clase culta".

—"¿Por qué —decían— mezclar las charrerías con música selecta, profanando denominaciones clásicas? Y esos ruidos destemplados, que cuando comienzan a tener sentido, unificándose, desafinan la melodía o la cortan. No se salía de oír algo como escoleta de banda pueblerina. Sucedió lo del pintor que al pie de los cuadros tenía que decir lo que representaban. Música para danzas de indios, para bailes de rancho y, a lo sumo, para iglesia de barrio".

El entusiasmo popular fue aún mayor en la repetición, al domingo siguiente. Martínez llegó a ser en la ciudad el personaje de moda, señalado, saludado y entrevistado por transeúntes conocidos y desconocidos; acudían a su casa interminables visitantes, admiradores, curiosos; llovían invitaciones de Pátzcuaro, de Uruapan, de Apatzingán; en todas partes del Estado solicitaban la organización de conjuntos corales. Había sin embargo un vacío que no llenaban esos raudales del éxito: era el silencio de Victoria.

Gabriel cedió al impulso de pasar furtivamente por las Rosas y sus aledaños, a horas bien diversas. Acabó por plantarse en el jardín, fingiendo que leía. No pudo al fin resistir y llamó a la puerta obstinada. Nadie acudió. Empeñarse más en tocar, provocaría intervenciones oficiosas de vecinos, que Gabriel no deseaba. Llegó a pensar en que la entrevista con la dama hubiera sido un caso de alucinación, como los que pueblan las consejas provincianas, y hasta temió que alguien se le acercara compasivamente a decirle que aquella casa estaba abandonada desde la muerte de su dueña, hacía mucho tiempo. Perseveró en rondar. Estuvo dispuesto a inquirir con amigos. Mas una tarde, anocheciendo, la viejecita que lo había recibido aquella mañana, cruzaba el jardín en dirección a la casa; Gabriel se le interpuso ante la puerta y consiguió saber sólo que la señora estaba fuera quién sabe dónde y desde cuándo; fue inútil tratar de obtener otros datos, insinuando fechas y rumbos: ¿en Zamora? ¿en México? ¿haría una, dos, cuatro semanas? Martínez quedó con la impresión de que la viejecita tenía contra él alguna consigna. ¿Recibiría la señora, por correo, unos papeles, la semana antepasada? ¿volvería pronto? ¿era huésped o dueña de la casa? ¿la viejecita era su sirvienta? —"No, quién sabe, yo no sé". —"¿Dejó dicho algo en caso de que yo volviera? ¿de que la buscara? ¿viven aquí otras personas?" Llena de hosquedad, la respuesta era invariable: —"No, quién sabe, yo no sé".

La extensión de actividades llevó a Gabriel por las regiones más apartadas de Michoacán. La Secretaría le confió también Guanajuato. Llevaba en los viajes la esperanza del encuentro, musicalmente imaginado en Zirahuén y en Pátzcuaro, que de allí en más fueron centros de operación predilectos. En las esperas del ferrocarril, al abordarlo y recorrer a los viajeros con la vista, o al llegar a los hoteles, al transitar por calles y plazas —Acámbaro, Celaya, Irapuato, Silao, León, Guanajuato, Ajuno, Yurécuaro, Zamora— levantábanse mil y un espejismos; contra toda posibilidad, por lo remoto e inaccesible del sitio, fuera de rutas verosímiles, la imaginación escenógrafa prefería ciertos lugares para sus figuraciones: las nobles arquerías del claustro en Cuitzeo, los umbrosos laureles de la plaza contrapuestos al sol vivo de la fachada conventual en Yuriria, el desolado atrio de Quiroga, la gloriosa ruina de Tiripitío.

Al regreso de uno de aquellos viajes, el músico encontró en su hospedaje de Morelia la partitura de *Itinerario*, dedicada meses antes a Victoria; nadie supo explicar quién la llevó: el correo, un cargador, una sirvienta, un muchacho; había señales de violación en la envoltura original; esto alegró a Gabriel.

Prosiguieron las andanzas. Se sucedían los éxitos en la empresa de hacer cantar al pueblo. Surgían proyectos y obras nuevas, especialmente para orfeón. Predominaba el tema de la mujer inasible, cuya identidad fue poco a poco descubriéndose: una obertura estrenada en Guanajuato, con pequeña orquesta, se intituló *Victoria de Samotracia*; en Zamora, el programa de un recital pianístico anunciaba "dos nocturnos e *impromptu* por Victoria". (En Zamora indagó Gabriel que, coincidiendo más o menos con el estreno de *Itinerario*, la viuda de Cortina estuvo allí, traía de Morelia el juicio resuelto y facilidades para la venta rápida de los terrenos recobrados, lo que una vez conseguido, la hizo marcharse prestamente.) *Victoria* se llamó una marcha, y unas danzas, y una balada para coro a cuatro voces. El nombre fue paseado como insignia en los viajes incesantes del promotor musical, quien por este modo esperaba hacerse oír de la esquiva.

Inesperadamente recibió invitación de la Orquesta Sinfónica de Guadalajara para que la dirigiera, incorporando al programa la versión original de *Itinerario* y algunas otras obras suyas. ¿Quién había sugerido tan halagadora propuesta? María ni Jacobo eran, pues llevaban meses fuera del país, recorriendo el mundo en misión extraordinaria, según supo Gabriel cuando en uno de sus rápidos viajes a la capital trató de hablar con María sobre la repulsa de Victoria; ¿ésta sería? ¿o alguna indicación del Ministerio de Educación? ¿o la sola fama del éxito alcanzado en Morelia? Sí: quizá Victoria, ¿por qué no?

Gabriel no había vuelto a Guadalajara desde que la visitó el año anterior, en busca de la desaparecida. Estupendamente recibido, considerado por sus coterráneos como "un valor" de aquella provincia, en donde se hallaban sorprendentemente informa-

dos de su "brillante carrera", según la prensa local,
el compositor no pudo descubrir en todo aquello la
posible influencia de la señora que tan alto sitio
tenía en la vida social de Guadalajara; ni siquiera
logró saber a ciencia cierta si la viuda de Cortina se
hallaba en la ciudad, bien que hubo sonrisas de ma-
liciosa inteligencia cuando fue dado a conocer el
programa del concierto: I-*Victoria de Samotracia*
(obertura); II-*Variaciones por Victoria*; III-*Itinerario*. Gabriel eludió con esmero las preguntas cap-
ciosas que le formularon los reporteros regionales,
aunque aludió a la deuda que tenía contraída con
una generosa dama tapatía, que había hecho posible
hallarse a sí mismo en el mundo de la música y
emprender estudios en Europa.

El éxito sobrepasó a las esperanzas. La orquestación completa de *Itinerario* produjo los efectos
intuidos al concebir la obra. No hubo discordancia
en los comentarios, al grado de que un editorial en
el periódico más importante, se intituló: "Sí hay
profetas en su tierra". Gabriel recibió la solicita-
ción de un grupo de damas para que ofreciera un
recital de piano, con obras de que tenían sugestivas
noticias. Tampoco esta vez pudo confirmar la sospecha de que Victoria interviniera en la moción.
Accedió. El teatro Degollado volvió a llenarse con
un público dispuesto al aplauso fervoroso. El programa del recital estaba secretamente consagrado a
Victoria; lo integró, en la primera parte, con obras
compuestas en Europa: I-Sonata *Los encuentros*;
II-*La Nube* (temas para la cantata bíblica *El Éxodo*);
Espera en Florencia; en la segunda parte, composiciones recientes: I-Dos nocturnos e *impromptu* por
Victoria; II-Danzas en soledad; III-*Recuerdos de mi
pueblo: a)* campanas; *b)* mediodía de abril; *c)* tarde dominical; *d)* el día de la Santa Cruz; *e) Dies
irae* y rebato por la viajera. Esta última obra, es-

crita en parte los días anteriores al concierto, y en parte improvisada, produjo delirio; forzado a repetirla, varios pasajes resultaron diferentes, aunque mejorados por la emoción que los recomponía; sin hacerse del rogar ante la insistente ovación, Gabriel anunció todavía un *encore: Horas en México y despedida en Veracruz.* El frenesí de los aplausos hacía interminable la velada. Los periódicos hablaron de "una revelación sensacional", de "una gloria indiscutible del terruño", del "hallazgo, al fin, de la genuina música mexicana", del "auténtico arte nacional".

Gabriel fue llevado, como prodigio, de recepción en recepción. (Inútilmente pensó encontrar en alguna de aquellas casas, entre aquellos fanáticos admiradores, al hada por quien sentía vivir ese sueño magnífico del triunfo, hasta entonces conciliado.) No eran proposiciones, eran exigencias de quedarse a vivir en Guadalajara. Se debía a su tierra. Todo era propicio. Era incitante. Por su parte, no deseaba él otra cosa.

Mas temeroso de que la familiaridad y rutina de los días destruyeran la pleitesía, el ídolo prefirió ausentarse para conservarla. Tras un mes de vida enajenada, retornó a Michoacán.

Lo esperaba, entre la correspondencia, una serie de cartas y tarjetas enviadas por María desde países en continentes distintos; cumplía el sueño de su adolescencia: conocer el mundo. Marcado por largas pausas postales, el real itinerario principiaba en Los Angeles ("visitamos los estudios de Hollywood: a propósito, nunca me has contado tus devaneos amorosos por las estrellas de cine"); proseguía en Honolulú ("quién sabe si te parecerá exótico esto que se me pasaba decirte: déjate de perseguir a la que te rehuye ¿sabes? por delicadeza y remordimiento de los males que cree habernos causado

140

al tío Dionisio, a ti, a mí, figúrate, y por gratitud a los favores que dice deber a Jacobo, quien te manda saludar"); en Manila, en Tokio, en Vladivostok ("es como si anduviéramos dentro del misterio, como si fuéramos a entrar en la eternidad"); la pausa saltaba hasta Constantinopla: dos líneas al dorso de un panorama: "En el pueblo no llegamos a leer las novelas de Loti. Saludos." Terminaba la serie.

Más tarde fueron llegando señas nuevas del viaje, a grandes intervalos —Jericó, Atenas, Pompeya, Barcelona—, sin que la alusión a Victoria se repitiera.

¿Qué, quién le había despertado remordimientos? ¿por qué males? ¿por haberlo puesto en el camino de la gloria? ¿por haberlo sacado de la oscuridad? ¿Y era cierto? Porque hasta las líneas de Honolulú, en el ánimo de Gabriel predominaba la hipótesis de que Victoria lo repudiaba por soberbia de mujer venida a menos y, secundariamente, por alguna falsa información, porque hubiese llegado a sus oídos el propósito de no buscarla para no caer en su servidumbre.

Y era esta servidumbre de ausencia, hajo la cual andaba errante hacía dos años, desde que salió de México en busca de la señora, servidumbre acicateada por la sorpresa del repudio, era esta servidumbre la que había dado vuelo a la libertad creadora y al éxito fecundo de los últimos meses.

En cambio, bajo la servidumbre de María y Jacobo, en aquella jaula dorada, subsecuente al regreso de Europa, ¿qué había hecho, sino desesperar y sucumbir en un período de absoluta esterilidad?

El itinerario de María, las resonancias de Guadalajara excitaron el nomadismo del músico. Le resultaba insoportable permanecer más de una semana en un sitio. Con el ánimo apuntado hacia la capital tapatía, iba posponiendo el gusto de volver, de contestar los encendidos mensajes que de allá recibía. Fue a México. Supo que los Ibarra se hallaban de regreso, mas no los buscó. Los amigos del Ministerio le propusieron la organización de un concierto, que nunca llegó a formalizarse. Alguien le advirtió: —"estarán, como dicen, contentos de tu labor; pero mientras más te halles lejos, menos se interesarán por ti; así es la capital; procura reintegrarte a ella". Había contestado que no le importaba la capital; sin embargo no pudo dejar de recordar que cuando se anunció el viaje de Vasconcelos a Sudamérica, con un séquito amistoso, abrigó la idea de que lo invitaran. Al parecer olvidado, el sentimiento le produjo regusto de amargura. En efecto, creyó advertir en los antiguos amigos un dejo de benévola indulgencia, dispensada como a extraño. Si el Ministro lo recibió, le preguntó por sus actividades, lo felicitó, no fue con la efusión anterior, ni le propuso ya radicarlo en México. —"Acaso yo tenga la culpa, por arisco"— pensó consigo mismo. Tampoco entonces volvió a Guadalajara en busca de alivio a sus desencantos. En Pátzcuaro se refugió. La revolución delahuertista prolongó allí su estancia. Luego la renuncia de Vasconcelos a la Secretaría desvaneció los débiles planes que venía forjando. Poco tiempo después fue cesado en el empleo de maestro con comisión de promotor musical. Permaneció en Pátzcuaro, forzado a vivir de la enseñanza particular. Sentía horror de apelar a nadie, menos aún a María o a Jacobo. Fue sumiéndose bajo la inercia. Salvo algunas composiciones religiosas de circunstancia, hechas por compromisos amigables, nada produjo en meses y meses, ni le molestaba la infecundidad en que había caído.

Una mañana se presentó María:

—¿Sabes quién me ha enviado? Asómbrate: nada menos que mi rival —celebraban la broma los ojos de la dama, fijos en los del músico, atisbando el efecto—, sí, la señora Victoria. Imagínate. Se ha constituido ante mí en tu apasionada propagandista, quiere que yo ponga remedio al abandono en que vives por tu gusto, que te sacuda y te saque de aquí. Es curioso ¿no? porque con una mirada, no más, ella lo conseguiría ¿verdad? y sin embargo te rehuye ¡lo que son las cosas! ¿quién habría de decirme hace quince años que la gran señora recurriría a mí en asuntos relacionados contigo?

Como Gabriel, mostrando enfado, tratara de desviar la conversación, reaccionando a la sorpresa e imponiéndose al deseo de pedir explicaciones, María persistió:

—Por ella he conocido minuciosamente tu vida y milagros, desde la hora y punto en que te lanzaste a buscarla; ella me ha referido la entrevista de Morelia y tu obstinación.

Como Gabriel repitiera la palabra entrevista con acento interrogativo, María desvió hacia lo alto la mirada:

—Los pormenores de la entrevista te me representaron en esos arranques de audacia y terquedad en que hasta de facciones cambias; recordé tu actitud al bajar del tren, el día que volviste a México, cuando me abrazaste, preguntándome si estaba enferma.

Como Gabriel insinuara extrañeza por la asociación de ideas, María fijó de nuevo la mirada en los ojos del interlocutor:

—Es que así debiste ponerte, según lo que me ha contado ella.

Gabriel preguntó casi maquinalmente qué le habían contado:

—Como si estuviera viéndote: los labios hinchados, la frente saltada, los ojos brillantes, la lengua

143

suelta, y todo tú en ademán de brincar, alterada la respiración, violenta la voz.

Gabriel se recordó a sí mismo en aquel día lejano en que resuelto a abandonar la Escuela de Artes y Oficios, afrontó a Victoria, comprometiéndola a que la escapada fuese inmediata: las palabras audaces, categóricas; la voz ronca, salvaje; la mirada implacable, fría; todo él extraño ante sí.

—A los pocos días estuvo en México la pobre mujer —el epíteto mortificó las fibras de Gabriel—, se hallaba todavía confusa por su actitud, originada en la que asumiste frente a ella, en la sorpresa que le causaste y, ante todo, en el propósito de enmienda, porque como en una carta te dije, se juzga culpable de habernos causado males irreparables, infundiéndote, sin proponérselo, malos pensamientos, robándonos la tranquilidad, hiriendo en lo más vivo al tío Dionisio y acaso, aunque no lo confiesa, piense que al arrebatarte de mi lado, me lanzó al escándalo, en lo que no anda muy equivocada; sí, no pongas esa cara de electrocutado; yo trato siempre de borrarle tales ideas, asegurándole que, por el contrario, sin ella tú no hubieras encontrado tu camino, ni yo el bienestar de que disfruto, la felicidad inalterable de mi matrimonio con Jacobo; no hagas ese gesto.

Gabriel arrastró la suposición de que no era sino soberbia de mujer venida a menos, física y económicamente, la causa del desdén que asumía la señora.

—Eres injusto hacia la que tanto debes, y no lo menos: la influencia de su belleza, de su feminidad sobre tu espíritu... ¡oh! con esos gestos pareces epiléptico. Doy en el blanco, ¿verdad? Te duele que ponga el dedo en la llaga. No, todo lo contrario: los reveses han hecho de ella una mujer maravillosamente humilde, dispuesta lo mismo al mayor sacrificio que a la admiración de lo insignificante.

Gabriel quiso saber, en fin, la embajada de María.

—No sea usted impaciente, maestro. A riesgo de atizar la lumbre, diré cuanto tengo que decir. La señora dejaba la impresión de penoso esfuerzo al adoptar contigo ese rigor.

Gabriel experimentó concentrado júbilo al oír esto, que confirmaba los datos de alguna inflexión, de algún movimiento, luego desmentidos con apariencia de obstinado rencor.

—Lo cual no me dejó ya duda después de mi viaje. Según dice, nunca, nada le costó tanto como renunciar la invitación que le hiciste al estreno, en Morelia, de una obra que le dedicaste; con violencia puso tierra de por medio, la víspera del concierto, escapando a México, para no caer en tentación a última hora; pero estuvo bien informada del éxito, que le halagó como si se tratara de obra propia; con entusiasmo fue siguiendo los pasos de tus actividades; la conmoviste con la insistencia de recordarla en el nombre mismo de casi todas tus composiciones; hizo que te invitaran de Guadalajara.

No pudo contener Gabriel una exclamación, preguntando si eso era cierto.

—Te cuento lo que me ha dicho, y las mañas a que recurrió para estar presente, sin ser vista, en los conciertos que allí diste, y todavía más, para no dejarse arrastrar del delirio que, dice, acometió al público en esas noches que llama de tu consagración; cómo será la cosa, que contagiada por su entusiasmo, yo misma lamento no haber asistido; a ver si te dignas hacerme conocer esas maravillas, algún día; sobre todo, me muero por oír unos recuerdos del pueblo, que tienen transtornada a nuestra amiga.

Preguntó Gabriel entonces por qué no la llamaba ya "la intrusa".

—Porque ahora se ha introducido en mi alma y

estoy contenta con esta intromisión, hasta el grado no sólo de justificarte, sino de aplaudirte, por haberte dejado arrastrar de sus cualidades, que son muchas; y agradecerle lo que ha hecho por ti, su admiración fanática, su preocupación acongojada por tu suerte.

Gabriel hizo una mueca irónica.

—No me burlo. Parece contradictorio lo que te digo y la conducta que hacia ti guarda; pero es perfectamente explicable; por un lado, no quiere inquietarte y está llena de remordimientos; por otro, te estima muchísimo y quisiera sacarte de la situación en que te hallas, acaso por su culpa. Ella me informó de tu cesantía. Bien sabes que nosotros hubiéramos arreglado el asunto sin esfuerzo. No hagas esos ademanes, ¿padeces mal de san Vito? En fin, vamos a poner fin a esto. Jacobo y yo vamos a salir nuevamente a Europa, en viaje de varios meses: acompáñanos; te servirá muchísimo.

Gabriel hizo signos enérgicos de negativa.

—Lo esperaba. Tendrás tiempo de pensarlo. En todo caso, debes venir a México. Hallarás cuanto necesites para desenvolverte. No estás ya en edad para seguir con caprichos y puntillos de vanidad. Pasó el tiempo en que puedas impresionarte con recibir servicios de la mujer que viste ridiculizada y difamada, porque esa mujer es tu hermana, y te lo he demostrado, hasta permitirte renunciar a mi amparo y abandonarme.

Gabriel preguntó qué relación tenía esto con Victoria.

—Ya que yo cuento tan poco para ti, pensé que al conocer su interés resultaría menos difícil sacudirte.

Gabriel se atrevió a preguntar si Victoria conocía o había sugerido la idea del viaje.

—Se nos ocurrió a Jacobo y a mí, luego que por

146

ella conocimos tu situación; pero lo que deseas en verdad saber: si persiste su propósito de hallarse alejada de ti, te lo dirá el hecho de valerse de mí para conseguir que sobreponiéndote a los reveses, prosigas tu carrera. Sí, no quiere verte.

—¿Para qué venir pues con tan bonitas historias? —exclamó Gabriel en un principio de cólera.

—Primero, porque bien me conoces: echo siempre, por delante de todo, la verdad, sin disimulo alguno; después, porque ha partido de Victoria la idea de venir a buscarte: debes agradecérselo y, conociendo los detalles que llamas "bonitas historias", debes complacerla, puesto que, a diferencia de mí, lo merece.

María vio en Gabriel señales interrogativas.

—Digo a diferencia de mí, porque yo nada he hecho para poner fin a que me rehuyas; mientras a ella la persigues. También porque tanta libertad te dejé, que ni siquiera estuve informada de tus éxitos, mientras ella los ha seguido con apasionamiento. Yo he llegado a desconocerte y ella te admira frenéticamente. A mí no tienes por qué complacerme. A ella, sí.

—Todo es absurdo.

Gabriel rehusó la invitación al viaje. Pasaron muchos meses de la visita que le hizo María para decidir el retorno a la capital. Había cerrado los oídos a toda oferta de ayuda.

EL BANQUETE. O DE LAS GLORIAS DE CUPIDO

Trabajo para distinguirla entre las otras, al cabo la descubre; o ella a él, provocándolo a flechazos rectos, a miradas en gancho, a posturas y acercamientos —candilejas de por medio— llamativos, exclusivos. (Lo descubrió —se lo dirá después— en el momento mismo en que, retrasado, deslumbrado, tímido, penetró a la sala, buscando sitio casi a tientas, "como buen provinciano, *re-mono*".) Llega el gran conjunto final de la revista, pleno de oropeles, acometido por el vértigo de ritmos y evoluciones, hasta el apogeo estatuario de todas mil figuras: criaturas del truco, maravillas de la iluminación y la distancia, prodigio de cosméticos, materia de ilusión, todas mil ordenadas en intransigente jerarquía: divas y divos a la boca del foro, fulgurantes; *ella*, por tanto, al fondo, entre *las segundas*, de rodillas, la sonrisa paralizada plásticamente, pero puesta en él, viva, sin estereotipar el fingimiento de alegría escénica; sube la orquesta sus algarabías; baja el telón para cubrir con rapidez las respiraciones contenidas, el esfuerzo de los cuerpos, el cansancio de las mil sonrisas, entre aplausos, ávidos de admirar nueva vez las estatuas en movimiento, agradecidas a la ovación, rendidas al éxito, ansiosas del descanso. (Para Gabriel es la hora grave de la tristeza, casi como la hora del examen de conciencia o la que vela el placer de la carne, consumado. Cuando apagadas las candilejas, encendida la sala, el público parece huir, precipitado; entra en la soledad la servidumbre, barriendo inmundicias del monstruo; telón adentro, marchitos de luz los trajes, descompuestos por el sudor los afeites, en el suelo, tendidos a golpes, los esplendores de la escenografía, resuenan gritos agrios, estallan rivalidades, mezquindades, lacerias: oscuro dorso de la gloria, madriguera oscura del teatro). Como autómata, Gabriel gana la puertecilla del foro. Allí, con mueca cómplice, le sale al encuentro Cirilo Gálvez:

—*Tu quoque, Brutus?*

—Arrieros, digo: artistas somos y en el camino andamos, como reza el refrán, y también: las piedras al rodar se encuentran. Váyase lo de piedra por lo bruto. Dios los cría y ellos se juntan.

—Dicharero venís, don Sancho Panza, ¿y a quién buscáis?

—A la misma que vos, don Luis Mejía, sólo que no sé cómo se llama.

—Lucido estáis, comendador, que no don Juan, al ignorar con el nombre, seguramente las manchas de la dama. En cuanto a mí, ninguna busco en especial: vengo en pos del "apolíneo sacro coro", como dijo quién sabe quién. Pasad, Gastón. Ah, no, vos primero, Duque. Aprisa, pues, antes que las venus se vistan de viles mortales, y cuidado con hacerla de don Quijote, como acostumbras, en defensa de falsas doncellas, que aquí hay muchas.

La alusión al viejo lance, cuando en defensa de María irrumpió el escenario de una farsa política, enfurece a Gabriel. Cirilo no le da tiempo de reaccionar:

—Hombre, antes que se me olvide: tengo ahora un fiestón a todo meter, con músicos, pintores, poetas, artistas de teatro; como quien dice: la flor y nata del Olimpo; necesitas venir; ya verás qué ambientazo; sirve que conoces a tantas personalidades que han surgido desde que marchaste al desierto, y reconoces a tantas otras que has dejado de ver; no te arrepentirás; ni tengas miedo de que sea una pachanga de bohemios: pura gente de calidad.

—Estoy invitada, por supuesto.

—Gente de calidad, creo que dije. Aquí: que califique la gloria musical de México, el gran compositor, maestro, director y concertador, señor don Gabriel Martínez Wagner Liszt Beethoven Chopin y otras yerbas, a quien tengo el gusto de presentarte.

—No, hombre, no le hagas, qué mala memoria tienes: el señor es más conocido mío que tú.

Así aparece la descocada del camión, en cuya busca viene Gabriel.

—¡Ah! la eterna mosquita muerta: Juan Tenorio disfrazado de Quijote. Hombre, sí, ya caigo: varias veces hemos estado juntos en el café de enfrente.

Tras muchos años, en Gabriel revive la emoción de ansia por penetrar a la zona prohibida, por acercarse a los dioses mayores y menores del tablado, conocerlos en carne y hueso, despojados de investiduras, reales, vulgares; primero la curiosidad, luego la necesidad, en Barcelona, en Milán, en Madrid, lo ingeniaron para entrar de comparsa y ascender a corista; cuando sobrevino el desamparo de Victoria, durante los años duros de la guerra, entre 1915 y 1917, así se ganó la vida, pudo así adquirir obsequios para la bienhechora en desgracia y hallarse cerca de figuras excelsas: la Tetrazzini, la Muzio, la Besanzoni —Gabriela Besanzoni, voz de fuego—, al alcance de la mano sus terciopelos y sedas, al alcance de ávidas miradas sus gestos, caprichos, enfados; muy cerca —y tan lejos— de sus perfumes, de su respiración y fatiga. Era como hallarse junto a zarzas ardientes. Prefirió entonces el desempeño de la música eclesiástica.

—Tendrás ocasión de hablar con Virginia de Asbaje. ¡Claro! el nombre nada te dice; mas para quienes ella, desde las tablas, desató los arrebatos de nuestra pubertad, con todo el repertorio francés, desde Dumas hasta Sardou, con Ibsen, D'Annunzio y Benavente, Virginia es un símbolo y una maestra, sabia en todos los refinamientos de la sensualidad.

—Una Diotima.

—¿Cuál Diotima?

—De Mantinea.

—No embromes. Virginia es la más gloriosa de nuestras actrices y, a su edad, la más juvenil. Hubieras visto, hace poco, el brío con que acometió el teatro moderno: Pirandello, Giraudoux, Lenormand, O'Neill. ¡Y qué vida la suya, camarada!

—Bueno, chicos —terció la segunda tiple—, muy sabrosa la conversación; pero yo tengo que volver dentro de media hora, para la segunda función, y hace hambre. ¿Quiere venir conmigo al café? —dijo a Gabriel—, porqué tú, ya sé, vienes por la Luisa o la Flora. Luego nos veremos.

Sin más, coge del brazo al músico:

—Oye, tú (porque no vamos a andar con rodeos de cortesías) tú... ¿cómo dijeron que te llamas?

—Como me quieran llamar: Fulano, por ejemplo.

—Muy cortés, y muy original. ¿Por qué no mejor Zutano? Yo pronuncio a la española y suena más bonito. Tú, ¡qué vida tan aburrida ésta: una se levanta, y el ensayo; mal come, y la función; luego la otra, a veces sin dar tiempo ni para echarse un trago de leche, hasta la madrugada, y luego la lata de los amigos, de los admiradores, no lo digo por ti, que pareces buena persona, y se me hace que sí, de veras, eres artista. Oye, tú, si lo eres ¿por qué seguiste este camino? Yo, te diré, creía en la gloria, en la buena vida y en el dinero fáciles, porque me salía de dentro, sin trabajo, bailar y cantar; y cuando tuve que sufrir horas y horas de ejercicios para hacerme bailarina profesional, pensé que después de tanto cansancio, de tantas humillaciones, al fin estaba la gloria, el dinero, la buena vida; lo que hallé fueron más privaciones y mucha vulgaridad; si dejo la dieta, si tomo una copa, engordo y me quedo sin chamba. Esto ha llegado a ser para mí el arte: una chamba. Y no es mejor la vida de las primeras figuras, no más que tienen oportunidades de mejores amigos: ésta es la cuestión: los amigos aunque por sí nada valga la gente. A diario vemos encumbrarse a muchachas sin pizca de facultades, más que para pescar al empresario, al periodista o al rico que les abra camino. Pero qué ¿tú eres mudo?

El café se va llenando de cómicos y moscones de teatro. Gálvez hace su entrada en compañía de varias coristas y repartiendo saludos entre los concurrentes, ufano de ser tan conocido. Llegado a la mesa donde languidece la plática entre Gabriel Martínez y la tiple ("aquí, con ésta, nada tengo qué hacer, y sin embargo es interesante vivir estos bajos fondos del arte"), Gálvez anima la reunión; en alianza con las muchachas, convence al músico de asistir a la fiesta, comprometidos uno y otro a volver por ellas, para llevarlas, cuando termine la función de la noche.

—Ya que andas como en la parábola del Evangelio, convidando a mancos, cojos, ciegos y prostitutas para que vayan al banquete ¿por qué no invitas a Gerardo Cabrera, el pintor?

Músico y escultor pasan por el estudio de su amigo, al que hallan ensimismado en el trabajo. La modelo lanza un chillido:

—Bienvenidos, benditos, nobles salvadores de una desventurada mujer.

El pintor voltea, se levanta sorprendido, enfurecido.

—Sí, nobles amigos, este ogro me tiene aquí encadenada, sin dejarme mover, mil horas hace —al decirlo, Pandora se deja caer sobre la tarima y trata de cubrirse con un lienzo.

—¡Estupendísimo! —grita el escultor frente al caballete; Gabriel calla, pero es visible su satisfacción al contemplar el cuadro; el ceño airado de Cabrera cede sitio a la sonrisa.

—¿Cómo ha sido esto, tan de improviso? —pregunta el músico.

Al pintor se le suelta la lengua:

—Yo mismo no lo creo. ¿A qué horas te marchaste hoy? Cerca de las dos de la tarde ¿no? Fue cosa providencial. ¿Recuerdas que ésta nos contaba, digo: esta musa mía idolatrada, Pandora, nos contaba de unos versos que aprendió en casa de Antonieta? Se me vino de pronto la idea: pintarlos. Me sonaban a cosa conocida que me había gustado: la india brava, piel de sol, montañas, desierto, paisaje de desolación, y en el centro, la hembra salvaje, gloriosa, palpitante. Repitió Pandora lo que sabía. Me di a buscar los versos completos. Los hallé. Othón ¡claro! *El idilio salvaje.* Y aquí tienen, de primera intención, más de siete horas de delirio, sin parar, sin comer. ¡Pobrecita! ¡Divina! —el pintor acaricia la cabellera bronca de Pandora.

—Vamos a ver, como dicen que los exigentes oyen los conciertos: con la partitura en la mano —Gerardo lee el poema, interrumpiéndolo a pausas—: primer problema, ¿figuraría el macho en la composición? preferí representarlo con elementos de la naturaleza: "las lianas de tu cuerpo retorcidas", acometidas, "subyugadas" como dice Othón, por los torsos viriles de peñas, cactus, nubes, luces... otro problema, ¿la india reluciente aparecería de perfil? ¿he acertado en colocarla de frente?... luego el tono del cuadro, no en tanto por el color, sino en sentido musical: el poeta pinta grises, helada soledad, tristeza, y también: atmósfera candente, galope triunfal, música divina, verberar de ardiente cabellera como una maldición en un cielo de plomo, el sol ya muerto; como ven, se hallan sin resolver estas contradicciones, y sólo he adelantado "la sombra que avanza, avanza, avanza" — "y allí estamos nosotros, oprimidos por la angustia de todas las pasiones, bajo el peso de todos los olvidos"... ¿qué les parece la interpretación de "vibran en el crepúsculo tus ojos — un dardo negro de pasión y enojos — que en mi carne y mi espíritu se clava" y lo de

la bruna cabellera, como un airón, "flotando in-
mensamente"?... Me gusta mucho eso de "ven a
lavar tu ciprio manto"; recurrí al diccionario: ciprio
es de Chipre, isla del Mediterráneo, por tanto: color
azul profundo, ¿qué te parece, Martínez el europeo?... Y tú ¿qué dices de la idea de representar
a la hembra en huida, dejando "eterna nostalgia de
esmeralda", "pavor en la conciencia", "horrible disgusto de mí mismo" y en ella "ni la moral dolencia,
ni el dejo impuro, ni el sabor del llanto"?

Gálvez prodiga los "magníficos" y "formidables",
el "brutal" y el "colosal". Mirando el cuadro, escuchando el poema, viendo a la modelo fatigada, Gabriel ha pensado en la segunda tiple del *Lírico* —le
dicen Tana: se ha de llamar Sebastiana o Caye-
tana— y ha remontado el pensamiento a tantas otras
mariposas que ha visto volar en torno a la llama del
teatro, y quemarse, y sucumbir; volar en torno suyo,
asediándolo, dejándolas llegar, rehuyéndolas, ¡tantas! de nombres ya perdidos, de fisonomías olvida-
das, otras vivísimas, todas transeúntes, pretéritas,
en Barcelona, en Madrid, en Roma, en Nápoles, en
Florencia, en París, en Sevilla, durante años y años
de representar el desesperado papel de Tántalo, no
por las corrientes, que no huían, sino por su propia
cobardía para beberlas, o por la real o la fingida
fidelidad al recuerdo, a la esperanza de Artemisa,
diosa de dos rostros: Victoria y María, entrevistas,
deseadas en el río de mujeres que ha visto pasar,
quedándose con "el desierto, el desierto y el desierto"; cuántas como esa segunda tiple, hacen que
resuenen con acentuada desolación los versos que Gerardo lee: "Quise entrar en tu alma, y ¡qué descen-
so, — qué andar por entre ruinas y entre fosas!";
pero no desatiende al amigo, contesta sus preguntas,
le hace observaciones en el transcurso de lectura y
comentarios:

—Ciprio se refiere más bien a Venus, y aquí se refiere sin duda a la cabellera, ciprio manto, de la mujer lasciva...

—¡Oh, gran maestro, sabio, portentoso! —exclama chocarreramente Cirilo, en vano los gestos de Gálvez para que no interrumpa.

—Debes leer —propone Gabriel en otro paréntesis— el pasaje del Génesis que describe la expulsión de Adán y Eva; tu cuadro me recuerda el momento en que la pareja ve al paraíso y al mundo como "estepa maldita", según acabas de leer.

El escultor, impaciente, deriva la conversación a la fiesta; Cabrera rehusa el convite, se propone trabajar hasta el agotamiento, no perder el hilo de la inspiración, la buena racha de suerte; como la modelo afirma no poder más, Gerardo dice que a solas resolverá problemas pendientes de composición; se le alega que la sensibilidad fructifica cuando el artista deja la obra en reposo, alejándosele, y es justo distraerse, festejar el advenimiento de la fortuna; Diego, Atl, Siqueiros estarán allí, se les interesará para que vean el *Idilio*.

—No soy de aquellos que esperan el triunfo propiciando a los consagrados, pidiendo su benevolencia —grita exasperado el pintor.

—En este país, desgraciadamente —comienza a decir el escultor; lo interrumpe Pandora:

—Sobre todo yo quiero ir, Ger, yo quiero ir, y ahora no me podrás negar el gusto, no quiero perderme de ir, amor.

Interviene Gabriel, va cediendo Gerardo:

—¡Ah! sí, un banquete, necesitas inspiración para tu sinfonía concertante, quizá encontremos y oigamos a Diotima. ¿Por qué no leemos antes el *Simposio*, como lo habías propuesto, mientras ésta va a su casa a vestirse?

Ruidosas protestas del escultor y la modelo.

—Pero en fin ¿dónde, cuándo, cómo, quién da el banquete?

—Yo tampoco lo sé —responde Gabriel—: es el encanto: ir a la ventura, en pos de un loco: éste —y señala a Cirilo.

—Un loco no come lumbre Les aseguro que se divertirán. Pero andando, que ya son las once, y a las doce, no se te olvide, Gabriel, hemos hecho pacto de caballeros para no dejar vestidas y alborotadas, como novias de rancho, a las artistas. Tú estás muy bien así —añade, dirigiéndose a Pandora, que se ha vestido ya—, sobre que no eres pretenciosa, y éste cabalmente es el modo de vestir que usan las mujeres que allá encontraremos.

La muchacha ayuda a que Gerardo se vista precipitadamente. Salen. Asaltan el primer automóvil de alquiler. El escultor da unas señas por la colonia de Santa María, calle del Mirto. Gabriel recordó que aquél era el rumbo en que había vivido Victoria, durante los años de la revolución. Telepáticamente, Gerardo hace uso de la palabra:

—La revolución, ya nadie lo duda, fue beneficiosa para el arte mexicano: le dio contenidos y formas, lo liberó del mimetismo extranjero, le ha dado alientos incontenibles; pero de pronto, fue un corte brusco, que nos ha hecho andar a tientas, largo trecho, adivinándonos, tomando contactos, buscando agarraderas...

—¿Por qué, a lo menos ahora, no nos dejas en paz con tus eternas teorías? Hablemos de algo amable, del amor, verbigracia, como diría el maestro Martínez.

—Quieres tomar vísperas, adelantándote al *Simposio*.

—A mí no me engorren con sus erudiciones. A ver, Gabriel, tú nunca quieres platicar de tus aventuras europeas. A ver.

—Me gustaría mejor saber —interviene Gerardo— lo que tú, Gabriel, pienses del amor.

—Teorizante inicuo. Los hechos mejor, ¿verdad, marquesa?

—Bueno, lo que ustedes quieran; pero que divierta.

—El amor no es divertido.

—¿Lo dice usted por experiencia?

—Yo nunca he amado.

—Sus ojos dicen otra cosa.

—He deseado, he sido el eterno deseador.

—¿De la mujer del prójimo? —Gálvez interrumpe el diálogo entre la modelo y el músico; sin hacer caso del impertinente, Pandora prosigue:

—Eso será lo que dicen sus ojos; pero ¿qué diferencia hay entre el amor y el deseo? Para mí, ninguna: cuando no deseo, no quiero; hasta que vuelvo a desear es que vuelvo a querer; lo demás es puro aburrimiento y obligación; por eso no me he casado.

—¿*Tu quoque*, Pandora, nos sales con teorías?

—Yo no sé si será eso; lo que sí, es que cuando dejo de desear no siento querer.

—Eso es el amor físico.

—Qué ¿hay de otro?

La pregunta de la mujer, dicha sin malicia, desata la risa de los tres camaradas, que prorrumpen al mismo tiempo en *noes* y *síes*.

—El amor contemplativo, que nunca se acaba.

—¡Qué aburrición! ¡qué horror!

—Es el amor de los artistas. Sin él no pueden serlo.

—¡Qué va: son más alebrestados e inconstantes!

—Por ejemplo, tú has querido, aunque te desprecien, aunque juzgues ingrato, feo, aborrecible al que quieres.

—Sí, porque lo deseo; si no, ¡a volar!

—¿Y cuando es por lástima?

157

—Entonces ya no es amor, yo digo.

—El amor por deseo, se acaba con éste; cuando ha sido cumplido, viene la tristeza, el aburrimiento, y sería imposible que así hubiera vida.

—Es lo que yo decía: el deseo renace; si no, es que el amor se secó; y lo que sucede es que renace en sitios diferentes, con distintos motivos. Por eso hay vida. Desgraciada de una, si habiéndosele acabado un amor, no nacieran otros muchos, por otras personas, por otras cosas.

Escultor y pintor prorrumpen en *hurras* y *olés* para la muchacha. El músico se muestra complacido con el escarceo. Gálvez toma el brazo de la muchacha y lo alza con violencia en señal de triunfo. Ella le da un manotazo:

—¿No les decía que ustedes son unos aprovechados? Suélteme, pues, igualado.

Van llegando a la casa del Mirto. Gerardo y Gabriel quieren que Gálvez les diga por fin de qué se trata.

—Es el estudio de *ballet* que dirige Tamara Zarina; si no la conocen, habrán oído hablar de ella: una rusa prodigiosa, que hizo su presentación el año pasado en el Arbeu. Por lo menos tú la conoces, Cabrera. Hoy da una fiesta en honor de una paisana suya, que dicen es una cantante admirable. Ya juzgarás, Martínez, aunque llegamos retardados.

Hasta el zaguán, mal iluminado en su amplitud, llegan las notas del canto. Gabriel se detiene, sorprendido. ¿Escuchó antes esa voz, o es la impostación, el estilo, la escuela lo que reconoce? Belleza. Consumada maestría. Perfecta la dicción, como sobre lengua bebida en la cuna. El músico imagina la edad, la fisonomía, la mímica de la cantante. Apresura el paso. —"Estamos hoy de suerte" —dice a sus amigos en voz baja.

La puerta del salón se halla bloqueada por circunstantes que alzan el cuello en esfuerzos de ver. Otros cuchichean dispersos en el corredor. —"Ha cantado maravillas de música popular de las cinco partes del globo; ¡qué manera de saltar de lo ruso a lo francés, a lo chino, a lo africano!" —"¿Quién es?" —"Una rusa, dicen que casada en París con mexicano, recién venidos a radicarse acá." —"¿Cómo se llama?" —"Creo que Vera: Vera Verinski".

En un intermedio de aplausos, Gabriel y sus amigos consiguen visibilidad sobre la sala. —"Yo creía que era una joven" —cuchichea Gálvez. —"Las cosas en Europa comienzan al medio siglo" —comenta Gerardo. —"No tanto, digo: no llega a los cincuenta."

Gabriel, abstraído por la flexibilidad interpretativa de la cantante, por su maestría revelada en los más pequeños detalles, apenas presta oídos a lo que dice Gálvez:

—Mira un panorama completo de nuestro mundo artístico. A la izquierda, lo que podremos llamar "antiguo régimen", con Virginia de Asbaje al centro, rodeada por Federico Gamboa, el novelista de *Santa*, por el pintor Rosas especializado en flores y caras de mujer, por el famoso tribuno José María Lozano; allí debía estar la musa de Justo Sierra y Urbina, María Luisa Ross, pero se ha situado en lo que llamaremos la esfera oficial, más al fondo, con el ministro de Educación y algunos subalternos; en el extremo de la sala, los "revolucionarios nacionalistas", que hacen arte anecdótico, y frente a ellos, acá, a la derecha, los titulados "extranjerizantes", distintos de nosotros "los europeos".

—Ésa es Antonieta —cuchichea Gerardo—, se halla con Rodríguez Lozano, con Agustín Lazo, con Xavier Villaurrutia, con el filósofo Ramos.

—Con Diego, allá, detrás del piano, parecen reconciliarse los dos bandos, pues hay gente de uno y otro: Salvador Novo, la cantante Lupe Medina, el

159

pintor Tamayo, los estridentistas Maples Arce, Germán Lizt Arzubide, la fotógrafo Tina Modotti con su amante y varios "internacionales", que la gente moteja de bolcheviques y no faltan a ninguna manifestación cultural como ésta.

—De chile, de queso y de picadillo, como quien dice, la revoltura —comenta Pandora, en tono que hace voltear a algunos; pero el aplauso salva la situación.

Ha terminado el programa musical. Hombres y mujeres van en torno de la cantante, con ademanes entusiastas. Gálvez introduce a sus amigos, los presenta con la dueña de la casa, se mezcla con diversos grupos.

—Lo mejor será que yo vaya sólo a traer a las tiples; quédate tú con Gerardo; van a dar las doce.

El ambigú. Escándalo. Se traslada la concurrencia a otro amplio salón. Suben de tono las conversaciones. Baraúnda. Grupos. Grupillos. Cenáculos. Críticas. Miradas aviesas.

—Juzgue usted, cuánto la quiera, Tamara, con haber venido sabiendo que asistían residuos de la odiosa dictadura.

—Hasta que conocí a esos mozalbetes que hacen disparates, so capa de originalidad, reflejo de reflejos de reflejos franceses y sajones.

Gabriel es reconocido por algunos concurrentes, antiguos colaboradores del Secretario Vasconcelos, que le muestran deferencias. A su vez, reconoce gentes que trató en Europa. Otras le son presentadas. Lo arrastra la creciente animación del sarao. Le interesa la Babel de opiniones y actitudes. Con su desparpajo, Pandora cubre la vanguardia de la incursión. El músico quiere asomarse a algunas de estas almas notorias o anónimas, a estas extrañas mujeres desenfadadas, atrayentes y repulsivas; la mecánica de la reunión y su inercia lo arrastran;

él se deja arrastrar, como siempre, sin saber clara-
mente a quien preferir, en dónde detenerse, qué
buscar. Se come y se bebe con estilos variados:
rondas de pantagruélicos, estufas de melindrosos,
clanes carnívoros, devotos licoreros, corifeos del discurso que desatienden las viandas o izan con el te-
nedor trozos de carne que no llevan a la boca,
ocupada en alegatos interminables, o al contrario, los
que agazapándose no se dan punto en comer ni hacen caso de la conversación; los pulidos que adoptan
formas sacramentales para tomar las vasijas, para
manejar los cubiertos, para llevar a la boca los alimentos y masticarlos con estudiadas muecas, y los
desaprensivos, los plebeyos, los payos, con los de-
voradores, los lentos, los ruidosos, los explosivos,
los trágicos, los caricaturescos y bufones, tranquilos
y nerviosos, parcos y excesivos, extravertidos, in-
trovertidos, extáticos, espectadores, actores, ánimos
nobles y hechuras vulgares, pequeño, pero cabal
muestrario de vicios y virtudes. Lo que pasa es que
Martínez no logra juntar sus cinco sentidos; mientras la vista se le va tras pasajeras atracciones, el
oído se le queda en la zarza de alguna risa, en el regazo cálido de alguna voz, y el olfato persigue perfumes por opuesto rumbo, el gusto yace cataléptico,
el tacto se arquea como felino indeciso al zarpazo:
los cinco dispersos, como desenfrenada tropa cuando llega la hora del saqueo, llevados a vientos
contrarios, por tentaciones de vuelos caprichosos.
Al oído, a Pandora:

—Qué ¿para querer, para desear se necesitan los
cinco sentidos? —reflexiona y añade—: la vista puede aborrecer lo que desea el tacto, y el oído se complace y ansía lo que a la vista pueda repugnar, como
es frecuente la pugna entre gusto y olfato.

—Sí, cierto. Yo digo que se trata entonces de un
deseo incompleto. Lo bonito, ustedes dicen: lo per-

fecto, es desear y querer con los cinco sentidos, aunque no es fácil; por eso los amores son tan pasajeros, porque no llenan, porque al deseo le hacen falta los demás sentidos.

—¿Y el sentido común?

—Yo no sé qué sea eso.

La modelo habla sin dejar de comer.

—¿Y la fantasía, la ilusión, tú que andas entre artistas, no crees que sea necesaria para calentar el deseo y mantener el amor?

—Oiga, qué bonito suena que me hables de tú. ¡Suave! Pues ¿qué te diré? Me metes en tantas honduras con tus filosofías, que más pareces profesor que músico. La ilusión... ¡bueno! es un condimento que retarda el consumo del deseo, pero a veces es el deseo que no se alcanza y entonces también el amor es incompleto, imperfecto, como dicen ustedes. Pero mire, usted, o tú, Gerardo junto a Diego, parece que hablan de ti.

La modelo ha dejado de comer. Al fondo, sentado como dios hindú, maya o tarasco, Diego pontifica.

—¡Las mentiras que estará contando! Son obras maestras —dice Pandora. Gerardo hace señas para que la modelo y el músico se acerquen.

—Aquí, Diego está contando tus glorias en Montparnasse y Lavapiés, ¡cómo te tenías callado que fueron compañeros de artes venatorias! Aquí, te pone por testigo de haber emulado a Hércules en el glorioso trabajo con las cincuenta hijas de... de...

—No a Hércules, a Júpiter —dice Martínez desenfadadamente.

—Y sin necesidad de disfrazarme de toro, de cisne ni de lluvia; pero ¿por qué, compañero Martínez, le haces al ermitaño? Sabía que andabas de misionero, todavía engaratusado por las locuras

162

de Vasconcelos. Les contaba a los camaradas cuando con una flauta encantabas serpientes en los bulevares.

—Exactamente era un saxofón.

—¿Por qué no tocas aquí? Hay muchas culebras.

—No lo dirás por mí, celoso —chilla Pandora.

—Los celos son complejo de inferioridad, propio de débiles mentales. Yo...

—Tú sigue contando la vida oculta de este mustio, al que tenemos en olor de santidad.

—¿Ya te casaste? En aquellos tiempos huías a la hora de la verdad, alegando que no querías clavarte con alguna serpiente que te amarrara en familia. No creías o no tenías coraje para el amor libre. El amor libre...

—Te perdonamos la conferencia por ahora. ¿De modo que ya desde entonces les tenía miedo a las mujeres?

—Miedo, no, precisamente. Las toreaba de cerca. ¿Te acuerdas de la vez que te hicimos pasar por seminarista recién escapado del convento? Fue en Madrid.

—No. En Sevilla; pero ¿qué tal resultó el seminarista?

—A falta de flauta, ese día tocaste la guitarra y el acordeón. ¡Qué mordida te dio una gitana! por poco te arranca el cachete.

—Eso es amor —grita Pandora.

Se ha iniciado la retirada de los invitados. Tamara viene al grupo anunciando que va a hacerse otro rato de música.

Displicente, Diego no se levanta. Prosigue narrando hazañas de la bohemia europea.

—Y tus amigos del Conservatorio de París: Milhaud, Honegger, que venían con nosotros al Barrio Latino y discutían con Picasso, ¿seguiste viéndolos?

—En calidad de público, desde lejos, pues la ce-

lebridad de los amigos es para mí frontera inviola-
ble, temeroso de que desconozcan al oscuro compañero. Lo mismo contigo, si no me hubieras...

—¡Cómo eres, Diego! Te están esperando. Lupe
Medina va a cantar —la garrida mujer de ojos glaucos toma del hombro al dios totonaca, lo lleva consigo.

—Milagro que no hubo pleito. Qué ¿no la conoces? Paisana tuya. Te la presentaré.

Despachado el banquete, se diezma la hueste.
Cabe ahora en el salón ampliamente. Hasta que la
Verinski se lo ruega, obligada por petición unánime,
Lupe Medina decide cantar.

—Es del grupo de Carlos Chávez —informa Gerardo.

—¿Cuál es Carlos Chávez?

—No, no está, no debe haber venido.

Debussy, Falla. Con temperamento. Con gracia.
Luego la Verinski acepta cantar algunos trozos de
Schubert: *Viaje de invierno*. Diego lanza la inicia-
tiva de que Gabriel toque. La concurrencia sigue la
corriente, sin saber de qué se trata. Llega en ese
momento Cirilo Gálvez y suma sus gritos al coro:
"quetoquemartínez".

Rápido diálogo:

—No te hagas remolón.

—¿Qué pasó con las musas?

—Se declararon en rebeldía; después te contaré;
ándale —lo empuja hacia el piano.

—A ver: unas improvisaciones —dice una mujer, que Gabriel desconoce cuando sorprendido la
mira—, unas improvisaciones como las de Guadalajara.

El coro secunda: "unasimprovisaciones". La mirada de la desconocida es fulgurante; sugestivo su
porte; acaricia con la sonrisa y los ojos a Gabriel,
entre ingenua y pícara ¡qué brillo de pupilas!

164

—Retrato y homenaje a Diego —casi nadie oye las palabras del músico, dichas entre dientes, mas a medida que toca se difunden por el salón, dibujando gestos de complicidad y asentimiento en los rostros; aún se animan las caras aburridas y las de los escépticos cuando escuchan la progresión grotesca de compases, como pinceladas que figuran la marcha de un toro asirio, lenta, solemne, pesada, y la voz agria del modelo. Regocijo general. Escapa el principio de una carcajada. Mas el toro despliega las alas y la marcha de sapo se hace vuelo poderoso. (—"Es el Hombre y el Mundo del Anfiteatro". —"Es el trópico en la escalera de la Secretaría." —"Es Chapingo." Cuchichean los comentarios al amparo del *crescendo* descriptivo. —"Son los caballos inconfundibles de Diego." —"Son las multitudes en fiestas y mercados.") El piano resuena poderoso. Es una epopeya. Se estremecen las paredes. Las notas insinúan canciones revolucionarias y el Himno Nacional. (—"Qué lástima: va a caer en el grito patriotero del tenor a quien le falló el do de pecho.") Insinuados los temas fragmentariamente, sólo en cuanto se les reconozca y en cuanto conviene a la expresión propuesta, se suceden las variaciones en escalas incesantes, hasta el triunfo del repique final.

Ya en alta voz los comentarios:

—Las campanas de Guanajuato tocan a gloria.

—No. Las campanas de México. Todas.

—Hasta las de Cuautitlán.

—Todas. Ni la más humilde faltó al concierto.

Inclinado aún sobre el piano, Gabriel siente una vigorosa presión, acompañada de palabras de bronco entusiasmo:

—¡Ah! es usted, Silvestre, qué ganas tenía de verlo —Gabriel se levanta y abraza con efusión a este hombre de cara redonda, de pelo encrespado, bonachón, aparentemente vulgar, desaliñado, al que admira desde que le oyó unos conciertos de violín e hizo amistad, allá entre el regreso de Europa y el retiro a provincias; otros, Diego entre los primeros, disputan estrechar la mano de Martínez; los aplausos persisten; quieren oír nueva improvisación, y alguien fija el tema, que secundan todos:

—Vera Verinski.

La extranjera misma se lo pide. Vacila Gabriel. Accede al fin. Unas notas lentas, metálicas, verticales, a pianoforte, sirven de introducción. Sucede una pausa que siembra inquietud y misterio. El tema inicial se repite, mas con dulzura, ligado a graciosos, elegantes acordes, que lo subrayan. Se preludia en *cantabile* una de las canciones rusas que la Verinski ha interpretado esa noche, mas luego se transforma con brío en canción alemana, quebrantada en gemidos de un *spiritual* negro, hasta languidecer en dramático silencio. Vuelven las notas enérgicas, elegantes, frías, cálidas de la introducción. Pausa. Nuevo tríptico: música de Balí, habanera, saeta. Nueva vez la introducción, dicha dulcemente, dulcemente desleída en una canción de cuna, en seguida mudada en la vibración de campanas para un canto chino, ascendente al ritmo bárbaro de la canción rusa hecha danza, vértigo, interrumpido por la fría elegancia, por la cálida lentitud, categórica, metálica, del tema inicial, que pone fin al retrato de Vera Verinski.

La cantante se abalanza y lo besa. Gritos. Entusiasmo. Fingimientos. Comparaciones: que Moussorgski, que Strawinski, que Rachmaninoff o Ravel. —"No. Yo" —prorrumpe la Verinski, dominando a las otras voces. Lo sugirieron o es la propia Tamara Zarina quien propone bailar una improvisación de Gabriel. Recrece el entusiasmo. Tamara se descalza, espera la enunciación del tema, se lanza al espacio, persigue a la música, la posee, la deja huir, la provoca, gira, salta, vuela, tiende los brazos, tiembla desfallece, sumisa, etérea, transfigurada por cada golpe musical, zahorí de los compases imprevistos, a los cambios de tiempo rendida, dócilmente llevada por los caprichos del *impromptu*: nada y todo: pavana, gavota, minueto, vals, jota, danza ritual, bacanal, polka, ronda infantil, idilio, curiosidad, temor, amor, alegría, ternura, dureza, dolor, terror, embriaguez, pasión, éxtasis, vida, muerte, resurrección, ascensión, coronación, eternidad, fugacidad, belleza, misterio, claridad. Un golpe seco y la parálisis triunfal, en alto los brazos, erguidos el tronco y la cabeza, las piernas en flexión de incontenible marcha.

El frenesí desatado, la fatiga general —como si todos hubieran cometido el esfuerzo— domina las aisladas mociones de proseguir. Quién quiere competencia de "repentinas al piano" entre Gabriel y Revueltas, que bailara Tamara, o de canto entre Lupe Medina y la Verinski; a otro se le ocurre que, lápiz en ristre, Diego caricaturice; al de allá, que Gómez de la Vega y la de Asbaje interpreten algún pasaje dramático. Las proposiciones en desacuerdo van despeñándose a lo grotesco; finalmente languidecen, ahogadas en la creciente animación de los corrillos, dentro de una mayor intimidad, pues han ido marchándose muchos invitados. (—"Qué a gusto nos van dejando los filisteos.") Nuevo derroche de bebidas. El ambiente va enrareciéndose con el humo de los fumadores. Todo concurre a la exaltación de los ánimos. Las conversaciones se sobreponen. Tamara, Gabriel son disputados a porfía, con efusión. Luego la marea los arroja en este y el otro grupo.

—Cuando acabaste de tocar, pude reprimirme: tenía ganas de acercarme a morderte —dice Pandora en rápido encuentro.

Forma gloriosa de amor: ¿lo pensaste?

—En todo caso, el amor no se piensa.

Ya otras manos amigas arrebatan a Gabriel:

—¡Fantástico!

La Asbaje le besa la frente con maternal teatralidad:

—Es usted un genio, joven.

—Diego pretende haberlo dicho hace diez años, cuando lo conoció en París.

—Lo increíble es que una cosa así sea inédita.

—¿Una cosa, señora?

—Sí, una cosa fenomenal, brutal, como usted acostumbra decir. O un caso, si así lo prefiere.

La voz de la célebre actriz es familiarmente declamatoria. Gabriel permanece silencioso, contemplándola con especie de curiosidad infantil o como pintor a su presunto modelo. Ésta es de quien tanto ha oído hablar: su sonora carrera, su tormentosa historia galante, las pasiones que desbordó en los caudillos revolucionarios, los tesoros que le regalaron, las fortunas que ha dilapidado, su legendaria belleza de la que perduran restos adorables, y esta voz inmarcesible, musical encantadora de generaciones, vencedora contra los reveses de la vida.

—Venga usted a visitarme, joven maestro. Estaría encantada. Me interesa charlar con usted.

Entre cuantas ha recibido, esta invitación place singularmente a Gabriel. Virginia de Asbaje le ha hecho pensar a la vez en Victoria y María. Victoria, qué gran figura hubiera hecho en el teatro. ¿Por qué se dejó contener de una y otra, privándose durante quince años, o por lo menos desde su regreso, de arrojarse a este mundo que tanto lo ha solicitado, que por Victoria y María tan taimadamente ha rechazado? Acaso sea tarde para entregarse a él. Acepta la invitación en el momento en que nuevas solicitaciones lo atraen. Lamentablemente oye mecanizado el eco sin sentido de los mismos elogios:

168

colosal, genial, brutal. Fatigándolo. Al fin consigue llegar a la desconocida —cómo brillan sus pupilas— que propuso las improvisaciones "como las de Guadalajara". ¿Lo espera? Extraña que al terminar no lo haya buscado y felicitado, si estuvo siguiendo la faena, los ojos en delirio. Apartada, sí, con los ojos vigilantes, brillantes, lo espera, confiada en que vendría, según le dicen la sonrisa y los ojos al recibirlo; le tiende la mano:

—Se lo agradezco mucho, señor Martínez.

Gabriel titubea, queriendo saber quién es, cómo lo conoce, confuso, sin atreverse a preguntar.

—Es increíble que haya podido superar sus triunfos de Guadalajara —lo dice con llaneza de muchacha galana.

—¿Cree usted? —no acierta Gabriel a decir más, cuando quisiera saciar, agotar el afán de conversación interminable con esta desconocida que lo halaga con admiración sin palabras, inequívoca; por sí misma interesante ya no como admiradora: como mujer con resabios de colegiala y rasgos de señorío; inhibidas las palabras, el piano, la música sabría decirlo todo; ¿por qué no sobreviene la cólera que sabe hacerlo hablar, obrar hasta la imprudencia, la impertinencia? Temeroso, seguro de que alguien, pronto, muchos, el tumulto los interrumpirán, separándolos antes de saber quién es, qué piensa, qué quiere, qué siente, cómo vino, quién la trajo, dónde vive, cuándo volverán a verse, si amó, ama o amará, dónde, cómo, a quién, si algo más que la música la conmueve, cuál es el horizonte de sus deseos; deseoso de tener delante un tiempo interminable, sin amagos ni prisas, para un diálogo inespacial, intemporal, que le haga oír la deseada sabiduría de Diotima, panegirista del amor inconmovible; desesperado por este sordo, vulgar, miserable "cree-usted", que sin querer se le ha escapado y obtiene rápida respuesta:

—No creía; pero ahora adoro en esa fe.

La temida, segura, tumultuosa, villana interrupción:

—Donjuán, ven a libar con nosotros por las glorias del amor, la belleza y el arte.

Relámpago de irritación, la desconocida. Gabriel también. Los ebrios en círculo se cierran:

—Te invocamos, alumno de Apolo, hijo de Diana, píntale venado a tu maestro y vente al culto de Baco, dirígenos el coro, como en Morelia, el ditirambo a la divinal Afrodita, con un palmo de narices deja a Diana, dirígenos; queremos cantar al amor.

La desconocida se ha escabullido. Los impertinentes no dejan a Gabriel seguirla sino con la mirada:

—Queremos cantar, corifeo, conduce nuestros himnos.

Cantan. Pandora entre todos. Náufrago, el músico advierte cuán pocas gentes han quedado en el salón. Tamara se acerca, salvadora.

—Queremos vino, más vino, y música, y danza, celestial Tamara.

—Y Vera, que cante Vera.

Destemplado, se formaliza el coro; quién canta canciones vernáculas, quiénes imitan conjuntos ukranianos, en anarquía generalizada. Llega Gerardo Cabrera, el pintor:

—Pues como no hay vino ya, vámonos a conquistarlo, andando —los convence, los capitanea, salen.

—¿Y Martínez?

—Ya se fue, con Diego, con Lupe.

—Traidor.

Pandora se lanza contra Gerardo, lo araña, lo injuria. El pintor le corresponde con igual trato. Se hallan en plena calle.

—Fuiste instrumento para sacarnos, para corrernos, traidor.

La pelea se generaliza. Se oyen silbatos de policía. Carreras. Un grito destemplado resuena en las aceras:

—Que viva el amor, serenos.

3er movimiento: *galopante*

NUEVE

—ESCÓGEME —dijeron cada una de las nueve—: a mí, a mí, a mí...

Perplejo, no acierta si es la primera vez —curiosidad, azoro—, la primera escapada, en Barcelona, o alguna de las reincidencias —fastidio, juego, solidaridad amistosa—, en Roma, en París, en Madrid, en la estancia o al paso de ciudades pequeñas, complacencia de viajero, capricho de residente, aventura contra rutina, con igual desenlace, siempre, de rutina sin aventura, en todas partes, aun las más exóticas o las más reservadas; no acierta si es otro el caso, si es el crónico caso de ilusiones pasajeras al recorrer con la mirada, con ansia y esperanza, la concurrencia de un tren, de un espectáculo, de la sala de clases, e imaginar voces, insinuaciones, relaciones, amistades, intimidades, frustráneas el ansia y la esperanza; no acierta si es —antes y después, perpetua, encarnizada, incorporal, ubicua— la fragmentación de la Voz que le habla en rumbos distintos, hacia sendas diversas:

—Por allá. Por aquí...

—A mí, a mí, a mí...

O el juego que vio jugar, que nunca jugó: un látigo escondido, y los gritos:

—Frío, caliente, tibio, ardiente, frío, helado...

Y aquel otro, en ronda, cantando:

—¿Qué quiere usted?...

—Escójala usted…

O el de la víbora, víbora de la mar… una niña ¿quién será?… la de adelante o la de atrás.

—Yo. A mí.

En todos los casos, aun con la experiencia de que se marchan enfadadas por la espera, prefiere contemplar, comparar, intuir sin prisa, para escoger con toda libertad. Es el previo, verdadero placer del comprador ante los escaparates, y más cuando por semejantes o diametralmente distintos, los objetos hacen oscilar el fiel nervioso de la voluntad, o cuando su decisión es trascendente o costosa o irreversible o presumiblemente duradera o de difícil cambio, de difícil renuncia. Verbigracia: el destino, sea el arte o el matrimonio, sean los hijos, las obras o los amigos. En una palabra, le choca ser escogido, comprometido, arrastrado. Ya lo ha dicho y hecho muchas veces. Por eso es quien es y no quien puede haber sido. Perdido tantas oportunidades por oscilante. Buen título de tiempo sinfónico, mecido en las cuerdas: oscilante.

Hace poco lo repitió el escultor: —"que no venía la tiple porque le falta brío, por abúlico y deliberadamente soso, inerte, cuando creía, quería, esperaba otra cosa", y la desconocida, también, con la impaciencia de pupilas, pestañas y reflejos, ante la vil acometida que no supo vencer ni resistir, se marchó como las otras y fue tarde cuando quiso encontrarla, saber el nombre, la dirección, el viento. Como Victoria. Y también como María. Porque ya lo dijo el viejo poeta —era filósofo—: nadie se baña en la misma onda. También él fue quien dijo: el agua del mar es la más pura y la más horrible. Contradicción, insatisfacción, movimiento perpetuo. *Allegro-lento: lento-allegro.* Lo demás, variaciones, nombres diversos o grados para los mismos extremos.

173

Los mismos extremos inflexibles, desde la creación del mundo, desde la invención de la música: María-Victoria, *allegro-lento*. Dentro, las otras notas. Estas nueve notas insistentes:

—A mí, a mí, a mí...

Si no es que se repite alguna de las aventuras recordadas por Diego en casa de Tamara, no es la calle; puede que sea la casa misma de Tamara en la intimidad, pasado el tumulto, proseguida la velada entre damas que disputan preferencia y lo han hecho tocar contra su propósito, sobre su repugnancia de ser pianista en esta clase de sitios, lo que pudo salvarlo de hambres cuando Victoria lo dejó abandonado a sus propios recursos, en Europa, bajo la guerra, rechazó proposiciones de Tamaras amigas, que lo querían para que amenizara las falsas tertulias de sus salas con vulgaridades capaces de galvanizar la espera y el aburrimiento, la oferta y la demanda, con vulgaridades como esas que complacen a la transformada Tamara, despojada del halo, puesto en descubierto su oficio verdadero, que según alguien dijo es necesario a toda república, y cómo cambió todo: su traje, su calzado, sus gestos, el salón en sala de dudoso gusto, el piano ya sin cola, vertical, y la insigne concurrencia reducida —Tamara en el conjunto— a las nueve mujeres —¿qué se hizo el gran parnaso? los poetas y pintores, ¿qué se hicieron? ¿qué fué de tanta prestancia, entusiasmo y distinción como había? Las actrices, los acordes, el sagrado arrebato, la belleza de la danza, el ingenio de las conversaciones, la lumbre de la inspiración, el enigma de la desconocida, ¿fueron sino devaneos? —nueve mujeres— ¿qué se hicieron las pavanas, los valses y las gavotas, las mazurkas? —movidas las nueve al compás de tangos, blues, one steep, fox trot, danzones, rumbas, las nueve y el au-

174

tómata sentado al piano, rodeado de las nueve insistentes bacantes:

—A mí, a mí, a mí...

Esperó, espera que como siempre ante su indecisión acaben por irse y lo dejen, aunque como siempre no quisiera quedar abandonado de todas, una, cuál, pero éstas, ninguna se marcha, constantes, como pintadas en la pared, en las cortinas manoseadas, en la pantalla.

Hubo un tiempo —fue una temporada— en que se aficionó al cine y llegó a enamorarse de aquellas mudas gesticulantes, de aquellas histéricas amantes, al grado de forzar, en Roma, con mayor dificultad que la puertecilla de los escenarios, el portón de los estudios cinematográficos, y perder largos días, huido de la música, en asistir a filmaciones, en mirar de cerca, vivas, a las mujeres cuya sombra, en la obscuridad, atizaban pasiones de muchedumbres, conquistaban enamorados ignotos, violentos, en todas partes del mundo, en ciudades populosas y en modestos villorrios. (¿Qué hubiera sucedido si en su adolescencia, y en la de María, se añadiera la conturbación del cine a la de las novelas, los periódicos, los relatos de viajeros, en la insoportable clausura del pueblo que habitaban María y él, hasta donde nunca llegó sino la leyenda de las películas que movían escenas de amor, inflamados heroísmos de hombres audaces, de sobrenaturales mujeres, mujeres elegantes, refinadas [como Victoria] y transportaban a sitios fabulosos: la Roma de Nerón, el Cartago de Salambó, el París de los siete pecados? Fue mejor que no hubiera llegado el cine al pueblo; que ni él ni María lo conocieran.) Caviló en dejar la música por el cine, arte de mayores recursos, de oportunidades para estar cerca de actrices irresistibles, que la publicidad, el contagio multitudinario en salas oscurecidas, el morbo de las pasiones desatadas, convertía en sublimes; junto a la suya, cuán disminuida la gloria, la popularidad, la influencia, el magnetismo de las grandes figuras de la ópera, por mayores que fueran; además, el cine lo liberaría de sus limitaciones, le daría el anhelado desembarazo para actuar, como no supo hacerlo frente a Victoria, ni antes, en el tiempo del pueblo, en el tiempo de María, ni después, en tantas ocasiones, frente a tantas condiscípulas, o compañeras fortuitas de viaje, o simples transeúntes vistas, admiradas, deseadas, embarazado hasta para mirarlas con audacia, y más para abordarlas, para decirles:

—Usted–tú–a ti.

En todo caso, si no actor, director. ¡Las bellas ideas que se le ocurrieron para realizar películas jamás antes imaginadas! ¡Las obvias ocurrencias para corregir y mejorar el séptimo arte, para sacarle mayor partido y hacer lucir más a sus figuras! Llegó a pensar —puesto que no era posible liberarse de la música, y precisamente porque sentía el cinematógrafo en función de compositor— llegó a pensar en componer partituras que, sirviendo de fondo musical, marcaran *tempo*, ritmo, compases al desarrollo del *film*, concebido como sinfonía. Lo entusiasmó la idea, sin dejarlo dormir largo período. Mas no halló, no pudo, le faltó al fin resolución o simplemente no quiso hablar con alguien que la hiciera prosperar. Fuera de satisfacer su curiosidad visual, nada obtuvo de los días perdidos en los estudios, antes disminuyó la emoción de grandeza, el entusiasmo al rojo, que películas como *Cabiria*, émulos como Novelli, actrices como Hesperia, Francesca Bertini, Lidia Borelli, María Jacobini, le produjeron. Y sin embargo...

Sin embargo no es reincidencia pensar que las nueve sean sombras en la pantalla, luminosas. El cine, sin embargo, retoñado en Hollywood sigue llamando su atención como posibilidad estética, con la inútil proliferación de asteroides, con el irritante abuso de publicidad, a pesar de todo. Pero no se trata de reincidir en la servidumbre de mujeres fotografiadas en movimiento, mudas. Porque las nueve hablan vulgarmente.

Las nueve parecen criaturas pintadas por Diego en paredes. Por eso no huyen frente a la indecisión. Más exactamente se parecen a las figuras del Anfiteatro, recordadas en el reciente homenaje a Diego, improvisado al piano, en la casa de Tamara. La honesta casa que sirvió esa noche de parnaso.

Viniendo a cuentas: nueve son las musas; pero en el mural del Anfiteatro se les añaden las virtudes, que son diez: tres teologales y siete cardinales, más un hombre y una mujer, mortales que contemplan lo inmortal, más la cara y los brazos abiertos del Todo, en figura humana: el Hombre. Se va enredando la cuenta. Va de vuelta: nueve son las musas, tres y siete las virtudes, dos los sexos. Punto. Con caras conocidas adelantan el paso las nueve, seguro, son las musas. Disolvencia del equívoco. La casa de Tamara es honesta, y Tamara también, mientras no se demuestre lo contrario. Ningún comercio infame. La incertidumbre crónica, estrellada —como espejo— en las nueve direcciones. Cuestión de destino, roto, más bien multiplicado por nueve. Cada una se adelanta con pasos contados. Como cuentan las aprendices de *ballet*. Y los músicos. Hasta con metrónomo. Se adelantan sucesivamente. *Close up*.

—A mí, porque me conociste y te conocí antes, antes que todas éstas, y que aquella María en que piensas al verme. Ya no me conoces por lo ingrato de tus olvidos para conmigo. Ni mi nombre te dirá nada, porque nunca me conociste por él. Tú decías: el cielo, raramente "mi cielo", pues fuiste siempre seco, poco expresivo; alguna vez, viéndome a los ojos, dijiste "mis luceros"; preferías decir las estrellas, la noche estrellada, el sol, el camino de santo-santiago, la luna; nunca dijiste "plenilunio", sino "luna llena"; pero ¡cómo me contemplabas! Al recordarlo todavía me lleno de ternura; estoy segura de que a nadie has contemplado con igual pasión, ensimismado, ni tan a tus anchas, tanto tiempo, sin que se sobresaltara tu timidez de venado frente a mi belleza; me gustaba que fueras descubriéndome, reconociéndome secreto a secreto, con encantadora ingenuidad, y siempre te dejé que los nombraras como quisieras; y si no con mi sapiencia, lo hiciste siempre con poesía, con esa especie de poesía tradicional que también es forma de sabiduría: la vieja sabiduría de las generaciones; recuerdo que a solas en la torre durante las noches cantabas viéndome:

> De las estrellas del cielo
> cuatro son las que yo quiero:
> el lucero, las cabrillas,
> el carro y las tres Marías.

Te gustaba, en agosto, espiar cómo por mi seno se deslizaban los aerolitos, que aprendiste a llamar "exhalaciones", y pretendías que fueran suspiros: de ti para mí, supongo. Yo he sido siempre tu ansia. Con mi obsesión, unido a María jugabas a representarme sobre papeles azules que tachonabas —la palabra te gustaba— con estrellas doradas o recortadas para pasar detrás alguna luz. Pretendiste luego, a insinuaciones de aquella otra mujer en quien creías encarnarme —cómo complicas las cosas—, pretendiste dejarme por ésta (señala, de las Nueve, la ceñida de flores) en vano, porque a mí es la que buscabas en ella (la florida estalla en mohín desdeñoso e irónico), pues yo soy el Número, el Ritmo, la eternal Armonía, tu Voz, que inútilmente asedias en ésta, en las otras y en tantas más, empeñado en oírme sirviéndote de pobres instrumentos, así sean las campanas en que cuando niño me hablabas y querías entenderme. Sucesivamente me has llamado cielo y lucero, María, campana, Victoria, piano, Teresa, órgano, Beatrice, canto, Denise, arpa, flauta, oboe, impromptu, nocturno, balada, barcarola, rondó, sonata, sinfonía, ópera...

—Con esto confiesas que yo soy la elegida —dice impaciente la que viene coronada de flores; inmutable prosigue la que luce diadema de luceros:

—E innumerables nombres de mujer, casi cuantos has oído e imaginado, más que cuantas viste y deseaste, más que cuantas encontraste sin conocer. ¡Loco! Soy, estoy en todas. Recuerda ya mi verdadero nombre. Las abarco. Queriendo hallarme, a cada decepción vuelves a mí cuando levantas los ojos al cielo, como los alzabas en tu campanario y en las noches del destierro, como aquella noche de tu regreso, en alta mar, como aquellas primeras noches de tu desorientación en la vieja ciudad indígena; ¿qué otra cosa si no a mí buscabas cuando partiste a provincias, atraído por sus noches, por sus radiosos días? ¿qué otra cosa sino yo explica tu emoción cuando alguien te abrió las cámaras de observatorios famosos y puso a disposición tuya instrumentos que te acercaron al infinito? No niegues delante de las otras que aquella emoción fue más intensa que la de la ópera, el ballet, el cine, y esos instrumentos respondieron mejor que aquellos en los que malbaratas la vida lastimosamente, pues te hicieron oír la eterna música de las esferas. Nada. No tienes más a quien elegir. Me has elegido desde tu inocencia. No me llames ya con otros falsos nombres. Urania. Soy Urania —no se movió al decirlo, mas combinó el fulgor de sus ojos con el de las estrellas que coronaban su cabeza y se avivaron como en claras noches de invierno, junto al mar; entonces adelantó el paso la coronada de flores:

—Eres Euterpe —al oírlo, la florida paseó miradas de triunfo sobre sus alternantes, como diciéndoles: "¿lo escuchan? ¿ven cómo a mí sí me reconoce?" para encararse al interlocutor:

—¿Cómo pues has encendido esta inmotivada disputa? En lugar de pedirte "a mí" como las otras, pues bien elegida me tienes y naciste con mi signo, debería dejarte, aunque bien sé que nunca me dejarías. Estoy acostumbrada a tus débiles veleidades. Conmigo estás pensando en otras, con infecundo gozo, porque las otras no son sino yo, lo que yo quiero que sean, lo que tú deseas que se me parezcan. Eres de los hombres cuyas esposas leen con facilidad el nombre y la fisonomía de las imágenes interpuestas. No sabes ni disimular, como ésta pretende (y señaló entre las nueve a la cara de tiple, adornada de yedras, que alzó las manos en ademán de burla); mi dignidad te lo permite todo: al fin y al cabo de lo que tratas es de hallarme reproducida en cuanto ves, tocas e imaginas. La historia es tan larga como tu vida.

—No me mezcles en tu interés —protestó la otoñal entre las nueve, ceñida de laurel. Euterpe la miró con desdén, como diciendo: "y ésta ¿qué tengo que ver con ella, si somos tan distintas?", mientras proseguía:

—Primero fue Victoria. Pronto te convenciste de que usaba mi nombre, no más, para seducirte, tratando de usurpar mi sitio; insuficiente para suplantarme. No quieras contradecirme con el capricho de tu contumacia. Es mentira tu perseverancia: entonces, ¿por qué, dime, o atrévete a decírselo a ella, que lo ignora, por qué lo mismo en España, cuando te hallabas bajo su pleno patrocinio, y en Italia, cuando decías esperarla con ansias, y en París, y en todas partes buscaste otros arrimos? La lista sería interminable. Imposible, porque habría de cargársele, con los hechos, los deseos, en ti constantes, insaciables; con las personas, las que no pasaron de ser cosas en comercio. Tu amigo Diego lo recordaba cínicamente hace poco. ¡Cuánto has rodado y qué vergonzante para tus aventuras! En lo más vil, sin embargo, me buscabas.

El interlocutor bruscamente reaccionó:

—Beatrice, la romana, compañera en Santa Cecilia, Denise la dulce amiga del Conservatorio en París, Teresa la castellana, Tránsito la sevillana, Mónica la compostelana, ninguna, ni Ana la inglesa, ni Sonia la rusa, ni Tamar la judía, ni Alicia, Catalina, Genoveva eran viles, ninguna de mis musas adorables.

Estalla la risa de las nueve, creciente, hasta rayar en carcajada, con acentos de vulgaridad. ("Por fin ¿en dónde estamos?" —piensa el interlocutor.) Euterpe restablece la calma con plácido ademán concertador:

—No profanes nuestro nombre. No acudas a él en vano. Ni tienes otra musa que yo —el rumor tiende a recomenzar; mas Euterpe lo acalla como si acometiera un *allegro* enérgico—: ni me interrumpas. No estamos en una comisaría, ni en casa de Tamara, sino en *Montparnasse*. ("¡Claro! Ya me lo figuraba" —piensa el interlocutor, sonriendo— "sólo falta que la pretendida Euterpe dirija el *jazz*.") ¿Vamos?

—Un momento, chiquita. Este caballero tiene conmigo un compromiso pendiente —se interpone la cara de tiple, coronada de yedra la cabeza, en la mano una máscara de risa grotesca.

—Payasa-chocarrera —exclama Euterpe.

—Música —chilla la enyedrada.

—Hija del procaz Aristófanes —al arrojar estas

palabras, erguida, ofendida en su dignidad, Euterpe hace mutis; la otra, una caravana sarcástica, y dirigiéndose al interlocutor:

—Me dejó plantada.

—Cirilo pasó a recogerla, usted fue la...

—¿No ya nos tuteábamos?

—Mandaste decir que yo no te divertía.

—No se trata de eso, sino de la escena de amor que interrumpiste por ir a Diego.

—Entonces ¿eres Pandora?

—Talía.

—¿Segunda del Lírico?

—Única de la Comedia —se coloca la máscara.

—Chistoso.

—Estamos hechos la una para el otro. Tú pareces bobo de *vaudeville*.

Con los pies desnudos avanzó una más, los bien torneados brazos en alto, como desperezándose o en punto de alzar el vuelo:

—Talía, no insistas: el caballero te confunde conmigo, a mí es a quien busca...

—Ni a ti ni a mí: el caballero es un hombre serio, aburridamente ingenuo, mientras tú y yo somos extravagantemente locas.

—Por eso me necesita; si fuera desenvuelto y gallardo, ninguna falta le haría. Ustedes, todas, han oído siempre, y para no ir más lejos: hace rato escucharon la forma en que me habla, en que me lleva en la sangre, palpitando conmigo, a mi deseo, y sin embargo no me tiene, siempre me ha echado de menos para poder triunfar. Demos por terminada la disputa. Pueden ustedes retirarse —con armónico balanceo de brazos acalló las protestas que sus palabras levantaban en las demás— ¿quieren oírlo de sus labios? Di: ¿es verdad que siempre has andado tras de mis pasos?

—Es verdad. La última vez en tu casa, Tamara.

182

—Da lo mismo; mas háblame por mi nombre real.

—Terpsícore. Cuando te conocí te llamé Ana Pavlova.

—Así fue; pero ella murió y yo eternamente subsistiré.

—¿Hasta cuando se acabe la casa de Tamara Zarina?

—Se construirán otras y otras, en los siglos de los siglos, aunque para seguir mis impulsos basten sus praderas a los campesinos, y el espacio de sus alcobas a las doncellas, y el más diminuto patio, las plazas y las calles para los muchachos, la sala estrecha para los viejos, un rincón de taberna quienes hallan en mis brazos el descanso de sus fatigas, ¿quién podrá nunca contener mi culto entre los hombres?

—Es verdad, siempre te seguí, aunque nunca me atreví...

—Aún es hora de reponer el tiempo perdido, las ocasiones desaprovechadas para llegar por mis pasos a lejanías que te han sido espejismos inalcanzables, tan fáciles de acercar bajo mi nombre, simulacro del más dulce juego, pretexto del tacto, circunstancia de las palabras deslizadas al oído, de las confidencias, los destellos cara a cara, el de otro modo imperceptible lenguaje de las pulsaciones, a compás mío. Cercanía de la belleza, las manos en las manos, los ojos cada vez más junto de los ojos, cada vez más al alcance del misterio personal, tú, buscador de misterios, ¡cuántos has dejado escapar por no acudir a mí! ¡cuántos conmigo hubieras descifrado, qué simetrías midieras, qué perfumes aspiraras, qué suavidades recorrieras! Lunas de las espaldas en escote, columnas de cinturas, tacto y contacto...

Un alarido rompe las palabras a espaldas de quien las escucha. Surge alta figura como subida en zancos, revestida de clámide sangrienta, cubierta con espantosa máscara, por cuyas cuencas corren lágrimas:

—¿No te avergüenza el miserable oficio con que profanas tu destino, despertando en este pobre hombre las más bajas pasiones? —resuena la máscara con temerosa voz— desde que has dejado de servirme para la purificación de las almas, te has prostituido y prostituyes a los mortales, olvidada de tu dignidad inmortal; ha llegado el tiempo infausto en que decir Terpsícore significa lubricidad, artería, porquería; envileces la música y cuanto tocas; los antros del vicio dilatan tu imperio, y te atreves a invadir las praderas puras de los campesinos, las ingenuas recreaciones de las doncellas, la natural expansión de los mancebos y hasta el cansancio de los viejos —alza la mano amenazante—: deja libre a este hombre, creado para servirme: ¿acaso ignoras que se halla inspirado por mí desde que arrancaba lúgubres tañidos a las campanas de su pueblo y cuando las hacía sonar con gloriosa majestad, siempre terrible? ¿ignoras que aliento yo en toda su obra de compositor, en su vida misma, en sus terrores, en su fatalismo? Por mí es adusto, huraño, indeciso, desagradable, pero también poderoso, fecundo, extrañamente sugestivo. No quieras, como te disponías, enseñarle tus malas mañas de asaltante. Será inútil, aunque lo pretenda él mismo. He fraguado en él naturaleza de roca, hierática, inconmovible a tus embelecos, incapaz de volar con tus locuras.

El hombre, que de pronto no supo si reír o correr, ha venido serenándose, lo invade cada vez más profunda calma, se aquieta su sangre, que las palabras de Terpsícore habían encabritado:

—¿Eres la Tragedia? ¿te llamas Medea o Eleonora? Recuerdo: te conocí en Roma.

—No, en tus angustias precoces, en los muertos

184

por quienes doblabas las campanas, en las mujeres maldecidas por tu tío, en los indescifrables misterios que asfixiaron tu niñez. Me llamo Melpómene —al decirlo, depone máscara y coturno, luciendo la enérgica belleza del rostro, la proporción exacta del cuerpo.

—Hace poco te me presentaste como Virginia de Asbaje.

—Mi tronco inmortal estalla en hojas perecederas.

La más tierna de las nueve se adelanta suavemente, las trenzas entretejidas con mirto:

—¿No te parece que te has excedido, Melpómene? ¿por qué abusas del terror con los mortales, y más cuando andan solícitos de mí, como éste?

—¿Por qué te me interpones, libidinosa? —prorrumpió colérica Melpómene, puesta de nuevo la máscara resonante y calzado el alto coturno—: libidinosa por naturaleza, bien que sepas fingir tanto como Talía, mejor que Terpsícore. Tú eres la que provocas en los mortales mis rigores, inquietándolos con tus cantos de aparente dulzura, disponiéndolos con tus venenos a todo exceso, libidinosa Erato.

La interpelada repuso sin alterar el tono suave de su voz ni la ternura del semblante:

—Tus arrebatos, más que la horrible máscara, te ciegan lastimosamente. ¡Artista trágico este muchacho al que yo he inspirado siempre con casto sentimiento! No, Melpómene: acude a nuestra madre y recuerda: desde aquel encendido concierto de campanas, clamando a la que partía, o desde antes, cuando la esperaba, llamándola sin saber si existía, y al conocerla, cuando dio afinaciones extrañas a los bronces, y al pasar los dedos por primera vez en un piano a hurtadillas, al balbucir sus primeras canciones, al concebir su primera sonata, perpetuamente, hasta la hora de ahora en que compone una sinfonía por tributo al Amor, perpetuamente, así te hayas empeñado en aterrorizarlo desde niño, ha sido artista erótico, fiel en invocarme, y tanto, que lo coronaré de mirto.

—Erato, dulce musa, llévame de nuevo a tu casa de la calle de Mirto, allí otra vez me dirás versos al oído para mis canciones, abrirás vientos a mis ansiedades, dulce musa de la poesía erótica —dijo y adelantó la mano, el paso. Lo contuvo Polimnia, que porta la lira:

—Ni Urania se despojó de alguna estrella de su diadema para ofrendártela, ni Euterpe de su flauta o siquiera una rosa de su corona; por el contrario te riñó, como Melpómene; ni ésta ni Talía depusieron sus máscaras a fin de que si te placía las usaras; ni Terpsícore fue generosa con sus alados pies y brazos; ¿crees en verdad que hubiera Erato descompuesto su tocado arrancándole un mirto el más pequeño? ¿lo hizo acaso Talía con sus yedras, destrenzándose? Aquí tienes en cambio mi lira. Es tuya. Lo ha sido siempre. Sus arpegios resuenan a cada paso de tu obra, de tu vida, en constante original, inconfundible. Has merecido la unánime consagración de artista lírico, por gracia de Polimnia, que cede a ti su lira —dijo, y al entregar el celestial instrumento se interpuso Calíope, de oro diademada:

—¿Artista lírico éste, que no ha hecho sino contar, cantando, el mundo de sus experiencias, los paisajes de sus andanzas? La novela lo hizo descubrirse a sí mismo, y de las novelas prefería las de tono heroico, las de aventuras; cuando llegó a las mayores alturas en que moro, su entusiasmo no tuvo límite, arrastrado por las hazañas de Aquiles, del sagaz Ulises, del piadoso Eneas, de Orlando y Godofredo.

Toma, empuña con fuerza mi épica trompeta, proclamadora de la fama.

Indeciso, no se atreve a recibir el don de la prepotente. Clío, la última, coronada de laureles, avanza del fondo en donde había permanecido:

—Yo pudiera también reclamar sobre ti derechos de inspiración, pues contra lo que Calíope dice, tu música es historia y no fábula. Ni quiero incurrir en la triste jactancia de que me conociste, confundida con mortales diversas. Prefiero lo preciso y conciso: no te avergüence confesar que lo que más ardientemente anhelas es pasar a la historia. Me tienes aquí —sus palabras eran firmes; lo que de lejos parecía en ella fulgor otoñal, de cerca era fragancia de juventud.

Se hizo el silencio. Se agravó la indecisión. Inestables como chuparrosas, ojos y ansiedad iban de una en otra, sobre las nueve. No sonaba, pero se oía el reclamo del coro: a mí, a mí, a mí...

—¿Por qué no todas, a todas, con todas?

Fugitivas, las nueve volaron presurosas.

DÉCIMA

—Presuntuoso.

—Con qué objeto.

Antes no vista, en la sala quedó una —¿era la décima?— que antes no estaba.

—¡Victoria!

—Soy Tamara Zarina.

—¡Victoria!

—Me llamo Vera Verinski.

—No: Victoria Colonna, de Samotracia o de Guadalajara.

—Soy la desconocida ¿recuerdas? en casa de Tamara.

—¿Por qué volaste tan presurosa? Ni tus huellas hallé cuando salí tras de ti, presuroso.

—Cómo: ¿ya olvidaste que fui quien te salvé de aquellos borrachos? ¿la elegida para darte compañía cuando la turba se marchó? Estuviste por cierto muy galante al decirme, arrebatado por el entusiasmo que te produjo conocerme, y no sólo galante, sino atrevido (¿quién dice que seas tímido?) pero de tus atrevimientos hablaremos luego, sí: fuiste muy galante cuando entusiasmado llegaste a decir que yo sería tu musa, porque las otras nueve se compendiaban en mí, Virginia de Asbaje, "actriz entre las actrices, gloriosa", fueron tus palabras; y también me llamaste "décima musa", y en el colmo del frenesí añadiste que comparadas conmigo las nueve juntas "valían sorbete" (qué ¿no comenzaban a subírsete las copas para caer en semejante vulgarismo?) y ahora la galantería te llevó a llamarme con el nombre de una de las magníficas mujeres del Renacimiento, sin duda la más exquisita: Victoria Colonna. Muy amable; pero no hace falta. ¿O entendí que me comparabas con la Victoria de Samotracia? Muy delicado, de tu parte; aun así (tú comprendes lo legítimo de mi orgullo: ¿no dijiste que soy gloria nacional? no: dijiste "universal") así: basta y sobra con ser Virginia de Asbaje.

—La décima musa.

—Por más que medien semejanzas, reminiscencias y otros motivos, acaso hasta parentesco, no quieras ver en mí, como muchos, a Juana la monja, bien que si hubiera vivido en esta época, su ingenio de actriz habría sido arrollador, y aun el cine la tentara, o si me hubiesen tocado los tiempos del virreinato, como a ella, Virginia de Asbaje habría sido gala de la corte, rival de la virreina y asombro de sus contemporáneos; ni es remoto que ponga fin a mi carrera en un convento, donde alguien me retrate con enigmática sonrisa (no, tú no me has visto representar a la *Gioconda);* en tercetos dantescos o en octavas reales, no en simples redondillas, apostrofaré a los hombres. ¡He conocido a tantos! Reyes y menestrales, magnates y aventureros, graves y livianos, ¡todos iguales en sus concupiscencias!

—Esa palabra la recuerdo.

—¡Tanto me han hecho sufrir! ¡Los he atormentado yo tanto! Delicia de asistir a sus miradas, de adivinar sus estrategias, de burlarlas, de desdeñar sus obsequios, de abusar de sus debilidades, de abatir sus fuerzas, de lidiar sus brutalidades, de remontar el vuelo al mirarlos rendidos. Y sin embargo, sufrir sin ellos, con ellos, por ellos tan miserables. ¡Qué carrera la de actriz! Antes de la gloria, en la gloria y después de la gloria. Siempre los hombres. Como espectadores o como cortesanos. Como empresarios o como admiradores. Como autores o como periodistas. Como amigos o como enemigos. Y sin embargo ¡qué vacía la vida sin sus adulaciones, amenazas, regalos, violencias, afectos, desdenes, engaños, ternuras, atrevimientos! Como tu ternura, como tu atrevimiento.

—Qué ¿dije que valían sorbete?

—Verlos gozar, padeciendo. ¡Ah! me dijiste que deseabas padecer conmigo, en un minuto, mi vida tempestuosa. Necesitarías naturaleza de pararrayo. Es como mi ansiedad por sentir mil almas en mi alma, transformada, encarnada en mil heroínas, con caracteres opuestos, virtuosas o protervas, vibrando y haciendo vibrar con ellas a los buenos y a los malos, hasta el aniquilamiento de la personalidad, calcinada por las descargas del Destino, bajo un cielo sin misericordia.

—Se posesiona de su papel encarnizadamente.

—¿De qué otra manera hubiese llegado a ser quien soy? ¡Pobres de las repetidoras que automatizan cada gesto, cada registro de voz, la exacta posición en cada escena! Mil veces he representado a Fedra, y siempre con la misma emoción de descubrimiento, como si antes jamás hubiera sentido la presencia de Hipólito, como si por primera vez germinara en mí la pasión. Sólo así es posible hacer temblar los más rudos corazones. ¿Recuerdas los episodios de mi vida bajo la sevicia de la Revolución? En casa de Tamara te referí algunos. ¡Qué intensos días aquellos de plenitud vital y de peligro! Entonces comprendí la gráfica expresión de "andar entre las patas de los caballos". Asediada por hombres de fama siniestra, entré a sus mansiones, me hicieron reina de sus fiestas, objeto de sus drásticas disputas. Desconocían mis méritos; pero admiraban mi belleza, la música de mi voz domaba sus instintos. Cuando venían al santuario de mi arte, lloraban como criaturas al verme revivir *La Dama de las Camelias*. Una noche, Francisco Villa, pistola en mano, agatillada, estuvo a punto de disparar contra el fiscal que pedía mi condenación en *La mujer X*. La leyenda de los tesoros que se dice me regalaron aquellos hombres, organizados en banda de asaltantes para obsequiarme a porfía, es falsa, pero halagadora: ¿qué mérito hay en que gentes con cierta cultura, siquiera sea la de su vanidad o la de los periódicos que ven, sientan atracción por actrices que los han hecho vivir momentos de intensa ilusión, hasta llegar acaso al puro placer estético? La gracia es conmover espíritus primitivos, tallados a golpes, engreídos de su rudeza. Muchos políticos y hombres de Estado me han cortejado aquí, como en otros países; las más opuestas promociones (podría decir también antigüedades y generaciones) han desfilado por mis camerinos. Nadie me ha hecho sentir la fuerza original del hombre como aquellos centauros, poseídos de la voluntad de poderío. ¿Sabes cuál es el tesoro que conservo de Francisco Villa? Un espejito redondo, de mercería, corrientísimo, hecho para divertir a los niños con la figura cómica del dorso, cuyas pupilas (dos cuentas de abalorio) se mueven; lo sacó de la bolsa un día en mi camerino, diciéndome: —"mire no más qué chula es, artista"; cuando después de verme se lo quise volver, añadió: —"guárdeselo de recuerdo; es de buena suerte: ha andado conmigo desde las primeras refriegas, y le tengo cariño; qué mejor que se quede usted con él". A los pocos días comenzaron para el centauro las derrotas definitivas. Del general Lucio Blanco guardo desecada una flor que cortó en Xochimilco para obsequiármela. En mi casa la verás, con otros preciosos recuerdos de mi triunfal carrera. ¿Se te pasó el mareo?

—Se me pasaron las musas.

—No hay más que una. Yo. Prometiste venir a mi casa. No es como la desnuda casa de Tamara. La mía es tradicional. Verdadero museo, como que soy la décima musa, compendio sublimado de las nueve impalpables. Allí me verás en cada momento de mi gloria, rodeada de patriarcas y profetas, que me autografiaron sus retratos: D'Annunzio, Shaw, Anatole France, Benavente, Maeterlinck, Rostand, Pirandello, Gounod, Saint-Saëns, Fauré, Albéniz, Debussy. Ven, faltas tú.

—No puedo, mientras no termine *El Banquete*.

—Ya terminó.

—Estoy comprometido.

—¿Con quién?

—Con Diotima de Mantinea, mujer sabia en amor. Corte.

TRES

—Yo me llamo Aglaé.

—Yo, Eufrosina.

—Yo, Talía.

No es ya la sala. El campo abierto. Lleno de flores. Corrientes de agua. Música de agua o de viento. De viento como de violines.

—Danos la mano y jugaremos a la ronda.

—¿Por qué hiciste que se fueran enojadas mis primas?

—Nuestra madre nos mandó a buscarte.

—Nuestra tía se oponía.

—¿Por qué nunca nos has querido de compañeras?

—No lo deja su tío.

—Ni su prima.

—Ni la otra.

—Pronto: ¿juegas o no?

Invencible pesadez de piedra. Vano esfuerzo de incorporarse. Ver, oír, gustar, sin poder hablar, tocar. Sin responder gozne alguno. Como en la crónica pesadilla de perseguido paralítico. Ahora en angustiosa variante, muy más angustiosa, de perseguidor paralizado, cuando al alcance de la mano, más, un poco más, la flor, el fruto, la visión esperan, provocan, inútilmente permanecen, sin que la mano alcance, sin que nervio alguno pueda responder al deseo, a la inminencia fácil. Estatua, mano de piedra, rondada por la grácil movilidad, en persistentes vuelos.

Encadenado, el pensamiento gime: —"pronto se marcharán presurosas".

Y las tres, en ronda placentera: —"somos fuente de todo bien y de todo placer".

El encadenado pensamiento: —"son las Gracias".

Ellas: —"por nosotras se va a la ciudad bienaventurada".

Él: —"un esfuerzo más, brazo mío, un solo acorde, mano mía".

Las tres: —"fluye de nuestros ojos el amor, que

derrite los corazones, pone lánguidos los brazos y las piernas de los dioses y los mortales, por igual, abatiendo imposibles".

Él: —"mis dedos: un acorde, atacando con brío".

La pesadilla se consuma. Vuelan presurosas las tres, perdidas en el bosquecillo, remontadas las corrientes, llevadas por los vientos benignos, en son de violines, a las islas de las bienaventuranzas.

Por el césped, no, es ya otra vez alfombra de una sala, rueda una manzana y se sienten presencias de mujer, se oyen voces en altercado, se reflejan en el espejo sus cuerpos. Otra vez tres. Más reales que las Gracias fugitivas. Hembras en pleito, se lanzan a una sobre la manzana, que lleva la inscripción: *"a la más hermosa"*. Nada las contiene. Son mujeres arrebatadas por la codicia. Y sin embargo hay en las tres algo sobrenatural, que infunde reverencia y amor. Hembras con atributos manifiestos de diosas. Tropieza su loco afán con el yacente. Reparan en él.

—Decide tú —dicen a una las tres.

Como en los desfiles de modas las modelos, vienen, van, se detienen, vuelven, giran, se contonean a placer, con mudable ritmo, con provocativos movimientos, graduados el gesto, los ademanes, las sonrisas, ágiles las manos, los brazos, los muslos en la glorificación del cuerpo, cautivadoras revolotean las tres, y como en la balada de Blancanieves la reina en el espejo, las tres ante los ojos del caído preguntan:

—¿Quién es la más hermosa?

Y cada una:

—¿Hay alguien más hermosa que yo?

Dificultad. Indecisión. Tremendas.

Se acercan. Al oído:

—Yo soy el Poder. Elígeme y te haré poderoso. Desposada con el rayo, en tus manos lo pondré. Me llamo Juno. Ve, no más, la perfección de mis brazos, la hermosura de mis ojos, la majestad imperial de mi cabeza. Elígeme. (Sin lengua, el pensamiento: —"Tú te llamas María y vuelves a ofrecerme ventura política, que desdeño.")

—Yo soy la Sabiduría y la Fortaleza. Elígeme y te haré sabio, serás valiente. Tuyo será mi escudo, tuya mi lanza, tuyo mi casco. Soy Minerva. Ve, asómbrate con el brillo de mis ojos verdes, con la firmeza de mis muslos, con la reciedumbre de mis pechos, con la invicta columna de mi cuello y el egregio baluarte de mi cabeza. Elígeme. (—"Tú también eres María".)

Cuando junto a los ojos, rumbo al oído, se acerca la tercera, el caído la reconoce plenamente, consigue vencer su letargo, se incorpora, se le desatan cien lenguas a un tiempo, en un acorde:

—Eres Victoria.

—Te llamas Diotima.

—Beatrice.

—Denise.

—Teresa.

—Tránsito.

—Mónica.

—Tamar.

—Sonia.

—En el pueblo... en Veracruz... en Roma... en París...

—Te conocí en Siracusa... en Chipre... Patmos... Pompeya... no, en Corfú... no, en Pafos...

—Eres la Bertini, la Jacobini, la Menicheli, la Borelli, la Garbo.

—Greta. Grieta. Te conocí en el mar. No, en lo más hondo de mí. Me hablaste la primera vez en las campanas, en el viento, por el aire, por la noche, hacia los altos cielos, en los abismos. Luego volvimos a encontrarnos en el Louvre, mañanas enteras, in-

194

terminables tardes, a pesar de la diosa con alas, que me reclamaba, cerca, lejos, divinal Afrodita, Venus excelsa.

Muy al oído, muy más que las otras, habla la tercera, sin que se escuche su secreto, que hace temblar al hombre como en el otoño los árboles, hasta la más tierna rama, estremecida la hoja más pequeña, o como los descuaja el vendaval, o como suaves caricias fulminan el cuerpo de los hombres.

La venusina se aparta, segura de su triunfo. Se ha prometido a sí misma en mil formas: Greta, Sonia, Denise, Ana, Victoria, todas en una y la misma Helena, por quien ancianos y niños bendicen su aflicción.

—Helena de Troya, que no es de allí, sino extranjera, por quien arde Troya en el ansioso corazón.

Mas apenas la diosa se reune con sus rivales, las lenguas vuelven a enmudecer, los ojos recorren los cuerpos de las tres, el encadenado pensamiento titubea. ("Comparación: odiosidad. Escrito está que no ha de tener en mí parte. ¿Cuál? ¿Cuál? Todas. Las tres. Aquélla, ésa, ésta. El furor vengativo en sus ojos acechantes. Iguales. Ninguna. Las tres.")

Interminable tiempo en espera desesperante. Las tres callan, esperan. Los ojos van de una en otra. ("Helena de Troya, como sol sobre cien espejos: Tránsito, Ana, Sonia, Tamar, Denise. El curso remontado hasta el infinito".) Desesperan las tres, el fulgor vengativo en sus ojos, avivado. La espera insoportable. Una, otra, la tercera estallan:

—¡Cobarde!

Y desaparecen.

DOS POR TRES

Al poco rato —quién sabe si al mucho— vuelve una. Se sabe por el gran espejo puesto arriba del piano en que como ataúd se contienen armonías afrodisiacas. —¿No quedó por aquí la bolita, digo: la manzana? Era de oro. —Tanto pleito para dejarla nomás así.

La manzana la cortó Eva por insinuación de la serpiente y para ofrecérsela a don Adán.

—Afrodita ¿qué tiene que ver usted con nuestra madre Eva? —¡Oh! mucho: reflexione. ("La primera vez que lo vea, preguntaré a Diego por qué junto a las musas no pintó a las gracias, en vez de las virtudes".) —Y desde luego con los afrodisiacos ¿no? —¡No! ¡Todo lo contrario! Significan mi absoluta privación. —Con razón yo siempre me negué a ser pianista de ésos como el que se sienta en ese piano. —¡Bueno: habrá que distinguir! —En fin, de las tres ¿cuál es usted? —No se haga. Entonces ¿cómo me dice las cosas que me ha dicho, y hasta el nombre? —¿Y de veras nació del mar? Lo vi en Botticelli. Muy bonito. —Usted es muy vulgar, de veras. —¿A qué se volvió? —Y preguntón hasta la necedad. ("No estoy seguro de nada, ni de que haya vuelto. Sólo el espejo. ¿Estoy hablando con el espejo, arriba del piano?") —La he visto ahora con una tortuga, luego con estos peces: el delfín o la rémora; pero lo más frecuente, y es lo que más me gusta, con una paloma. Es que así son las mujeres de caprichosas. O es que al mismo tiempo son varias cosas: el hogar, el amor, la locura.

Sí, ha vuelto. Está en la sala. La tercera de las tres. Ya no en el espejo su imagen. Frente a frente su persona, el rostro severo:

—No en vano me has rechazado. Ningún mortal puede hacerlo impunemente. Ni en vano rechazaste a mis poderosas contendientes, y antes a las tres livianas muchachas, y más antes a las nueve deleitosas doncellas. Todas parientes mías. Lo peor: por indeciso. En castigo ¿sabes? tengo unas primas terribles,

también son tres: Cloto, Láquesis y Atropos, las tres
Parcas, cuya invitación es irrevocable, como lo has
visto en las danzas de la muerte, las tres hijas de
Temis, engendradora también de Diké, Eunomía e
Irene, tres también, y pues rechazaste a la belleza
que te dejaba en libertad, no harás lo mismo cuando se te presenten aquéllas, que no dan lugar a duda
en la elección.

—A ninguna rechacé. A todas quería. Se los dije.
Y a las pléyades, que son siete. Y a las horas, que
son doce. Y a las estaciones, que son cuatro. Y a
las ninfas, las náyades, las oceánidas, que son innumerables. Las estrellas del cielo y las del cine. A
Selene y a Eos. En fin... usted es la única que puede comprenderme. No la celosa Juno, ni la imperiosa Minerva. Usted, por quien a todas quiero,
condensadas en Helena, o sea usted misma, como
me lo prometió, aunque Fausto me dijo una vez que
se desvanecía: ella, él no, digo usted se desvanecía, se
le desvaneció cuando estuvo a punto de alcanzarla.
Si yo tuviera la seguridad...

—Nos vamos entendiendo. Por eso volví —la beldad oprime contra el pecho una paloma—; lo que
te falta es tenerme confianza, ni siquiera te atreves
a tutearme.

—Como no me atrevo con Victoria, ni siquiera
le hablo por su nombre, sino siempre le digo la señora. ¿Por qué son tan difíciles las mujeres?

La beldad ríe con sorna:

—La complicación está en ti, puesto siempre a
la defensiva. Nada en el mundo es más fácil que la
mujer.

—Ojalá. Pero cada mujer quiere ser y tener
mundo aparte. ¿No usted misma resulta incompa-
tible con Minerva y Juno?

—Puedes amar a Minerva y Juno en mí; pero

confiesa que soy la más hermosa. Ésta es la cuestión.

—Mi estremecimiento ¿no fué una confesión?

—Insuficiente a juicio de mis rivales y mío.

—¡Exigencias de mujer!

—No. Valentía de varón.

—Rechacé la valentía que Minerva me ofreció.

—Era de otra especie.

—No entiendo.

—No quieres entender. Si confesaras con el corazón y los labios mi hermosura sobresaliente, lo entenderías. Entenderías cómo puedes amarme y, conmigo, a todas las diosas y a todas las mortales que, al amar, me representan. Por ejemplo, en tu país hay y siempre hubo abundancia de representaciones mías; la más reciente y pública, la más resonante, lleva en su nombre la fama: Virginia de Asbaje, a cuyo conjuro generaciones enteras, hombres de toda edad y condición sienten estremecimientos de recuerdo, deseos y esperanzas...

En la sala se oyen pasos de mujer, enérgicos. En rápido acto de ilusionismo, la beldad trueca la paloma por la tortuga:

—La tortuga es el símbolo de las virtudes domésticas —dice.

—¿Conque también hipócrita?

La recién llegada es de figura y hablar categóricos, que velan su feminidad; el timbre de la voz armoniosamente grave; hay en sus movimientos, en el estilo de su cabellera y en las líneas del rostro, algo varonil; toda ella irresistible, dominante.

—¿Por qué otra vez te metes en mis asuntos, Artemisa?

Llegadas frente a frente, la primera es Victoria en el campanario, en el rapto, en el adiós de Veracruz; la segunda, Victoria en Morelia, contundente, impasible, con algunos rasgos de María, diestra en el dominio de hombres y circunstancias, a la par serena e inflexible.

—Pretendo rehabilitar a este hombre, inutilizado por tus aberraciones —dice la inmortal amorosa.

—Pretendes corromperlo, a sabiendas de que me lo consagraron desde niño y lo educaron para servirme perpetuamente —responde la irrebatible cazadora.

—Déjalo ya en libertad —alega la de la gracia sensual.

—Más que nunca he de protegerlo contra tus desasosiegos —afirma la de la gracia deportiva.

—En vano tú, en complicidad con sus parientes, has tratado de oprimir su naturaleza, devorada por el ansia de mis delicias.

—Conmigo, sus parientes, hemos forjado su naturaleza para que no sucumba en tus degradaciones.

—Dejémoslo que sea juez de su destino.

—Nunca me has enredado en tus falacias, Afrodita, ni permitiré que a este servidor mío engañes, reteniéndolo en casa de mala fama; voy a llevármelo a buenas o por la fuerza.

—Eso, sí, no.

—Me lo llevaré.

—¿Sabes que desde niño, a pesar tuyo, sueña conmigo? ¿que desde hace años me persigue, identificándome con Helena de Troya, en la que busca inspiración para una obra que lo hará célebre? Helena lo raptó, lo condujo a Europa, lo educó sentimentalmente. Habiéndola perdido, vaga sin rumbo, como en otoño las hojas descuajadas.

—Precisamente por eso me lo llevaré.

—¿Siquiera sabes el anhelo que ahora lo consume? Concertar una sinfonía en homenaje a Eros. ¿Cómo podrá lograrlo sino en intimidad conmigo? He sido siempre protectora de los artistas.

—Usurpadora, me lo llevaré antes que pruebe tus venenos.

—Es monstruoso que sigas empeñada en frustrar su obra.

—Me lo llevaré. Lo que importa es él, no su obra.

—No te lo llevarás, necia.

—He de arrancártelo, libidinosa: he de sacarlo de la casa infame.

La bella entre las bellas no soporta más la impertinencia de su rival, contra la que lanza sus uñas. / Alejamiento // Gran alejamiento que permite ver en panorámica el principio de la riña, los arañazos en el rostro de Diana, la primera sangre, la entrada de los mastines venatorios, su crudelísima danza y asalto a las carnes bienamadas de Venus. Horrorizado, el espectador se lanza en defensa de la deidad inerme, grita su preferencia por ella, su odio a la ventajosa cazadora, que azuza el furor de la jauría, mezclada su inexorable voz metálica con los ladridos, los clamores desesperados de Venus, los apóstrofes e injurias. Ya se posan las impías patas de los lebreles en el divino cuerpo, ya los hocicos puntiagudos / acercamiento / atacan al pecho, los brazos, el rostro en que toda perfección halla modelo / gran acercamiento —al llegar al *close up*, se desmaya el caballero, fulminado por la pesadilla, despeñado en confusión de tinieblas, alaridos, ladridos, hasta romper la pesadez del sueño.

Ya rompe la red pero persisten los ladridos. Ya se ve libre de ataduras pero los ladridos taladran la cabeza. El eco de los ladridos en todas las paredes, brincando del patio por la ventana, estremeciendo la casa, hostigando el gozo de despertar, agravando el cansancio, el dolor, las angustias con que alma y cuerpo despiertan, con que los ojos descubren la hora —mediodía— y el sitio —la casa, el departamento independiente que al llegar a México le destinaron en casa de María, María y Jacobo—, el sitio en que ha vuelto a caer, sin saber cómo, pero imaginándolo confusa, torpemente, fatigado, envuelto en ladridos de perros que corren por el jardín, en ladridos que saltan la ventana, en ladridos que destrozan los nervios, en ladridos que agudizan la jaqueca, en ladridos que hacen intolerable la sed, aquí el órgano y el piano que le regalaron María y Jacobo, la sed junto al piano cerrado, la jaqueca frente al órgano intacto y en el jardín los ladridos, los ladridos, los ladridos.

Los ladridos no lo dejarán volver al delirante letargo. Ni lo quiere. Lo que quiere sería saber cómo ha vuelto a esta casa, junto al piano y al órgano mudos. Quién. Sí. Cuándo, cómo, a qué horas, por qué, con qué derecho. En dos por tres Gabriel se levanta ("nueve son las musas – tres las gracias – y las parcas – doce las horas – siete las pléyades – y las virtudes cardinales – y los pecados capitales – innumerables las ninfas – como las arenas del mar las nereidas – infinitas las estrellas del cielo – pero Venus inconfundible – aunque Mariartemisa ganó, cumplió su amenaza, Dianamaría, su amenaza de arrancarme, de traerme – ¿devorarían los perros a Victoriahelenafrodita? – otra vez implacables María y Victoria – *allegro lento* – la casa de Tamara – la casa de María – los ladridos interminables") se levanta y se dirige a la ventana, la jauría retoza rabiosamente corriendo en el jardín, las piernas de Gabriel flaquean, lo atormentan sed y jaqueca, vuelve y se desploma en la cama, junto al órgano, cerca del piano. —¿Dónde, musas, gracias, diosas, mujeres coruscantes? —En tu ansia hecha sed. En tu jaqueca.

4º movimiento: *vehemente*

LABERINTO

QUIÉN sabe dónde ni cuándo —tal vez desde que regresó de Europa, lustros hace—, quién sabe quién —alguno, sin duda, en el círculo de "los europeos"— le dijo: —Martínez, no puedo explicarme cómo puedas resistir esta vida, resignarte a este medio, después de haber por tanto tiempo respirado aquellos aires, abiertos a todos los vientos, como si cayéramos de pronto a un cuarto sin luz, enrarecido; yo sencillamente no puedo, me asfixio, cuento las horas de volver y, mientras, hago ilusiones de hallarme allá, convirtiendo, no sin gran esfuerzo, el esqueleto del Teatro Nacional en *l'Opéra*, mis obligados pasos por la colonia Juárez en las imágenes de los *faubourgs*, la calle de Cinco de Mayo en la *rue de la Paix*, el Paseo de la Reforma en *les Champs-Elysées*, Chapultepec en *le bois de Boulogne;* y tú, que viajaste más, que tuviste mayores oportunidades, que gozaste mejor y hasta pudiera decirse que allá naciste al arte, sin contaminaciones que otros ya llevábamos, ¿cómo puedes hallarte a gusto en este medio tan estrecho? ¿avenirte con tantas gentes necias? regresa si no quieres ahogarte o que te ahoguen, malográndote.

Segunda y tercera vez, en vísperas de nuevos viajes, María lo instó para que los acompañara: —Gabriel, no puedo explicarme que no quieras volver a Europa, ¡qué haces aquí!

No que no recordara, ni dejaran de sublevársele los deseos de volver, y más cuando recontaba esfuerzos perdidos en años de lucha, obstáculos y mezquindades. María misma no interrogaba, sino afirmaba entre admiraciones: ¡qué haces aquí!

Trataba de aplacarse a sí mismo: nada tengo que buscar allá, no volveré sino triunfante.

—Más que orgulloso eres vanidoso.

Forzaba consigo mismo la retirada: cómo me chocan los descastados, cuán ridículos sus aspavientos, intolerable su perpetua inconformidad, las ficciones en que viven, sobre todo quienes no habiendo salido del país reniegan lo suyo, indigestos de noticias y modelos extraños: escritores, pintores, músicos, prevalidos de purismo estético, refugiados en exageradas exigencias críticas, confabulados en delicuescente aristocracia.

Pero al otro lado, la vulgaridad nacionalista: escritores, pintores, artistas chabacanos, negligentes, carcomidos de resentimiento y megalomanía; realistas a ras de tierra; simuladores, improvisadores, tahures del éxito a costa de fácil publicidad, gentes de cabotaje, tan repugnantes y ridículos como los primeros.

Una lucha más encarnizada, frente a unos y otros, que la del teatro contra la iglesia. En fin, la misma lucha entre Victoria y María, dentro del íntimo santuario.

—Qué haces aquí.

—Creer, esperar, amar.

—Rodar de los preciosistas a los chabacanos, ida y vuelta, de cenáculos a fiestas de vecindad, sin parar, de círculo en círculo, de teatros a carpas, de gustos adversos, de mujer en mujer, gentes, grupos irreconciliables, de polo a polo, sin llegar a parte alguna, despeñado en el vacío, a gusto con el disgusto.

—Esto es: vivir.

—Vegetar, sin creer, esperar ni amar.

—Vegetar para crear, creyendo, esperando y amando, con los dones nutricios del aluvión.

—El aluvión es podredumbre.

—Fecundidad.

—Fecundidad impotente ante los reveses.

Diálogo sin orillas, la fe frente al fracaso, la esperanza con la desilusión, el amor contra las envidias.

—Unos y otros al fin te rechazan: para los preciosistas eres plebeyo, y los populacheros te consideran extranjerizante; no cabes en ningún grupo.

—Quepo en mí mismo. Mi dimensión es la grandeza.

Una vez más había rechazado el patrocinio de María, declinando la invitación al viaje, como antes, tras la noche de bacanal, una vez más rescatado por influencias de Jacobo, rechazó sus ofrecimientos de ayuda oficial para imponerlo como la figura sobresaliente del arte nacional.

Cuando de nuevo se halló bajo el techo de los Ibarra, sobre la vergüenza dominó la rabia de haber sido arrojado allí como muñeco de hilacho. Tambaleante aún, quiso huir. Fue atrapado a medio jardín. La maternal dulzura del atrapo lo irritó más.

Halagos, reproches ni ruegos lo rindieron; al contrario, lo exacerbaron las ofertas de ayuda:

—El arte no se hace con decretos y, lejos de apoyarlo, la política oficiosa lo arruina.

—¿Me crees tan necia para interpretar así mis ofrecimientos? Lo que te propongo son oportunidades para que tu talento y tu obra se revelen, y rompan definitivamente la conjuración de silencio con que la envidia te rodea, impidiéndote llegar a donde mereces. Justo: hace siete años que te ofrecimos esto; ¿qué has ganado con rehusarlo?

Victoria hizo su aparición. Venía del interior de

la casa. Gabriel creyó haber vuelto al reciente, ridículo delirio de diosas, musas, gracias, en confusión alcohólica, o no haber salido de él. Quedó convicto de hallarse bien despierto. Era Victoria. La irritación cobró furor. Pálido el rostro, centelleantes los ojos, rígidas las mandíbulas, encaró a María:

—Exhibirme así, avergonzarme en esta forma. Después de tantos años de alimentarla, tu venganza es completa —sobreponiéndose a las palabras que María intentaba decir, prosiguió, encarado a una y otra señora—: sí, soy un ebrio, frecuento los peores lugares, me revuelco en porquerías, armo escándalos, caritativos magnates me recojen como fardo, visité anoche a Tamara, tengo amistad con tiples y modelos, Pandora me quiere, Virginia de Asbaje me hace sitio junto a Francisco Villa, los peores bohemios, los artistas fracasados forman mi corte, ¿y qué? ¿a quién tengo que darle cuentas?

Encaminó a la calle los pasos, tambaleándose.

—Gabriel, respétate, repórtate. La señora Victoria vive desde hace tiempo en esta casa.

Las palabras de María lo hicieron volver el rostro, al tiempo en que del interior de la mansión salía la muchacha desconocida que lo invitó a improvisar al piano en casa de Tamara, como admiradora ferviente.

—¿Usted también? —la increpó Gabriel, y dirigiéndose a María—: ella te trajo la pista de mis malos pasos; mejor será que primero rompamos la conjuración de mis compadecidas providencias y luego la de mis enemigos.

Precipitó el paso hacia la salida; la cólera le permitió escuchar todavía la voz de la muchacha:

—Venga usted a decirnos todo eso al piano...

Después ha pensado que la oyó decir también: —"será un *impromptu* magnífico".

En el trascurso de las horas, a medida que fue

serenándose, fue arrepintiéndose de su violencia. Los eternos arrepentimientos de su debilidad encabritada. Cuando por completo se disiparon los humos de la bacanal, acudieron en bandadas tardías las interrogantes: ¿por qué allí Victoria? ¿había cambiado? ¿qué significaba con ellas la otra? ¿quién era? en casa de Tamara dijo haberlo escuchado en Jalisco, ¿no se parece a la Victoria del campanario, dieciocho años atrás? el arrebato le impidió escuchar la voz de Victoria, ¿qué se propondrían decirle María, Victoria y la desconocida? ¿cómo podrá ya saberlo, y saber qué hace allí Victoria, quién es —qué bonita es— la mujer con resabios de colegiala y rasgos de señorío? confrontar la semejanza con Victoria, examinar los cambios en la fisonomía de Victoria, conversar con Victoria y con la muchacha que se le parece hasta en la manera de demostrar admiración, ¿fue Victoria o María quienes la indujeron a seguirlo a casa de Tamara? ¿es mentira que Victoria vive con María? Se propuso averiguar todo esto. Luego le sorprendió reconocer que en otras circunstancias ese encuentro lo habría devastado. Ahora rápidamente se le sobreponían los pendientes encadenados al círculo de Tamara, que lo engolfaron: afianzar simpatías, hacer nuevos conocimientos, atender invitaciones placenteras, asomarse a grupos irreconciliables entre sí. Olvidó el propósito de dar satisfacciones a María y a Victoria.

Lo que por completo lo distrajo aun de sus trabajos más acariciados fue el éxito alcanzado por Gerardo Cabrera con el *Idilio salvaje*. Del grupo reunido en casa de Antonieta Rivas, temible por su exigencia crítica y por su mordacidad, partieron los primeros, definitivos elogios al cuadro; los literatos hallaban afinidad entre su ideal estético y el del pintor; el primer sorprendido fue Cabrera, pero le encantó la beligerancia que aquel estrecho círculo le deparaba y se dejó asociar al grupo; aun se atrevió a declarar: —"no es una obra *pura*, tiene anécdota, se halla llena de pasión, antes que deshumanizada, es profundamente humana"; —"pero desde dentro, hecha plástica pura, sin programa prefabricado" —comentaba uno de aquellos jóvenes; y otro, frágil, nervioso, añadía: —"la inteligencia, hecha deseo de orden, hace contrapeso al temperamento de grito y color, anula todo exceso romántico". Así fue cómo, sin proponérselo, Gerardo Cabrera quedó catalogado en la *élite*. Pandora hizo papel de Beatriz conduciendo hacia ese círculo al pintor y al músico.

Martínez fue cautivado por el misterio de la dueña en cuya casa el grupo se reunía. Llena de feminidad y al mismo tiempo revestida de viril dominio, distinguida y afable, angulosa y curvilínea en lo físico, su trato inquietaba; era serena y tempestuosa; desde el primer momento acogió a Gabriel con exquisita cordialidad, se interesó por sus proyectos, le celebró las improvisaciones que le había oído en la fiesta de la Zarina, le aconsejó con tacto que no se prodigara, que no se dejase llevar de la facilidad, elogió la disciplina y sostuvo la idea de que el arte no es inspiración sino trabajo. Le ocupaban su tiempo y entusiasmo, por esos días, dos proyectos: la formación de una nueva orquesta sinfónica y de un teatro experimental; se discutía, pero al fin predominaban sus opiniones; ejecutiva y espléndida, para ella no había obstáculos; ¿en qué otra cosa mejor podría gastar su dinero? y lo gastaba con alegría en esas actividades, así como en agasajar y en sacar de apuros, discretamente, a quienes en torno suyo aspiraban a la gloria.

Se habían formalizado los ensayos del teatro experimental. El juicio de la dama decidió el repertorio de *debut*: *Simili*, de Roger-Marx y *La puerta reluciente*, de Dunsany. Gabriel asistía silenciosamente a la tarea. ("Por qué de esta mujer acepto las proposiciones que rechazo a María.") Con la orquesta se formarían paralelamente los conjuntos corales y de *ballet*. Gabriel fue perdiendo toda reticencia frente a la señora, discutía con ella sin cejar, sus puntos de vista prevalecían frecuentemente, llegaron a coincidir en simpatías y diferencias. Con Gabriel dejaba de usar la gran señora esa ironía escéptica tan habitual en ella, que había estereotipado rasgos del rostro, acentuando su interés misterioso; tampoco incurría en el trato con el músico, sino por excepción, en actitudes de frivolidad, con que la fuerza de su temperamento acostumbraba evadirse, aligerándose; cuando los otros la embromaban por la manifiesta diferencia de trato: —"éste no es como todo el mundo, como ustedes quieren ser: *enfants terribles;* con él no hay que estar a la defensiva: es un alma de Dios" —contestaba. Lo cual produjo sorda discriminación del grupo hacia Gabriel, bien que nunca éste pensó entregarse a él en forma exclusiva, como paulatinamente lo hizo Gerardo, quien al fin adoptaría la ortodoxia estética del cenáculo, abandonaría sus proyectos de grandes obras murales, entregado en absoluto a la pintura de caballete; rompería definitivamente con Pandora y con otras antiguas amistades, atraído hacia nuevos estilos de vida, que su creciente celebridad iría deparándole, al tiempo de triunfar en famosas exposiciones de Nueva York y París, Venecia y Berlín, alcanzando cotización semejante a la de los mayores maestros contemporáneos.

El éxito del *Idilio salvaje* convirtió a Pandora en la mayor atracción del momento; su fama rebasó los diversos estratos del mundillo artístico, pasó victoriosa por el de la prensa, provocó el de la política; le llovieron admiradores de toda condición; trataron de reconciliarse con ella viejos amigos que hacía

208

tiempo la olvidaban; tuvo proposiciones de pintores, escultores, empresarios teatrales, publicistas y arbitristas diversos; invitaciones a granel, desde fiestas rumbosas e insinuaciones vergonzantes de intimidad, hasta ofrecimientos matrimoniales. Pero el triunfo había unido con mayor ímpetu al pintor y a la modelo; juntos iban de celebración en celebración; juntos reían de cuanto les acontecía; ella nada le ocultaba, complacida en acumular sus conquistas para ofrendárselas en prenda de admiración delirante; aun domeñó su carácter brusco, explosivo; durante largos meses fue sumisa, soportaba sonriente los caprichos, las violencias del "genio", que tenía por suyo; lo consecuentaba en lo grande y en lo mínimo; gustaba de que la hiciera sufrir, que le regateara o negara satisfacciones; a las jactancias de Gerardo nunca oponía desquite, jamás aludía con ánimo de molestarlo a los innumerables partidos que la tentaban.

Transcurrida la primera embriaguez del triunfo logrado por Gerardo, Gabriel procuró apartarse de la pareja, pese a que lo reclamaran como el único merecedor de compartir la gloria que gozaban. El músico tenía siempre algún pretexto para dejar de acompañarlos. Ella era la que más insistía en llevarlo a los estratos de su éxito. Gabriel extremaba con ella su hosquedad.

—Pareces picado de celos —bromeaba Cabrera.

—Estoy celoso de tu triunfo y trato de igualarlo.

—Ah, ¿no de ésta?

—Impenitente.

No era cierto. Martínez nada por el momento hacía para igualar el éxito del pintor. Sus proyectos estaban en receso. Ni el entusiasmo ejecutivo de Antonieta, desde que tocó para ella motivos aislados de la sinfonía concertante inspirada en el *Banquete*, lograba volverlo a trabajar, o a intentar siquiera el más pequeño esfuerzo, cualquier apunte nuevo, algún acorde progresivo, cuando todo suponía empeño por complacer la insistencia de la señora, en quien al fin Gabriel halló la sutil Diotima que buscaba.

Pero el pródigo había penetrado al confuso laberinto abierto para él en la reunión de Tamara, cuyo estudio frecuentó con asiduidad. Pasaba de allí al apartamiento de la Verinski, convertido en escuela de canto, puesta de moda. Distaban de ser círculos exclusivos los que se congregaban en torno a la bailarina y a la cantante; no sólo no privaba ningún dogma, ni se hablaba sólo de arte o cultura, sino que había libertad plena de temas, posturas, acompañantes, y un especial encanto cosmopolita, que reservaba sorpresas continuas; podía encontrarse allí a maestros indiscutidos, a figuras sobresalientes en todos los órdenes, lo mismo que a gentes de tercera o última categoría, escritores y artistas sin obra, parlanchines, charlatanes; lo mismo mujeres de inequívoca distinción, que de hábitos sospechosos; extranjeros de opuestas latitudes, consagrados a las más disímbolas actividades, contando las historias más peregrinas; el ambiente igual ascendía a lo exquisito, que descendía a lo escabroso; se hablaba de Fra Angélico y de Zola; se analizaban los Conciertos de Brandeburgo y los escándalos de sociedad.

Gabriel se sintió bien con semejante acrobacia; se le festejó la ocurrencia: "esto es una escuela de baile para la sensibilidad"; halló en sí disposición innata para "saltos mortales", y se dio a practicarlos con éxito. ("En verdad no he hecho durante mi vida otra cosa.") Se le desarrolló el sentido de la paradoja. ("¿Debo esto a Antonieta o a la escuela de Tamara y de Vera?") Tuvo gran éxito en caricaturizar obras venerables: el aria de Bach en tiempo de *jazz*, un rondó de Mozart en aire de danzón y pasajes de Scarlatti traducidos en *blues*.

De los rumbos descubiertos en la fiesta de Tamara, el de Virginia de Asbaje le despertó mayor curiosidad. ("¡Qué bien repercutió en el sueño el breve encuentro que tuve con ella!") Salido de la casa de María, su primera intención fue visitar a la actriz; esto le hizo cubrir de olvido la penosa escena que acababa de representar ante las tres damas. ("Me invitó para hoy.") Pero se sentía débil, todavía ofuscado por el alcohol y el prolongado sueño. Se le revolvían las imágenes y las palabras de Virginia en la realidad y la representación onírica:

—"Es usted un genio... hijo mío... tu entusiasmo al conocerme, atrevido... pero de tus atrevimientos hablaremos después... fenomenal, brutal... venga usted a visitarme, joven maestro... me dijiste que deseabas padecer conmigo... estaría encantada, me interesa charlar con usted... Francisco Villa me regaló un espejo corrientísimo y Lucio Blanco una flor, en Xochimilco... Mi casa es un museo: faltas tú... Me prometiste venir"...

Prefirió posponer para el día siguiente la visita. ("En sueños le dije que hasta que acabara *El Banquete* y que me hallaba comprometido con Diotima; pero fue en sueños.")

La legendaria actriz lo recibió en plan solemne. Al tocar su puerta y mientras esperó en un pequeño recibidor cubierto de retratos, carteles y programas, Gabriel recordaba las palabras del escultor Gálvez:

—"desató los arrebatos de nuestra pubertad... es la más gloriosa de nuestras actrices y, a su edad, la más juvenil". Media hora transcurrió antes de que hiciera su aparatosa presentación.

—Ah, querido, qué sorpresa; me halla usted en mal día, contratiempos, las intrigas que no faltan, son el patrimonio del artista, usted sabe, cuénteme cómo se halla, de momento, cuando lo anunciaron, no recordaba, dispense, por eso le mandé preguntar, ah, sí, la revelación de Tamara, siempre me ha gustado ayudar a los que son bellas promesas del arte, y más como usted...

Voz engolada, superioridad protectora, gentileza mecanizada, de compromiso, apresurada. Desencantado, Martínez acortó la entrevista con discretos cumplidos: venía por agradecerle sus elogios en la tertulia de Tamara y a rendirle homenaje. Hubiera querido contar cómo la vio en sueños, preguntar episodios de su leyenda, ganar su confianza. En fin, lo traía la curiosidad y no la admiración. Era justo que se le recibiera convencionalmente. Nada se había perdido. En último intento, ya de pie, Gabriel contempló los cuadros que tapizaban la estancia:

—Deploro no ser escritor: nada sería tan grato como acometer su biografía con aliento épico.

—Ah, mi vida: es realmente una novela intrincada, de intensidad agotadora, en luchas perpetuas todavía después de lo que la gente llama la "gloria" y nosotros la "consagración".

—Pero envidiable, con haber agotado todas las emociones, las sensaciones, por haber despertado todas las pasiones, qué gran destino el de la actriz dramática... pero en usted —se atrevió a decir con esfuerzo— en usted hay algo profundo que impulsa a ser su biógrafo: la riqueza de experiencia personal, de sensibilidad, al margen del teatro; se diría... en su vida privada.

—Me tocaron épocas convulsas: Europa madura para la guerra, México envuelto en la revolución, entre caudillos.

Había cambiado el tono; la voz acentuaba el timbre melodioso que le daba fama y la hacía inconfundible. Gabriel no prosiguió la finta. Hubo un silencio.

—Corren falsas leyendas, exageradas, algunas miserables.

—No la de su belleza todopoderosa.

—¡Galante! ¿Recuerda usted el pasaje de la pastora Marcela en el *Quijote?* Desgraciadamente las actrices no son pastoras, ni viven en el campo sino que se mueven en las tablas, empujadas por la marea del público, y esto no es lo peor, sino los magnates, los influyentes, los empresarios, los críticos, que no buscan el talento, sino la satisfacción de apetitos. Tiene una que ser muy grande para imponerse.

—Entonces —Gabriel volvió a la carga—, qué satisfacción de poder escoger libremente la especie de placeres que uno desee, cuando se ha triunfado, cuando la admiración...

—¿Usted cree eso? Es usted muy joven, muy iluso.

—Quisiera asomarme a sus misterios.

—¿Hacerme el amor? —estalló su risa; Martínez quedó cortado; luego se sobrepuso:

—Nada tendría de extraordinario: lo feo tiende a lo bello, lo vulgar a lo noble, lo desconocido a lo glorioso.

—Nunca he sido afecta a la filosofía; simplemente me ha gustado vivir.

—Dichosos los que han podido compartir su vida, sus alegrías y sus tormentas.

—¿Quiere que le diga la verdad? Han sido muy desdichados.

—Porque no habrán estado a su altura.

—Es difícil guardar el ritmo con quien al mismo tiempo encarna santas y pecadoras, reinas y mendigas; quien al mismo tiempo es Antígona y Margarita Gautier, Medea y la Mujer X.

—Difícil, pero gozoso. En el fondo, descubrir lo esencial de la persona: Medea o Antígona.

—Quizá tenga usted razón —hizo un esfuerzo y añadió—: yo no he sido, como piensan muchos, Margarita Gautier.

—Usted es Virginia de Asbaje.

Conmovidamente la señora oprimió el puño del músico:

—Hemos de seguir hablando. Habrá de contarme sus proyectos. Dios lo bendiga —irguió el busto, sin que la voz recuperara el acento declamatorio; la despedida fue una sonrisa sin afectación.

Cuantas veces Gabriel ha vuelto —la siguiente fue para invitarla a la exhibición del cuadro de Gerardo— y cuantas ocasiones ha salido con ella, van desapareciendo en el compositor los morbos de la curiosidad que primeramente lo impulsaron hacia la actriz. Virginia se despojó de teatralidad ante su amigo, le reveló el prolongado purgatorio por donde asciende a la serenidad, buscando la mayor pureza del arte. Mutuamente han venido labrando, contra la murmuración de las gentes, que no perdonan el pasado tormentoso de la comedianta, vínculos de tranquila confianza.

Cuando se lo contó, con dejos de ironía, cómo divirtió a la de Asbaje el sueño de Gabriel. Ese día comenzó a tutearlo:

—Mira que tiene gracia y no te falta razón en identificarme con Sor Juana: sería o es mi mayor aspiración. ¡La Décima Musa!

—Lo es usted, lo ha sido; díganlo, si no, estos hombres famosos que la rodean devotamente; y tantos otros, desconocidos, que le profesan verdadero culto, porque usted les despertó la sensibilidad, se las educó, los levantó a cimas de delirio y les mostró los horrores del destino.

Se reunían en su casa, entre otros hombres de letras, los más famosos oradores de la República:

—Vean ustedes en este músico a un peligroso competidor.

José María Lozano fue quien hizo más fácil amistad con Gabriel. Moheno adolecía de petulancia. Arrastraban los ecos resonantes de sus éxitos en los jurados populares: todo un ángulo de la vida mexicana desfilaba en sus conversaciones acerca de jueces, fiscales, reos, pasiones, o al evocar el pasado político en que habían sobresalido: el general Díaz, Madero, el cuartelazo, Victoriano Huerta, las campañas del cuadrilátero, las orgías de su juventud y de su madurez. Federico Gamboa, Victoriano Salado Álvarez, Manuel Puga y Acal ponían gracia picaresca en sus intervenciones y recuerdos. Virginia sobrevenía en ellos como una musa, de radiante hermosura: —"cuando estrenaste *Fedora*", "los derroches que cometiste para montar las obras de D'Annunzio", "aquellos trajes fastuosos que lucías en *La mujer desnuda*", "la apoteosis de tu regreso a México".

Una y varias veces, Gabriel oyó contar a Gamboa los orígenes de la novela *Santa*. El poeta Urbina recitaba piezas de su producción secreta. El caricaturista Cabral regocijaba con anécdotas de redacción, de galanterías y de agravios provocados por la "comedia humana" de sus "monos". —"Ni yo te me he escapado, a pesar de lo amigos que desde siempre fuimos" —comentaba Virginia. —"Oh, chula, todos podían faltar, menos tú, que eres la primera figura de nuestra época." —"Chocarrero." Estallaban de gusto los "antiguos" con los graciosos *pastiches* de Diego Rivera que hacía Cabral. Tan diferentes, cuántas coincidencias ligaban, sin embargo, a este mundo de Virginia con aquel de Antonieta; predominando en uno la dimensión del recuerdo, en el otro las aspiraciones y los proyectos, en los dos afloraban el prejuicio burlón, la intransigencia de ideas, el desdén hacia los excomulgados.

Mucho más estrecho era el recodo comunista. Gabriel llegó allí de la mano de pintores y otros artistas plásticos, que figuraban entre los principales militantes. Lo tuvieron por suyo, sabedores de sus actividades populares como animador musical. —"Eres el llamado a componer las obras que igualen a la gran pintura de la Revolución, que su contenido sea el programa de todas las reivindicaciones y lancen el corazón de las masas a la lucha contra el imperialismo y la burguesía"... Una mujer, Tina, era el centro de aquellas gentes; abundaban los extranjeros; fisonomías conocidas en casa de Tamara y de la Verinski; estudiantes antillanos y centroamericanos. —"Camarada, necesitamos tu colaboración para completar nuestros cuadros de arte antiburgués." Mundo de consignas, de discursos exaltados, de tópicos rutinarios, de frases hechas, de conspiraciones perpetuas, de intrigas domésticas, con algo de mascarada, carecía entonces hasta del encanto del clandestinaje y la represión, pues gozaba la complacencia oficial. En el conjunto, Gabriel advertía personajes simpáticos por su sinceridad, por su ingenua vehemencia, por su desinterés, que iban allí con vocación a lo heroico, y en los cuales no hacía mella la desilusión, aceptaban las más burdas consignas, se sometían alegremente al sacrificio, seguros de que pronto sobrevendría la dictadura del proletariado.

Sólo con éstos discutía el músico. Los acompañaba a sus trabajos, frecuentaba los cafés de chinos, los visitaba en sus casas, en sus fiestas familiares. Así conoció barrios, vecindades y costumbres del pueblo más bajo, laberinto de miserias y alegrías. Fue músico gratuito de sus bailes, a la mano cualquier instrumento disponible. Bromeaba con los camaradas: —"Bailar ¿no es cosa burguesa? y divertirse". Algunos ponían cara de aflicción: —"Es verdad: también el cine y las carpas; entonces ¿qué nos queda a los pobres?" La conmiseración lo hacía ingeniarse para animar aquellas reuniones. No faltó dirigente que le reprochara: —"Eres un corruptor, camarada." —"O un redentor: pongo el arte al servicio del pueblo." —"Es arte burgués, enervante." —"Amigo: el arte es universal ¿no lo dijo Chavalinski?" —"Váyase usted a bañar." —"No, me voy a la carpa donde trabajo, porque yo sí soy proletario." —"¿En una carpa? ¿Y eres tú al que confiábamos la creación de música sana para desintoxicar a las masas?" —"El arte del pueblo y para el pueblo, que ustedes pregonan, si ha de haberlo, saldrá de las carpas." —"Más morboso que el arte burgués." —"Dispénsame, camarada, pero piensas peor que si fueras burgués."

Lo creía sinceramente desde que dio en concurrir a las carpas de barrios, donde con viejos artistas fracasados alternaban muchachos agresivos, cuya improvisación, fecunda en recursos, lograba sensacionales descubrimientos de situaciones, diálogos, escenografías, coreografías, efectos musicales, intervenciones del público, sesgos inesperados de la representación. El verdadero teatro del pueblo allí se fraguaba, con procedimientos primitivos, tropezando con el mal gusto, cayendo en la grosería; pero consiguiendo fuerza de expresión original.

Era manifiesto el destino de algunos entre aquellos, punto menos que aficionados. Destacaba un jovenzuelo taciturno, mimo más que actor, de cuyos discursos incoherentes, inventados a la hora de actuar, con gama expresiva de silencios, dengues, brillo de ojos, caídas de cadera, brotaba lo cómico en forma inusitada. Desde la primera vez que lo vio, a Gabriel no le cupo duda: en ese desconocido se podría gestar tanto una figura como un estilo nuevo, quizá de resonancia universal.

Cierto día, el incoherente cumplía su papel, gesticulando frente a un espejo. Martínez, que presenciaba la representación entre bambalinas, halló a mano un fagot, y como "todo se vale", subrayó con grotescas frases musicales los movimientos del cómico; éste, lejos de desconcertarse, capeó la travesura con desparpajo; del modo más gracioso entabló duelo de frases y gestos contra las burlas del fagot; a cada golpe crecía el ingenio de los contendientes; ni el instrumento, verdadero personaje oculto entre bambalinas, ni el mimo querían darse por vencidos; el entusiasmo del público los excitaba; la escena no habría terminado, si Gabriel no se valiera de un ardid: prorrumpió en sones bailables que dieron lugar a contorsiones hilarantes del actor, caricaturizando los estilos en boga; la concurrencia desmorecía de risa; el fagot imitó el toque de las plazas de toros, que anuncia la suerte final, e inmediatamente aceleró los ritmos de danzas frenéticas, atacados con denuedo por el excéntrico bailarín, que tras prolongada resistencia sucumbió a la fatiga, en chispeante mutis de toro que busca las tablas para caer. El público exigió la repetición; el cómico hizo de su propio cansancio el asunto del nuevo número: salió dándose aire con un soplador, se tendió en el suelo, mientras el fagot comentaba los movimientos, terminando con una canción de cuna, seguida de rebuznos en retirada, contestados por el actor con un concierto de rugidos, bramidos, ladridos, mugidos y balidos. La gente perdió fuerzas para exigir otras repeticiones.

Así fue cómo Gabriel Martínez quedó asociado a las tareas, los reveses y las alegrías del abigarrado grupo. De pronto sintió repugnancia por seguir la aventura; luego, no sólo cumplió su número de fagot en las tandas de noche, sino que la hizo de pianista en los ensayos, reemplazó algunas veces al director del conjunto musical y llegó a componer fragmentos para las coreografías de revistas.

Más le había repugnado, y sin embargo accedió a ser pianista acompañante en las escuelas de la Zarina y la Verinski, donde la obligación comenzó también por juego, luego por complacer a las dueñas y a algunas de sus amigas, y por necesidad económica finalmente.

Tuvo que hacer malabarismos para combinar sus asistencias a tan opuestos rumbos: Antonieta, Virginia, Vera, Tamara, la carpa. Todavía se daba tiempo para frecuentar la Academia de San Carlos y los talleres de algunos amigos, las redacciones en que otros trabajaban y los cafés a que concurrían; se le veía en conciertos y exposiciones de cualquier categoría; el Teatro Lírico era sitio predilecto de sus operaciones, aunque no se tomaba trabajo para que progresaran sus relaciones con la farándula que allí tenía cuartel; ni siquiera había ascendido al conocimiento de las primeras figuras; el trato con la segunda tiple y sus amigas fluctuaba entre acercamientos y resfríos.

—Nunca podré olvidar que me dejaste plantada.

—Cirilo vino por ti; tú no quisiste ir.

—Vergüenza habría de darte tu disculpa: mandar a un amigo por mí, por mí que pronto seré una gloria del arte nacional.

Cuando Martínez le propuso que trabajara en la carpa, la segunda tiple montó en cólera y habló de asesinarlo, a pesar de que le ofrecía primeros papeles y escribir para ella una música de triunfo redondo.

—¡Carpera! No más eso faltaba.

—Yo soy carpero ¡y tan a gusto!

—¡Zafado! Eso es lo que tú eres.

Los rumbos de Diego fueron otra de las preferencias del músico, desde que reanudaron su amistad. Solían buscarse a la hora en que cierran sus puertas los teatros. Conversaban, discutían hasta la madrugada, en coro interesante de amigos. El ingenio hacía tolerable la dominación dogmática del gran pintor, bien hablara de arte o de política, de toros o de historia, de mujeres y de ciencia, como teorizante, militante o profeta, siempre ocurrente, aun en sus más absurdas hipótesis y mentiras.

Terminaba entonces una de sus obras mayores: la decoración de Chapingo. Gabriel fue allí repetidas ocasiones, sin salir del asombro que lo acometió la primera vez, pese a que los andamiajes impedían la visión de conjunto. —"Verdaderamente eres un monstruo de la naturaleza" —prorrumpió después de prolongado silencio. —"Por algo en mi retrato al piano te adiviné como toro asirio." Diego se reía con cara de sapo. —"No, nada me expliques. Déjame ver a mis anchas." Diego trepó los andamios y se puso a pintar. Al contemplarlo esa y muchas otras mañanas, Gabriel halló un gozo que sobrepasaba los vividos en teatros y museos: hallarse ante la fuerza creadora, mirarla operar, atestiguarla sin intermediarios, ver salir de sus manos un mundo nuevo, adivinar sus caminos inmediatos. ¡Qué diferencia entre aquel acto y el esfuerzo del intérprete o la contemplación de la obra consumada, desvinculada ya de su creador! Ni había el tormento, la incertidumbre que Gabriel experimentó siempre al buscar formas a sus concepciones; la lucha de Gerardo y otros amigos. En Diego todo era seguridad, alarde, dominio, como si no mediaran distancias entre intuición y realización.

Sintiéndose incapaz de igualarlo en poder creador, en facilidad y destreza, Gabriel cayó en desfallecimiento. —"Esto que tú haces, Diego, es lo que yo he soñado hacer en música desde que decidí volver a México" —y consigo mismo: "de una vez he de renunciar a mis ambiciones; la obra gigantesca, de arquitectura dilatada, en que lo nacional se universalice, necesita un gigante como éste; tampoco me podré contentar con la pedacería inorgánica en que se me han pasado los años; música incidental para divertir bobos en alardes de improvisación saltimbanqui". A Chapingo, ida y vuelta, en el tren de Texcoco, cultivaba su desaliento con la admiración y la envidia que le despertaba la obra monumental de su amigo. Luego se perdía en el revuelto laberinto: Vera, Tamara, Virginia de Asbaje, Antonieta, la carpa, las segundas tiples, los sórdidos estudios de artistas sin esperanzas, los cafés. Vivía. Se hallaba contento.

Después de su triunfo, Gerardo Cabrera se vio acometido por la fiebre creadora. Sus cuadros tuvieron pronta demanda. Cambió el cuarto destartalado por una casa independiente, con jardín, en Coyoacán.

—Tienes que conocerla: el estudio es amplio y lleno de luz, con magnífico panorama sobre los volcanes —dijeron Pandora y Gerardo a Gabriel, un día que lo atraparon en casa de Antonieta; el pintor añadió—: parece que te hemos hecho algo, que nos rehuyes, y por poco nos niegas el saludo, ¿qué te pasa?

El músico masculló vagas excusas y promesas.

—Ya sé que andas de vago. Tendré que hacer contigo, para que triunfes, lo que con éste —la mujer envolvió sus palabras en zalamerías.

—Yo no soy sádico.

—Tendrás que serlo si quieres triunfar en el arte como en el amor.

Gerardo hizo una mueca desdeñosa.

Si Antonieta proseguía cautivando a Gabriel con la revelación constante de sus extraordinarias cualidades, el círculo que la rodeaba le producía cada vez mayor irritación. Inteligencias brillantes, le parecían demasiado frías, egoístas y, en su suficiencia, despectivas; tan exageradamente asépticas, que la fobia por las impurezas de la realidad se les tornaba miedo de vivir, las empequeñecía, con riesgo de caer en mezquindades; los refinamientos a que habían llegado, sobre impermeabilizar su sensibilidad, haciéndolas unilaterales, infundían en ellas un género de soberbia lindante con la fatuidad; su exclusivismo e inhibiciones tomaban apariencia externa en los modales de los individuos; daban ganas de hacerlos gritar, llorar, maldecir; Gabriel tenía la impresión de que a una bofetada contestarían con un pellizco; las exigencias de sus gustos restringidos les vedaban cualquiera espontánea manifestación. No todos eran así; pero esa era la nota dominante del círculo, dentro del que, como en campana de cristal, Gabriel sentía la desesperación de la asfixia. "Cómo es posible —se decía— que siendo su deidad tutelar un espíritu abierto, armonioso, esforzado, permanezcan inmunes a su briosa claridad; cómo es posible que Antonieta pueda sobrellevarlos, contemporizarlos."

La sorda irritación precipitaba los pasos del músico hacia la carpa, donde al fin respiraba a sus anchas; en diez minutos, ¡cuán lejos y libre de aquel mundo de artificios en que se proponía el arte como voluntad de amaneramiento! Llegaba Martínez fieramente a excitar absurdos dramáticos, musicales, coreográficos, de vestuario y decoración, que la *troupe* secundaba con exceso. "¿Acaso no es lo mismo —reflexionaba— que aquellos buscan, aunque por opuesto camino: un arte nuevo? Sólo que la congestión de sus prejuicios les impide verlo a flor de la realidad inmediata; por miedo a descubrir el mediterráneo, se ahogan en él."

—"Tú también eres un indigesto de lecturas vasconcelianas y experiencias cosmopolitas" —clamaba una voz interior. —"Por eso me desintoxico." —"¿No será que las impurezas de la realidad te intoxican más?" —"Me inmunizan." Volvía el estribillo: —"creo, amo, vivo".

—Vida inútil estás viviendo —le dijo el triunfante Gerardo.

—¡Ah! sobre pintor glorioso ¿ya también moralista predicador? —contestó el músico.

—¿Qué amas? —otro día le preguntó la segunda tiple.

—Lo absurdo.

—Entonces te vas a comer a ti mismo.

—Te agradezco el anuncio del peligro.

Y Pandora lo interrogó una mañana:

—¿En qué crees?

Gabriel guardó silencio.

A solas con Antonieta —qué distinta su casa, o él, a solas—, le propuso transportar sus generosos proyectos a escala de carpa popular. —"Imagínese usted lo que crecerán." La extraordinaria mujer captó la idea con entusiasmo: —"Desde luego haremos que Diego proyecte unas decoraciones. Excelente idea. Qué posibilidades. Llevar el arte a la calle. Por supuesto, continuaremos nuestros experimentos con rigor. El arte no es improvisación, de ninguna manera." Diego hizo ruidosas manifestaciones: era viejo proyecto suyo, paralelo al de pintar en las fachadas de los edificios; habló de construir una carpa diseñada originalmente, con escenario giratorio, decorada por dentro y por fuera; ofreció Antonieta el dinero necesario; la realización se pospuso para cuando Diego regresara de su viaje a Rusia.

La ausencia de Diego se relacionó con el distanciamiento definitivo entre Gabriel y el grupo de Antonieta. Las cosas pasaron así: en el intervalo de uno de los ensayos de *La puerta reluciente*, se recitó *La Diegada*.

Martínez, que conocía sonetos de la serie, propuso hacer comentarios a cada uno, en el piano; resultó gracioso el divertimiento. —"Me gusta" —dijo Antonieta. Otro de los asistentes propaló: —"La música está a la altura de la poesía; nada tiene que pedirle a las interpretaciones que Liszt hizo a Dante y a Petrarca." Ciertos pasajes desataron la hilaridad en carcajadas, como el que describía la impertinencia de una mosca y el empitonamiento de la mano al quererla espantar. —"Esto debe ser dicho con instrumento de aliento para prorrumpir en un magnífico mugido final" —explicó Gabriel; pero al mismo tiempo sintió repugnancia consigo mismo por haber provocado la jugarreta en ausencia de la víctima; el malestar creció en razón directa de los elogios prodigados; convicto de deslealtad con alevosía, premeditación y ventaja, contra un amigo al que admiraba, el músico aprovechó la primera coyuntura para retirarse, prometiéndose no volver más.

Poco le importó saber, días después, que de antemano había dejado de pensarse en él para confiarle la dirección de la Orquesta Sinfónica, cuyos trabajos pronto se iniciarían.

—Quiere darte Antonieta una explicación; me recomendó mucho que te buscara para eso —fue a decirle Pandora.

—Que no se moleste.

—Creo que está muy apenada; pero le han llenado la cabeza de chismes; que no tienes carácter, que no te das a respetar, que despilfarras tu talento como un Periquillo, de la ceca a la meca. Les oí decir yo misma: "¡cómo un pianista acompañante de academia de baile! lo silbarían al aparecer en el primer concierto". De más está decirte cómo te defen-

224

dí; Antonieta lo mismo, en honor de la verdad. Quiere verte.

—Yo también quisiera verla; pero a ella sola; es mejor que no nos veamos; ¿para qué?

—Hombre, a propósito, conocí al maestro Caso. Muy interesante. Me invitó a su clase de Estética, diciéndome que si le hacía el honor de asistir, al verme entrar suspendería la exposición con estas palabras: señores, hemos terminado, aquí está la Belleza: sobran explicaciones. Bonita galantería ¿eh? Por supuesto que me acompañarás. Luego iremos a cenar ¿me invitas?

—¿Y Gerardo?

—Cállate la boca. Con lo que le han hecho creerse, cada vez está más insoportable. Se le han subido las alabanzas y los centavos. No; iremos tú y yo solos.

Contemplándola, Gabriel reflexionaba: "qué fea es, qué vulgar, ¿en qué, pues, consiste su atractivo?"

Con recuerdos y esperanzas no alcanzadas, el compositor fue alimentando tristezas en el vacío que él mismo se había hecho al dejar de ver a Antonieta; sólo ella hubiera sido capaz de conferirle la sabiduría de Diotima para componer la sinfonía en homenaje al Amor; pero lo que leyó en sus ojos y en toda la figura, lo que oyó a través del timbre de su voz, nunca se atrevió el músico a repreguntarlo por palabras de presente. Tras aquel cuerpo sinuoso y flexible, tras aquella luz del rostro categórico en cuyo fondo flotaban amarguras, entre aquellas manos finas, ágiles, Eros latía sin accidentes, imperecedero. Como en el viejo blasón, Gabriel había pasado muy cerca sin atreverse a interrogar ni detenerse.

Segunda y tercera vez, la modelo le llevó mensajes de Antonieta: que se halla enfadada porque sabe que trabajas en oficio miserable a sueldo de aventureras y, lo peor, en una carpa ínfima, sabiendo que para ella no hay mayor gusto que poder ayudar a artistas como tú; que por qué no le has tenido confianza; que por qué no has vuelto a su casa y la rehuyes; que si no haberte dado la dirección de la nueva Sinfónica te ha molestado, ella reparará el daño.

—Yo sí soy Ulises —respondió el músico, aludiendo maliciosamente al nombre de la revista que publicaban los amigos de Antonieta—, yo sí me amarro al mástil y me tapo las orejas cuando las sirenas cantan.

—¿Conmigo también?

—Tú no eres sirena, sino pez-espada.

—Ya, ¿grosero también conmigo, como Gerardo?

—No es grosería, sino galantería; las sirenas son engañadoras; tú, no; al contrario; yo admiro la forma y destreza del pez-espada; no encontré mejor modo de declararte mi afecto.

Mirada eléctrica, connatos de explicación, e interrupción del circuito.

Pasaron los meses. Pandora quedó excluida del teatro experimental; riñó definitivamente con Gerardo, quien llegó a negarla. Lo que al aceptar el puesto de pianista con Tamara y Vera fue para Gabriel, primero, diversión, luego afición y aventura, se convirtió en aburrimiento y amenazaba ser esclavitud. Un día la Verinski lo amonestó:

—Llegan oídas estás de músico en carpa. Yo no creo. Yo digo siempre tu formalidad hecha en la Europa. Mas piensa el que suceda si clientes puedan creer tengo pianista esa clase. Todo prestigio a tanto trabajo ganado viene abajo. ¿Comprendes?

Gabriel no volvió más. Ni a la escuela de Zarina.

Por más que la rehuía, Pandora lograba sorprenderlo.

—Te estás cerrando todas las puertas.

—Con tal que no me cierres las tuyas.

—Claro que esto es una galantería como aquella del pez-espada; pero la acepto como verdad. Oye, ¿te sucede lo que a mí? La ciudad me sofoca. Tengo ganas de ir al campo, de respirar el aire libre. ¿Vamos?

Fueron al campo, una mañana de julio, lavada por la lluvia nocturna. El júbilo de la libertad, los aromas de la naturaleza los embriagaron. Corrieron, cantaron, gritaron. Caminaban sin rumbo. Llegaron a un caserío disperso entre huertas, la iglesia sobre una colina, por donde treparon. Subieron al campanario, desde donde dominaron el panorama. Como si despertara de prolongado sueño, sin poder contenerse a la vista de las campanas, Gabriel se apoderó de ellas y comenzó a tocarlas, como cuando era niño, como si los años no hubieran pasado, como si nunca hubiera dejado el oficio de su dilección, absorto, con fervor, en olvido de Pandora, del paisaje, del mundo, de todo lo que no fuera su Voz hecha música en los viejos bronces.

Terror, admiración, adoración, la muchacha se hallaba sobrecogida; por las venas a la epidermis le fue subiendo, creciendo, recorriendo una desconocida sensación de frío y calor, de temblor, de fiebre y frenesí, tumulto de la sangre o impulso del alma, pasión de la carne o revelación inmaterial, que la obligaba a ponerse de rodillas, a arrastrarse, aniquilada.

Cuando desfallecido cesó Gabriel de tocar, las miradas de Pandora lo abrasaron en la zarza del holocausto, sin mediar palabras, en ímpetu indeliberado, con energía de planetas que chocaran, atraídos desde siglos, poseídos de mutua destrucción, lanzados uno y otra fuera del tiempo y del espacio, sin palabras antes, ni después, mas respirando a profundidad el aire libre, las esencias del campo, las alegrías y la melancolía del vivir.

Vueltos a la ciudad, caída la tarde, advirtieron en la gente algo insólito. Pronto supieron la noticia: el Presidente electo acababa de ser asesinado.

Como si despertara de un sueño, Gabriel recordó a María. Experimentó vivo rencor hacia Pandora, se deshizo de ella con diligencia y corrió a la casa de los Ibarra. En los últimos meses, dentro del laberinto en que se hallaba perdido, varias ocasiones pensó débilmente, cada vez más débilmente, que lo buscarían María... Victoria o la muchacha desconocida, recordadas cada vez más débilmente, hasta entrar en penumbras de olvido, de donde ahora emergían con fuerza punzante. ¡Cómo estará María con este golpe!

Claro: no estaban Jacobo ni su mujer; el portero se acercó al oído de Gabriel y sibilinamente le dijo: —"pero está la señora Victoria: ¡si usted quiere hablar con ella!" Sin responder, Gabriel penetró en la casa, se instaló en la sala. Transcurrió mucho tiempo, favorable a cavilaciones. Cuando Victoria entró, el músico tenía preparada la pregunta: "¿cómo está María con esto que juzgo para ellos un terrible golpe?", y adivinaba la respuesta: "cómo quiere que esté la pobre: ¡deshecha!"; pero esto fue lo que Gabriel dijo:

—¿Por qué tanto misterio para decirme que se halla usted aquí? ¿Acaso el portero piensa que yo?...

—Que usted ¿qué?

—Dígame: ¿sucede algo? ¿por qué tanto misterio?

—¿Lo ignora usted? ¡Vaya, yo creí que venía usted movido por condolencia de lo que les ha pasado a los señores!

—Exacto.

228

—Ya comprenderá el efecto de la inesperada noticia, cuando todo era proyectos, ilusiones.

—Es verdad.

Se hizo el silencio. Al cabo de gran intervalo, habló la señora:

—Y usted ¿ha estado bien?

El músico alzó los hombros e hizo un gesto de indiferencia.

—La señora de Ibarra ha recibido vagas noticias.

—Seguramente de que trabajo en una carpa y en academias de baile y canto. Es cierto.

La señora guardó silencio; con la mirada contrariada quiso decir: "¿por qué vuelve usted con sus necedades de muchacho malcriado?" Al cabo de pausa embarazosa, él preguntó:

—Decía usted que si yo ignoraba qué.

—Que como si fuera poco lo que a la generosidad de los señores Ibarra les debía desde antes, ahora me han brindado en su casa el escondite más seguro, va ya para un año.

—¿Escondite? ¿por qué?

—La persecución religiosa.

—¿Se hizo usted monja? ¿guerrillera?

—Ni una ni otra cosa; pero ya ve cómo se han puesto las cosas, en provincia, sobre todo; escapé de milagro.

En la cara del compositor se dibujó aflictiva interrogación:

—La cárcel, tal vez la muerte. Volví a perder los bienes que con ayuda de don Jacobo había recuperado. En fin, no tiene caso. ¿Quiere que le dé algún recado a la señora? Creo que no regresará pronto. Está en la casa del general. Creo que le dará gusto saber que con este motivo ha venido usted.

Pausa concentrada. Concentrado, Gabriel estalló:

—Y a usted ¿le da gusto? —hubo fiereza, ternura, decisión en sus palabras.

Indecisamente respondió la dama:

—Yo... ¿qué importo?

Él esperó a que la dama continuara; ella, sobreponiéndose con gran esfuerzo, añadió:

—Lo que importa es... que usted (los dos creyeron que diría: "sea feliz") encuentre, ya es tiempo, el camino (quiso interrumpirla con dos réplicas al mismo tiempo: "¿es un reproche?" "mi camino es usted: sin usted he tomado veredas torcidas"), y que se cumplan los anhelos de quienes lo quieren.

—¿Puede alguien quererme? (Lo mismo pudo decir: "nadie me ha querido ni me quiere".)

—Supongo... un artista... la admiración, las devociones producidas por sus obras...

En esos momentos el músico pensó en la belleza de las magnolias cuando sombreadas de marfil extreman su perfume. Luego volvió a invadirlo el enervamiento que la modelo le había producido. Lo inundó la tristeza. Se sentía caído. "Diecinueve, casi veinte años de inútil expectación, de inútil adoración" —quería echar en cara de Victoria este grito. La contemplaba, reconstruyéndola, como si acariciara los pétalos de una magnolia. Distinta y semejante a la mujer que se le apareció en el campanario lugareño, diecinueve, casi veinte años atrás. ¡Qué diferencia de cielo a tierra, y sin embargo, qué anhelada semejanza con la vulgar, tempestuosa mujer del campanario indígena, esta misma mañana! Punción de remordimientos. Haber buscado tanto tiempo la belleza. Renacían vivamente las sensaciones de Pandora, como si no hubiera transcurrido el tiempo, desde que vio llamaradas en sus ojos. Agudizado cada sentido, reconstruían en concierto la súbita maravilla del gozo, momento a momento, delicia por delicia, con emoción sacrílega por la presencia de

Victoria. El músico se halló a punto de gritar: "he sido infiel ahora y antes, durante diecinueve, casi veinte años, aquí, en Roma, cuando la esperaba, en España, cuando recibía sus beneficios, en todas partes y siempre, buscándola en apariencias fugitivas, usted, siempre usted, ¿hasta dónde pude ser infiel si el móvil era usted? Sí, he sido infiel". De todos los rumbos, a lo largo de los años, en milésimo de segundo, acudieron afluentes a embravecer las aguas reprimidas contra el muro de contención, que se derrumbó.

—¡Magnolia!

Fuerza veinte años reprimida, Gabriel se abalanzó sobre Victoria, los brazos delirantes, los labios resueltos a estallar. El sereno ademán y la mirada fulgurante de la dama lo contuvieron.

Victoria no se inmutó, no necesitó retroceder un milímetro. Le había bastado levantar la mano derecha con energía maternal, y condensar en sus pupilas el fulgor de su alma. El hombre quedó paralizado. Al fin, como autómata, masculló, sin entonación:

—Veinte añosluz —mientras la señora, simultáneamente, preguntaba, entre ofendida e irónica:

—Magnolia ¿es nombre de alguna mujer?

—Es la más pura y exquisita de las flores: usted —gritó el hombre con acento de cólera; y la dama, con voz baja, pausada, interrogó:

—¿No es algo cursi lo que acaba de decir? El buen gusto es cualidad que siempre reconocí en usted.

—Victoria, usted sabe, desde hace veinte años...

—Lo cual quiere decir que soy una vieja; sí, no se mortifique; lo reconozco y acepto.

—Yo pudiera decírselo todo por medio del piano; ¿está todavía el que habían puesto a mi disposición en esta casa?

—Sé que es de usted, aunque haya renunciado a él.

—Quisiera tocar para usted.

—¿Se le ha olvidado el duelo que reina en esta casa?

—¿No hay en fin para mí ninguna esperanza?

—¿No las ha ido destrozando una por una?

—Desesperado de alcanzarlas, de alcanzar a usted.

—Puesto que se empeña, hablemos con claridad: usted ha confundido siempre mis verdaderos sentimientos hacia usted, y eso ha sido el origen de muchas desgracias, que han acabado por hacerme sentir culpable, aunque realmente no lo soy; eso también, ya se lo dije alguna vez, ha impedido nuestra amistad franca desde su regreso, y que pudiera demostrarle mi admiración, mi limpio interés, ¿por qué no decirlo? mi cariño, que de lejos me ha impulsado a seguir sus peores pasos, a esperar su triunfo definitivo. Ya lo sabe. Déjese de locuras.

—Imposible. Soy un espíritu impuro. Perdida la esperanza de purificación. Seguiré mi camino estéril, cada vez más torcido.

—Usted es dueño de su destino, aunque lo lamentemos los que lo estimamos.

Del corazón afluyeron réplicas a los labios del músico. Calló. Cayó en profundo mutismo.

—¿Siquiera ha escrito las improvisaciones que lo han hecho famoso? Me cuentan que sus ilustraciones a las gracejadas de su amigo, el cómico de la carpa, son magnífico material para *ballets* y pantomimas. Lástima será que no las recoja por escrito —dijo la dama, tras interminable silencio.

El hombre no contestó. Siguió contemplándola. Prolongadamente. Sin palabra ni ademán salió de la sala, de la casa, con paso del que abandona un cementerio.

Vuelto a su refugio con iracundia —"cómo pude

232

caer en esa estúpida situación"—, se puso a trabajar sin descanso en la sinfonía concertante, mezclando sensaciones de Pandora e imágenes de Victoria, en pos de las cuales avanzaba un tropel de mujeres, muchos de cuyos nombres había olvidado, quedando sólo rasgos, restos, que la agonía creadora galvanizaba poderosamente.

De allí a nueve días lo halló María:

—Nos ha conmovido que hayas ido a buscarnos ese mismo día. Hemos decidido ausentarnos del país. Acompáñanos. Iremos a Europa. Te servirá. ¡Qué haces aquí!

Diálogo sin orillas. La fe frente al fracaso, la esperanza con la desilusión, el amor contra la puerta obstinada.

Gabriel declinó la nueva invitación.

—Por lo menos —concluyó María—, ve a vivir a la casa; deja de arrastrarte en el laberinto en que te has metido. Contarás en la casa con elementos de trabajo, tendrás tranquilidad y buena compañía.

La señora no dio entonación especial a estas últimas palabras, ni en su rostro apareció intención alguna.

EL HILO Y LA TELA

—No has triunfado porque no has querido.

—Me cierran todas las puertas.

—Las cierras tú. Nadie ha tenido mejores oportunidades que tú.

—El arte ha de imponerse por sí mismo, no por favor de amigos.

—Eres torero que se ata los pies y las manos pretendiendo la limpieza del éxito.

—Ya me lo habían dicho: México es una ciudad cruel, un laberinto difícil.

—Como cualquiera otra ciudad; pero has rehusado acogerte al hilo que no una, sino muchas Ariadnas te ofrecían.

—Con esos hilos he preferido tejer y destejer pacientemente la tela de mi obra, en años como noches, interminables.

—Y allí yace, interminada, dispersa en papeles alrededor del cuarto, metida en cajones donde te será difícil hallar lo que busques.

—Y sin embargo aquí está. Prefiero este amargo género de satisfacción al de los que se contentan con elogiar la grandeza de una obra que se proponen realizar en futuro indefinido.

—Aunque nadie la vea, la obra de un pintor o de un escultor alcanza plenitud en su conclusión; la de un músico, no, ni la del dramaturgo.

—Lo sé; pero fui copista en la catedral de Santiago de Compostela y el gozo más perfecto de aquellos años me lo dieron los manuscritos de maestros olvidados o anónimos; ¡qué torrentes de emociones a su conjuro, gloriosamente resucitados a pesar de los siglos! Fue mi mayor aprendizaje.

—Te contentas con esperar que algún curioso erudito te otorgue gloria póstuma.

—No. Que alguien vibre con mi música, no importa cuándo.

—No eres un autor inédito.

—Peor que si lo fuera.

De cualquier modo termina el diálogo entre Gabriel Martínez y poco importa cuál de sus amigos. Algún día lo reanudará con éste o con otro; quizá con alguna cantante de radio, aficionada o curiosa impertinente:

—Qué lástima que usted no se dedique a componer canciones; tendría éxito, ahora que triunfan tantos arribistas vulgares, plagiarios, cursis, malsanos, prostituyendo a la canción mexicana; si usted

234

se decidiera, nadie se le pondría enfrente. Fama y dinero a manos llenas. Yo sólo conozco de usted tres o cuatro piezas, que me fascinan.

—Yo las desconozco.

—Y sin embargo, la famosa Queta la criolla, la sensación del aire, como la anuncian, dondequiera declara que las canciones de usted le abrieron el camino de la celebridad.

—La traviesa Enriqueta da y toma en atribuirme unas canciones populares que yo recordaba de mis viajes en el interior, y que le puse cuando trabajábamos en la carpa donde la descubrieron los publicistas. Lo que ha logrado es dar armas a los que tratan de que nadie me tome en cuenta como músico serio.

—Pero ¿por qué? si las canciones son divinas aunque no se hayan popularizado.

—Popularizaron a Queta la criolla, hoy intérprete exclusiva del músico comercial en boga. ¡Dichosos aquellos días de la carpa en que la sensibilidad de Enriqueta no se había estragado!

Quizá la curiosa impertinente le pregunte:

—Pero ¿usted trabajó en una carpa?

—Sí, con muchos de los artistas que llenan hoy las columnas de los periódicos y las carátulas de las revistas, como primeras figuras del cine, el radio y el teatro.

—¿Lo dice usted con sorna, con amargura o con entusiasmo?

—Sin sorna, sin amargura y sin entusiasmo.

—¿Por qué se quedó atrás?

El músico desea que se interrumpa el diálogo. La interlocutora le recuerda a aquella segunda tiple del Lírico que fue su amiga intermitente y de la que nunca volvió a saber nada, después de una jira de la compañía en que trabajaba; pero sobre todo le recuerda a Pandora.

—¿Qué hiciste de Pandora? —le preguntó un día Cirilo Gálvez, el escultor.

—Una estrella de cine, como lo sabes bien.

—¿Por qué se separaron si tanto se entendían?

—El arte necesita libertad.

—Tu eterna inútil canción. Dicen que te aborrece más que a Gerardo.

—Si yo también la aborrecí, ahora la adoro, desde la penumbra de los cines en donde la veo actuar; ni Gerardo ni yo, cada uno por su lado, nos perdemos de ninguna de sus películas; a veces las vemos todos los días; en eso hemos venido a parar: en adoradores vergonzantes de una hoguera que no supimos cuidar. Yo soy más culpable, aunque cuando la ve, Gerardo es más desdichado, pensando que pudo ser sólo suyo el objeto de públicas codicias. Ambos nos atormentamos, contemplándola en la pantalla, viendo los ojos ardientes de los que al mirarla, como nosotros, la admiran y la desean; pero los espectadores comunes no mascan los íntimos recuerdos que a Gerardo y a mí nos atosigan.

—Has adelantado en cinismo.

—En algo habría de adelantar, yo que me he quedado atrás de todos ustedes.

—El día que tú quisieras nos adelantarías.

—Mis glorias de la carpa pesan sobre mí como una losa. Esta ciudad es implacable.

—Deberías dejarla como a Pandora.

—¿Para volver a ella en forma vergonzante, como busco a Pandora en las tinieblas del cine?

—¿Y aquellas tus dos grandes protectoras, impertérritas a todas tus locuras?

Martínez cortó el diálogo con viva contrariedad.

Al marcharse Cirilo, se multiplicaron los ecos de su interrogación, desenterrando en la memoria del antiguo campanero el pasaje de Caín perseguido por el cielo con las mismas palabras: —"qué hiciste de tu hermano Abel".

—¿Qué hiciste de Pandora?

—¿Qué hiciste de María, tu hermana... de Victoria, casi tu madre... de Antonieta... y Virginia... y Tamara... y Vera... del escuadrón de mujeres que han ido a tu encuentro para conducirte a la morada de la Belleza?

—¿Qué hiciste de tu persona y de las facultades que con ella se te dieron?

—¿Qué hiciste de tantas bellas promesas?

Abrumado por los clamores, el músico echó a andar. Aunque lo esperaba, se sintió asaltado por el nombre de PANDORA BRANCIFORTE, trazado en grandes letreros, que anunciaban el estreno de su más reciente película: IDILIO SALVAJE. Con precauciones del que teme ser sorprendido, entró al cine, dispuesto a torturarse. ¿Habría cometido Pandora indiscreciones revelando a sus productores algunos pasajes de su vida en los medios artísticos y como inspiradora del célebre cuadro de Cabrera? Sí, la Branciforte había entregado secretos que no sólo a ella pertenecían; mas lo que vio Gabriel no fueron reminiscencias del pintor, sino suyas; desde luego, la profanación de un suceso tan entrañable como su mutua entrega en el campanario y otras intimidades en las que Gabriel había concentrado la fuerza de su sensibilidad: ternura y violencia, satisfacciones y reveses, caricias, enfados, celos. La irritación del aludido creció a medida que todo aquel rico material era desperdiciado por un tratamiento frívolo y el *film* degeneró en aventuras llenas de lubricidad, absurdamente hiladas en escenarios quiméricos —un trópico de cartón—, a pesar de lo cual emergía el temperamento irresistible de la protagonista, que mantuvo en su asiento, hasta el fin, al excitado espectador.

Cirilo volvió a verlo, días después:

—Por supuesto has visto ya *le dernier cri* de tu musa.

—Estoy consternado por su desatada lascivia. Eso ya no es una mujer: es una serpiente.

—¿No fuiste uno de sus maestros? O de sus víctimas; pero no me quieras comer con esos ojos de basilisco. Muy lejos llegará. Por de pronto, con lo que ha ganado se da una vida fastuosa: mansión en las Lomas, dos *Cadillac*, trajes, pieles, adoradores y servidumbre de sobra. ¡Con lo que sales! ¡Hombre! si de sobra lo sabíamos: era un volcán. El cine le dio la oportunidad para explotar en la forma en que lo ha hecho.

—Para explotar las bajezas de la plebe.

—¡Hombre! Ahora moralista. ¿Por despecho?

—Por lo que tú gustes.

—Tu Diotima convertida en Mesalina.

—Es lo que me consterna. Sí, fue mi Diotima. Le debo la realización de la Sinfonía Concertante, cuando me abandonaron todas las otras mujeres que pudieron inspirármela. No soy de la pasta egoísta de Gerardo: yo no puedo negar a la que debo mi mejor obra.

—Para la Branciforte, México no es una ciudad cruel, ni ha sido laberinto difícil.

—Bien sabes que sí lo fue, hasta que pagó el tributo que yo nunca pagaré. ¿No recuerdas la vida que le dimos Gerardo, Diego, yo, todos los que descargamos en ella nuestras genialidades? ¿Recuerdas cómo los del teatro *Ulises* le cerraron las puertas, por intrigas de Gerardo? Se requiere bajeza o sevicia para que México deponga su crueldad.

—¿Has visto a Gerardo?

—Me niega el saludo, como tantos otros.

—Tus glorias de la carpa, como decías el otro día, ¿sabes? he pensado que no es eso lo que te estorba, sino tu pasión por Pandora, que te corroe tanto como tratas de ocultarla.

—No la oculto, aunque me avergüenza y la repudio.

La mención que acababa de hacer al incidente de los *Ulises* contra Pandora, sublevó sensaciones rencorosas del tiempo en que se vio él mismo proscrito. Terminada la composición y orquestación de la Sinfonía Concertante, como rehusara ver a Antonieta, que podría decidir su inclusión en los programas de la nueva Sinfónica, Pandora, inflamada por el entusiasmo que la obra le produjo —"es increíblemente maravillosa"—, se ofreció como embajadora, sobreponiéndose al resentimiento que alentaba contra "esas gentes". Volvió radiante: —"que ningún gusto mejor podrías haberle dado a Antonieta... que lo que siente es que no hayas ido tú... que espera que vayas a tocarle al piano la partitura... que de todos modos se la hará leer porque tiene gran interés en conocerla". Lo halagüeño de la embajada lo animó a ir personalmente. Antonieta le deparó placentera recepción; llegando al tema, preguntó si Gabriel había traído la partitura, que le gustaría escuchar, pues el original que Pandora le había entregado estaba en poder de la dirección artística, cuyo juicio, sin duda, sería favorable. Comenzó el ir y venir del compositor y de Pandora, entre aplazamientos y pretextos. —"Usted sabe que me gusta la claridad en mis actos —le dijo al fin Antonieta—; no ha sido culpa mía, ni ha estado en mis manos el retardo; al contrario, me ha enfadado, y más, la falta de franqueza con usted y conmigo; exigí que resolvieran en definitiva; no acepté subterfugios; ésta es la verdad: opina el Consejo que la obra debe ser objeto de una revisión rigurosa, por las fallas de que adolece y que requieren correcciones a fondo; me gustaría oírla interpretada por usted, aunque mi juicio no puede ser decisivo." Martínez tomó actitud glacial de indiferencia. La señora todavía propuso que alguien ajeno a parcialidades examinara la partitura y se pusiera de acuerdo con Gabriel, en caso de modificaciones. Brilló en los ojos del compositor una mirada que hizo exclamar a su interlocutora: —"¡Magnífico: ese orgullo lo enaltece y se lo aplaudo. Déjeme aún ver cómo arreglo las cosas. De más está decir cuánto interés tengo en que se le haga justicia."

Transcurrieron las semanas y las diligencias tenaces de Pandora, quien lo único que consiguió fue la devolución de la obra, que pareció perdida de una en otra mano. Sólo una fibra quedó incólume tras el desengaño: Antonieta —Gabriel obtuvo plena convicción— había hecho todo lo posible por imponer la Sinfonía; pero más fuerte que su buena voluntad era la red en que se halló atada por sus mismas criaturas.

Pandora no se dio por vencida. Emulada con el abatimiento en que su amigo había caído —Gabriel no quería oír nada más del asunto y hubiera destruido la partitura si la muchacha no se la arrebatara y la escondiera—, tocó a todas las puertas, ingenió mil recursos, llegó a comprometerse indiscretamente, no hubo resquicio al que no se asomara, ni audacia que rehuyera, bajo el delirio de hacer triunfar a su compañero. Trató en serio de organizar un conjunto sinfónico: para ello quiso interesar a gentes acaudaladas y excitó el desinterés de cuantos músicos conocía, confiando en que, por solidaridad ante la injusticia, se prestarían gratuitamente a colaborar en la empresa.

De desengaño en desengaño, flotó una esperanza. El maestro Carrillo preparaba una serie de conciertos, para oponerse a lo que muchos tildaban de usurpación o arribismo en el campo sinfónico.

Fue feliz el principio de las negociaciones; halagüeños, los elogios prodigados a la Sinfonía, después de la lectura privada entre personas muy es-
cogidas. Gabriel pasó por alto ciertas reticencias,
algunas equívocas sonrisas, aunque no el sesgo pre-
dominante de los comentarios: echar del templo del
arte a los audaces improvisados; el tema relegó a segundo plano la impresión, al parecer no muy intensa, de la Sinfonía.

Por esos días el compositor fue invitado a estre-
nar la obra en Guadalajara. Como se sentía ya comprometido, declinó la propuesta. Continuaba reci-
biendo elogios, buenos augurios; pero no se fijaba
ni la fecha para iniciar los ensayos, cuando habían
empezado los de otras obras que figurarían en la
temporada. Excusas. Dilaciones. Entre adulaciones, fue planteada la conveniencia, luego la necesidad de reformar la composición. El autor se prestó
de buen grado, aunque al fijar puntos, lo asistió
como nunca la evidencia de que sus críticos no tenían razón. Sin mediar la última palabra, los programas aparecieron con exclusión de la Sinfonía.

—Pero no es así —continuó Gabriel Martínez—,
el obstáculo no es esa pasión que cultivo a fuerza
de morbos, ya que por sí sola no se mantendría; el
obstáculo está en que rehuso pagar el precio de ab-
yección a que se hallan acostumbrados. Por ejemplo, la segunda vez que mi Sinfonía Erótica, como
tú la llamas, fue rechazada, se debió a que no quise
ser ciego instrumento de un grupo contra otro, ni
secundé las afirmaciones virulentas que negaban a
los contrarios aun el derecho de tener talento; cuánto menos el de figurar, ni siquiera el de admitir que
pudieran intentar enfrentarse a los que hasta entonces llenaban y habían dominado el panorama, el
viciado, caduco panorama de las actividades artísticas en el país; antes reconocí que tenían talento

y coraje para dar buena pelea; les extrañó: —"¿Lo dice en serio —me preguntaban—, usted, que tiene tanto qué sentir de esos pedantes insuflados?" —"Lo que no importa para reconocer la verdad y decirla." —"Entonces ¿por qué no va con ellos? ¿por qué anda aquí?" Víctima de sus mutuos rencores africanos, ni unos ni otros podrán quitarme, sin embargo, el gusto de haber engendrado mi obra, los infinitos momentos de gozo en la creación, entre incertidumbres y sorpresas, esas sorpresas que hacen creer en el soplo divino de la inspiración; pero que son hijas del esfuerzo vigilante; ni podrán quitarme la fe en mi obra misma.

Los goces infinitos de la creación artística. Mencionarlos fue revivirlos. Mezclados a los placeres de la pasión con Pandora. Revivir la historia misma de aquella pasión. Aquellos días delirantes, en lucha la repugnancia contra el deseo creciente, crepitante. La repugnancia física y moral, hecha estribillo: "qué fea es, qué vulgar", sucumbiendo a la omnipotencia de la fascinación, exaltada la sensualidad, sublimado el asco, los remordimientos aplastados por la pasión, hasta recomenzar: "qué asco", y odiarla con furia de destrucción, y sentir en ella igual ímpetu devorador, y —odiándola— desearla, y hacer —del deseo— necesidad. A ser insustituible. Droga. Enervante. Choque implacable. Hallar placer en el daño físico. La mutua sevicia. Material y moral. Uñas, dientes, puños, palabras. Toro y pantera. Qué gusto descubrir en sí mismo esa fuerza de acometida, y saber soportar zarpazos furibundos, gozándose. Designio de aniquilación. Al grito: "qué vulgar, qué fea, qué despreciable", y ella: "qué ridículo, qué torpe, qué chocante y miserable, qué pesado". Así fue cómo nació la sinfonía "El Convivio", a honra del Amor, o Sinfonía Erótica, inspirada en el diálogo platónico.

Tras el paseo al campo y la aventura de la torre, Gabriel hizo propósitos de no ver más a Pandora ("qué vulgar") y cuando pronto sobrevino la tentación de buscarla ("qué tempestuosa vitalidad") acudió a ridículos subterfugios: Gerardo era su amigo: no lo traicionaría; o bien: se creerá que lo hago por que Victoria me desahució; si la busco, tendré que renunciar irremisiblemente a mi afán de creación; sería vergonzoso verla y aceptar el albergue que María me ofrece; ni me dejaré despeñar deliberadamente al abismo de voluptuosidad, vulgaridad y animalidad que me depara; pensaba todo lo contrario: Gerardo la odiaba, la voluptuosidad triunfaba frente al desdén de Victoria, encontraba belleza en la vulgaridad y animalidad fulgurantes de Pandora, no aceptaría el albergue de María, la morbosa pasión es un estímulo para crear la obra soñada. Fue una lucha como la del que deseando dejar, sin convicción, el hábito del cigarro, acude a estratagemas infantiles, a sabiendas de que sólo acrecen su angustiosa necesidad.

María insistió en su ofrecimiento. Gabriel hizo mundo aparte con Pandora. Voraz.

El salvaje idilio despertó el ansia de crear. La vesania le reveló la voz de Diotima. Con acento diverso al que había concebido en opuesto tipo de mujer. Si antes dudó entre la viola, el chelo y la flauta para hacerla hablar, ahora llegó a pensar en la trompeta; eligió al fin el clarinete.

La sinfonía —especialmente los movimientos primero y último— respira sensualidad; pero no vulgaridad, según insinuaban ambas bandas de censores al tratar de que su autor la corrigiera. —"Si no se ajusta a Platón ¿qué importa? Llámenla contraplatónica. ¿Qué importa el tema en el arte, ni los pretextos de títulos? Juzguen la composición musicalmente, sin más" —alegaba Martínez; tampoco lo convencían los argumentos académicos de rancia ortodoxia: —"En vez de vulgaridad ¿no se tratará de originalidad? Si suena a *jazz* ¿no será esto modernidad? Señores, déjense de pensar si en el *Banquete* pudo tocar el *jazz;* con ese criterio estrecho no irán a ningún sitio: condenarían al arte, que no puede jamás estancarse; nada nos quedaría por hacer sino imitar la obra que ustedes tengan por la más perfecta."

El *allegro* con que se inicia, expresa los desbordamientos, las excentricidades, la placentera insatisfacción de Pandora, fecunda en recursos; los mil contrastados descubrimientos durante aquella luna de miel, efervescente; la dureza de aquella carne, sus turgencias y flexibilidades de animal joven, de animal impetuoso; su insaciabilidad placentera. —"*El placer*, deberías intitular este movimiento." —"El título es lo de menos: la impresión es lo que vale" —respondía el autor.

Cuando sin saber cómo halló realizado el primer tema, cuán pálidos le parecieron los esquemas teóricos que había imaginado para describir la bacanal en casa de Agatón con que principia la apología platónica del Amor; la embriaguez de los sentidos en compañía de Pandora, desenfrenaban la música, y Gabriel se angustió por hallar otro tema que limitara la loca exposición del *allegro;* se lo proporcionaron unas palabras de la muchacha: —"me has dado la sorpresa de la vida: creí que resultarías peor que los otros: tú sabes: hasta Diego, ya no digamos Gerardo, y todos, cuando les viene la fatiga del placer se meten a moralistas y hacen filosofía, que da risa, sobre todo los más viejos raboverdes; recuerdo uno, desdentado, más para la otra vida que para ésta, que revolvía sus cochinos apetitos con sermones sobre la virtud, hablaba de la generosidad y hasta de lo bonito de la castidad, imagínate".

Gabriel encontró en estas palabras el segundo tema del *allegro:* Sócrates hace su entrada en el banquete, a pausas jocosas, como de autómata irresoluto, escritas para ser dichas por los cornos, en interrupción tajante del tema primero; luego las frases adquieren progresiva fluidez hasta emparejar el *tempo* anterior, alternando con las maderas, en seguida con los chelos; la orquesta vuelve a la bacanal, que otra vez interrumpen los cornos con acento admonitorio, categórico, aunque con distorsiones burlescas, que sugieren los retobos de un viejo predicando continencia, entre carraspeos; las flautas hacen dengues con motivos del primer tema, en *diminuendo* cada vez más lejano, según el texto de Platón: "que se despida desde luego la tocadora de flauta, que vaya a tocar para sí, o si lo prefiere, allá en el interior, para las mujeres"; explotan los cornos combinando alegremente los temas primero y segundo; las cuerdas enuncian el tercer tema: disputa del Amor, desarrollado en contrapunto.

Cuán largos trabajos del compositor, desde la entrada de Sócrates, después de la bacanal, que había sido, por su espontaneidad, como regalo de los dioses. Qué serie de tropiezos artísticos y domésticos. Porque con el tema, las palabras de Pandora lo habían hecho probar la cicuta de los celos. Gabriel respondió a ellas inesperadamente con un bofetón. La muchacha llevó la mano a la parte ofendida; pero en vez de dolerse o irritarse, prorrumpió en sonora carcajada: —"Ora sí llevas traza de triunfar en el arte, como has triunfado conmigo en el amor —le dijo— ¿recuerdas que un día que te amenacé de hacer contigo lo que con Gerardo, para que triunfaras, respondiste que tú no eras sádico? ¿ves que ya lo eres?" —y se le abalanzó besándolo y acariciándolo con recrecido furor. Así comenzó la cadena de sevicias mutuas, que avergonzaba íntimamente a Gabriel, desconociéndose a sí mismo. A cada propósito de enmienda o abandono, caía más bajamente.

Su pasión, desde aquellas palabras, fue llenándose de anacronismos tormentosos. Cualquier acercamiento a Pandora ensuciábase con imágenes conocidas o posibles, que hubieran cruzado su vida; pronto quedó empañado hasta el pensamiento; los nubarrones de celos invadieron el remoto porvenir; las manchas del pasado se confundían con traiciones futuras; el hombre hallaba huellas y presagios en cada poro de aquella piel, en cada movimiento, mirada, risa o palabra de su amiga; las mil ominosas presencias convirtieron la pasión en una enfermedad secreta, que, sobrevenida la ruptura, los años han venido agravando.

Fue también como droga de complicados, contradictorios efectos. Más arraigada mientras más desesperado el deseo de sustraerse a ella, o el esfuerzo por dominarla. En los momentos de placer, desdoblaba la personalidad en las de rivales reales e imaginarios, creando la ilusión acongojadora de ser ajenos los propios labios, las manos propias, como ajeno su objeto. Extraía sufrimientos de la nada, o de nimiedades; los convertía en gozos. Era, sobre todo, el excitante indispensable a sus tareas de creación.

Pandora se complacía en echarle a la cara sus antiguas convicciones: —"asegurabas que los celos son complejo de inferioridad... una vez me dijiste que la vista puede aborrecer lo que desea el tacto... te respondí que lo bonito es desear y querer con los cinco sentidos; entonces preguntaste: ¿y el sentido común? ahora podrás contestar tú mismo, así como sobre el papel de la ilusión en el amor, ¿ves cómo se conserva y antes los malos tratos la hacen crecer?... tú sabías que yo era mujer con histo-

246

ria... eso sí: salvajemente fiel y ardiente, como soldadera... por eso te quiero como te quiero, y he sabido no nomás mantener tu ilusión, sino hacerte trabajar... por más que sepa que me abandonarás cuando triunfes"... —"No, entonces no: antes" —respondía el amante, que siempre se halló seguro de que algún día la olvidaría, mal que lo hiciera sufrir esa seguridad.

Por exacerbar sus tormentos, buscaba la precisión de celosas representaciones, exigía nombres y circunstancias: quiénes, cuándo, cómo, dónde, cuántas veces; la novedad, el grado y la decantación de sensaciones; el proceso y la repercusión de los episodios vividos; los mínimos detalles de las experiencias. La sinceridad de Pandora era brutal; colmaba las afrentosas impertinencias del amigo, su hambre de crueldad: —"Al mismo tiempo que sádico, estás hecho un masoquista consumado" —glosaba sin ironía. Él llegó a llamarla familiarmente "la soldadera". Ella le dijo que prefería este nombre a los de "virreina" y "marquesa", que los otros le daban. —"Por eso me gusta, es mío, exclusivo" —comentó el músico. —"Y por ser más exacto; tú comprendes" —afirmó la mujer, violenta, brusca, mas tierna y heroicamente generosa.

Hallado en los celos el tema de Sócrates, qué tropiezos para afinarlo en secuencia de la bacanal, con el ánimo alterado por la pasión desconocida; sin embargo, ésta lo ayudó, descargándose, sublimada, en sarcasmos melódicos, bien que pasaron largas vigilias en destruir y reconstruir el pasaje, cuya fuerza cómica lo hacía caer en lo grotesco; qué felicidad ir levantándolo al aire del *allegro* e infundirle nobleza, sin mengua de la intención irónica, musicalmente refinada, ligándolo, fundiéndolo con el primer tema, y haciéndolo servir de puente para el final del movimiento, en el que quiso expresar los discursos eróticos del *Banquete,* anteriores al de Sócrates: el Amor es el más anciano de los dioses – hijo de la opulencia – poderoso y benéfico: el Amor es el más joven de los dioses – por eso es el más bello, el mejor y más dichoso: el Amor no es de suyo ni bello ni feo: el Amor carece de belleza y de bondad – como hijo de la pobreza, es flaco – pero en acecho de la ventura, perseverante, atrevido, cazador ágil, maquinador de artificios, encantador, mágico y sofista – no es inmortal ni mortal – disipa sin cesar lo que adquiere – se halla entre la sabiduría y la ignorancia – no hay uno, sino varios amores. Contradicciones tratadas en contrapunto, con una gran fuga, final del *allegro,* en himno a Eros.

Las diversas frases de la disputa en realidad expresan los contrapuestos estados de ánimo padecidos en la compañía de Pandora, choque de abatimientos y exaltaciones; actualizados en carne viva —encarnizados— los textos del *Banquete:* "confusión del amado cuando el amante lo sorprende en falta" – "no hay hombre tan cobarde a quien Eros no haga héroe" – "como buen músico, le faltó valor: los dioses castigaron su cobardía, condenándolo a morir en manos de mujeres" – "el que ama tiene no sé qué de más divino que el que es amado: en su alma reside un dios." – "La celeste Afrodita urania y la Afrodita popular (Victoria y Pandora) de donde proceden el Eros celeste y el vulgar: el Amor de la segunda inspira sólo acciones bajas, prefiere al cuerpo sobre el alma." – "Diosa de más edad (¿Victoria?) Afrodita urania no tiene la sensualidad fogosa de la juventud" – "es bueno conceder amores a quien nos ama" – "el triunfo del hombre que ama" – "si se rebajase a bajezas" – "ninguno de sus amigos ni de sus enemigos dejaría de impedir que se envileciera" – "sienta maravillosamente a un hombre que

248

ama: no sólo se admiten esas bajezas sin tenerlas por deshonrosas, sino que se mira como un hombre que cumple muy bien con su deber" – "los amantes son los únicos perjuros que los dioses dejan de castigar, porque se dice que los juramentos no obligan en asuntos de amor" – "tan pronto como la flor de la belleza que amaba ha pasado, vuela a otra parte, sin acordarse ni de sus palabras, ni de sus promesas" – "hay casos en que no es vergonzoso verse engañado" – "cosa fea el entregarse a una pasión desordenada" – "las cosas opuestas que no concuerdan, no producen armonía" – "la música es la ciencia del Amor con relación al ritmo y la armonía: no es difícil reconocer la presencia del Amor en la constitución misma de la música" – "fomentar el amor legítimo y celeste de la Musa Urania; pero al de Polimnia, que es amor vulgar, no se le debe favorecer sino con gran reserva y de modo que el placer que procure no conduzca jamás al desorden" – "la ciencia del Amor en el movimiento de los astros y de las estaciones del año, se llama astronomía" – "cada mitad hacía esfuerzos para encontrar la otra mitad de que había sido separada; y cuando se encontraban, se abrazaban, llevadas del deseo de entrar en su antigua unidad, con tal ardor, que abrazadas perecían" – "marcha y descansa sobre las cosas más tiernas: en los corazones y en las almas de los dioses y de los hombres fija su morada" – "como vive entre las flores, no se puede dudar de la frescura de su tez" – "no se detiene sino en donde haya flores y no estén ya marchitas" – "donde haya flores y perfumes, fija su morada" – "todos los placeres y las pasiones están bajo Eros, que los domina" – "el que ha recibido lecciones de Eros se hace hábil y célebre, mientras queda en la oscuridad el que no ha sido inspirado por este dios" – "el Amor no une a la fealdad" – "del Amor ema-

249

nan todos los bienes sobre los dioses y sobre los hombres". En cada compás laten las esperanzas y los desasosiegos del corazón.

Al llegar al himno, el compositor dudó si recurrir al coro para cantar el texto que Platón pone en boca de Agatón: "Eros es el que da paz a los hombres, calma a los mares, silencio a los vientos, lecho y sueño a la inquietud"... Pospuso la idea para tomarla en cuenta llegado el final de la sinfonía; mientras, reflexionaba: —bellas palabras éstas del himno, aunque falsas: Eros es inquietud, insomnio, tormento cruel.

Mayores problemas tuvo que afrontar al emprender el segundo movimiento, inspirado en el diálogo de Sócrates con Diotima, que había sido el estímulo inicial para la obra, pensado y repensado durante largo tiempo, abrigadas y sucesivamente rechazadas las soluciones más diversas, acumulados los apuntes, ensayadas las voces de instrumentos propicios a cada modificación de la idea originaria. Urgido a darle forma definitiva, las dificultades se erizaron, dilatando el abismo entre lo intuido por el compositor y la respuesta obtenida del material sonoro. Ni siquiera el haber hallado y resuelto el tema de Sócrates en el tiempo anterior mitigó la lucha por la expresión. El músico destruía desesperadamente lo que acababa de construir, sobrevenida de modo fulminante la insatisfacción.

Se impuso la idea de iniciar el movimiento con el enunciado musical de Diotima. ¿Lo expresaría la orquesta en pleno? ¿alguna o varias secciones? ¿en *pianissimo?* ¿en *fortissimo?* Mas el problema principal subsistía: ¿qué tono darle? La familiaridad con Pandora exigía timbre grave, cálido, desgarrado; pero se sublevaban viejos recuerdos de otras voces ligadas a encarnaciones alternantes de Diotima. El músico entonces maquinaba la expresión progresiva del tema con registros diferentes, empezando con las cuerdas, terminando con los metales, o al contrario, es decir: de la mujer idealizada, blanda, dulce, a la hembra real, bronca, exigente. Sobre la voz inmediata de Pandora, venían volando lontanas voces: María – Victoria – Teresa – Tránsito – Mónica – Victoria – Beatrice – Denise – Victoria – Sonia – Tamar – Antonieta – Virginia – Victoria – La Tetrazzini – La Duse – La Rubinstein – La Muzio – La Besanzoni – La Borelli – Victoria – La Bertini – La Menichelli – Victoria – Greta – Victoria – Garbo – Pandora – Victoria – Victoria – Victoria... lontanas veces, rotas por la cálida, imperiosa voz de la compañera encarnizada: —"Tienes que terminar pronto, aprisa, decídete, no pierdas tiempo en remilgos, aviéntate como Diego, no seas como Gerardo con el que mi pleito comenzaba cuando después de causarme muchas molestias para encontrar la *pose* que deseaba, no se decidía, no hallaba cómo empezar; y cuando habiéndome pintado yo le decía que lo encontraba bien, él destruía lo hecho, gritando como energúmeno que no era lo que buscaba"... Voz estridente de trompeta. Jericó. El juicio final. "Era mujer sabia en amor y en muchos otros menesteres." Voz llena de inflexiones; pero seca, inapelable: —"Me chocan los artistas melindrosos, vacilantes."

El músico y su amiga ocupaban una vieja casa en los aledaños de Coyoacán. Entregada por entero al amor y servicio de Martínez, Pandora desempeñaba los más humildes menesteres, tanto como las funciones de colaboradora y embajadora; sólo salía de casa en interés de su compañero, esforzada en rodearlo de comodidades, preocupada porque nada le faltara; le proporcionó piano, libros, discos, muebles de trabajo y reposo; había renunciado a la brillante vida bulliciosa que le deparó la fama de un cuadro; abnegada y aguerrida, cumplía en verdad el papel de soldadera que gustó asignarse; cuando en aras del ídolo agotó sus ahorros y empeñó las cosas de lujo personal, regresó sencillamente a la plaza de modelo en la Academia de San Carlos, venciendo su propia oposición y la de su compañero: ella por no separársele unas horas diarias; él, por orgullo de no aceptar que su amiga trabajara, y porque los celos lo corroían. Se agriaron e hicieron constantes las reyertas; de los anacronismos pasionales, que de cualquier modo tenían la nobleza del delirio amoroso, descendieron a motivos miserables, en especial de carácter económico; él exigía razón de cada centavo, de la menor fruslería que sorprendiera en la muchacha, o bien rehusaba comer "lo que no había ganado"; ella no era libre de comprarse la más modesta prenda de vestir, mucho menos algún adorno, bajo pena de desatar la ira ultrajante del músico, por otra parte lleno de exigencias; y como Pandora no era de natural pacífico, estallaban las injurias en vías de hecho, convirtiendo la casa en infierno.

Ni la violencia, los gritos, los ruegos, las caricias, las promesas de absoluta sumisión, finalmente ni las lágrimas, ningún recurso de Pandora sirvió para evitar que Martínez abandonara la composición de la sinfonía y se echara a la calle en busca de trabajo para "mantener la casa como es debido", según anunció. En la carpa lo recibieron con los brazos abiertos, y a la carpa volvió, mañana, tarde y noche.

Pandora, de su cuenta, trató de conseguirle otra ocupación que le permitiera continuar la sinfonía; él llegaba a la vesania cuando escuchaba las proposiciones.

La muchacha, primero, fingió que se había sacado la lotería y que ya no tendrían problema económico; luego, aparentó mortal enfermedad; planteó y finalmente practicó la separación. Él sintió respirar a sus anchas: —"era insoportable" "¡qué repugnante!"—; a medida que transcurrieron los días, las noches en soledad, lo ahogaban la casa, los objetos circundantes, la incuria; queriendo escapar, lo retenía el letargo de recuerdos morbosos, materializados en el menaje, hasta encontrar placer en la desesperación de su asfixia; dejó de salir días enteros, encerrado entre aquellos muebles, sin hacer nada; para luego vagar días y noches, sin poner el pie, para nada, en la casa, que pronto abandonaría en definitiva.

La frase con que se inicia el segundo movimiento se le presentó al regreso de una de esas escapadas, al amanecer. Simultaneidad instantánea del golpe de aire confinado, al abrir la puerta; el vacío, por primera vez experimentado como humillación y necesidad; la ausencia, como malestar físico; la invisible presencia en el abandono y desorden de las cosas; el olor a polvo y humedad; el nudo en la garganta por la ternura, con impulso de implorar; por primera vez, la sensación de Pandora sin mezcla de mujer alguna, e igual su voz, modulada en queja de clarinete, formulando la melodía conforme al texto: "quiero referir la conversación que tuve cierto día con una mujer de Mantinea, llamada Diotima: era mujer muy entendida en punto a amor, y lo mismo en muchas otras cosas: ella fue la que prescribió a los atenienses los sacrificios, mediante los cuales se libraron durante diez años de la peste que los amenazaba; todo lo que sé sobre el amor se lo debo a ella"... Todo fue como relámpago: el golpe de aire confinado, la sensación de vacío, la voz ausente, la forma precisa de la frase, su tono e instrumento, el dibujo cabal de un *adagio*, enlazado a la exposición del *allegro*.

Sin darse punto de reposo trabajó hasta bien entrada la mañana, cuando el sueño lo venció. Al despertar, ya casi de noche, vio que su obra era buena, querría proseguir, pero no pudo contener el apetito errabundo. Las alternativas de asiduidad y vagancia lograron adelantar la composición del movimiento; en mayor grado aumentaba el cerco asfixiante de la casa y el deseo de Pandora.

Decidido a no volver más, toda una noche y parte del día siguiente permaneció encerrado, disponiendo el abandono de aquella que tantas veces renegó como cárcel e infierno. La morosa calma de los preparativos, le hizo asociarlos al del suicida, que prevé los menores detalles. Contemplaba, pasaba la mano, una y muchas veces, en objetos cuyo recuerdo feliz o desdichado igualaba la ternura postrera; interrumpía el registro y empaque de cosas personales, la destrucción de papeles inútiles, el arreglo de lo que dejaría, e iba al piano para repasar fragmentos recientes o antiguos, propios y ajenos; repetía con obsesión los compases que significan la pregunta: —"¿qué piensas tú, Diotima?", de los cuales particularmente se hallaba satisfecho; saltaba luego a la variación: —"en fin, Diotima, dime qué es", y a la respuesta inmediata: —"Eros es un gran demonio." Algunas veces recitaba completo el pasaje del nacimiento de Afrodita y Eros, que dentro del *adagio* marca un paréntesis del diálogo concertante. O bien tocaba en la vitrola el Concierto y el Quinteto para clarinete de Mozart, y el Quinteto para clarinete de Brahms, que nutrían el desarrollo del movimiento. Escribía. Recomenzaba el acomodo de maletas. Hacia la madrugada lo rindió la fatiga. Durmió algunas horas.

—Tú sabes —prorrumpió el músico, cuya conversación con el escultor se convertía en monólogo— que asiste al artista ese grado de clarividencia sobre su obra, que yo llamo fe, y que me permitió entonces desechar censuras como la del pretendido abuso de los instrumentos de aliento en una composición

254

destinada a orquesta sinfónica; llegaron a decir, a espaldas mías, que yo tenía complejo de charanguero pueblerino. A medida que ha transcurrido el tiempo, me afirmo en que acerté al preferir el clarinete y el corno como concertantes para describir el diálogo entre Diotima y Sócrates, en vez de la viola y el chelo, según mi primera idea, u otros instrumentos entre los que después anduve vacilando; lo mismo: hice bien al emplear los metales y las percusiones, en lugar de las cuerdas, para construir el fondo que con el tema de la bacanal cubre todo el *adagio*, manteniendo la idea del "banquete", aunque secundariamente, para destacar el asunto principal del duelo entre Sócrates y la extranjera, entrelazado a episodios como el nacimiento de Afrodita y Eros, que confié a la sección de cuerdas. ¡Vieras qué difíciles y atractivos los problemas de orquestación! Deben ser como los del color en la pintura, cuando el dibujo está resuelto, y a veces obligan a modificar el trazo entero.

Cirilo Gálvez hizo intento de hablar. Martínez prosiguió con apresuramiento:

—Tú sabes que Pandora y yo nos separamos varias veces, antes de nuestra ruptura definitiva...

—¿Definitiva?

—No seas impertinente. Bueno, la primera ocasión en que nos reconciliamos después de dos meses...

El músico estuvo a punto de revelar las alegrías y miserias de la reconciliación; el doloroso dominio de sus celos al descubrir moretes y otras huellas en el cuerpo de su amiga, o al escucharle palabras y acentos desconocidos; la decisión de no volver a su antiguo domicilio, para cumplir la mutua promesa de cambiar su vida en absoluto; el resurgimiento de la repugnancia por esa mujer, ahora mezclada con piedad y lástima por su sumisión, por su renunciación a los antiguos arrebatos; pero se arrepintió de confiar intimidades:

—Pude concluir la sinfonía en ambiente agradable. Cualquiera hubiera dicho que la inspiración me favorecía. Sin embargo...

Borbotaban las confidencias: prosiguiendo el duelo conceptual de Diotima, cómo se vio tentado a ir mudando la expresión de su voz con otros instrumentos de mayor suavidad: oboe, flauta, viola, violines, arpa, tratando de convencerse de una necesidad arquitectónica de la sinfonía por la repetición del tema en secciones de creciente delicadeza; él sabía que acercándose al último grado de la revelación amorosa en que como relámpago se percibe la belleza eterna, increada e imperecedera, Pandora enmudecía, y se dejaba oír, más y más perceptible, la voz de Victoria.

—Sin embargo tuve que rehacer muchos pasajes, algunos hasta diez y doce veces.

Tentado a buscar a Victoria. Diez, doce veces intentó escribirle. Halló que uno de los episodios del *adagio* había repetido subconscientemente las frases de una cantata inconclusa del *Hijo Pródigo*, inspirada en Victoria, tiempo atrás: "me levantaré y volveré a su amparo".

—Qué a gusto respiré cuando después de comentar con los cornos gravemente la última frase de Diotima sobre la contemplación de la Belleza absoluta, ocurrió el violento acorde que pone fin al *adagio* y es el tema —la llegada de Alcibíades ebrio— desarrollado en el *scherzo*, escrito de corrido en unas cuantas horas afortunadas como si asistiera y no hiciera más que reproducir con fiel claridad la danza de sátiros que fluía frenética como acceso de risa irreprimible.

—Pero tú ¿has reído alguna vez? —la pregunta

del escultor fue desentendida por el músico, que continuó en el uso de la palabra:

—La buena racha me llevó a terminar la obra sin mayores tropiezos.

Tampoco lo dijo. Pero lo recordó: al componer el final: "hubo entonces gran bullicio, y en el desorden general los convidados se vieron comprometidos a beber en exceso... sólo Agatón, Sócrates y Aristófanes quedaron despiertos y apuraban a la vez una gran copa, que pasaban de mano en mano, de derecha a izquierda", Pandora había vuelto a enseñorearse de la otra vez despierta sensualidad, hecha de nuevo hábito.

—Cuando eso sucedió, las exclamaciones de Pandora parecían de loca: —"es increíblemente maravillosa: yo soy Diotima ¿verdad?" —gritaba; "—¿y ahora qué, para qué, para que quede metida en un cajón como todas mis otras cosas?" —le dije; volvió a gritar: —"¡por mi madre, eso sí que no! te respondo que se estrenará con todos los honores". Comenzó su calvario de gestiones con decisión heroica. Renacieron mis estúpidos celos, especialmente cuando después del desahucio de Antonieta, se echó a formar un grupo sinfónico, acudiendo a la generosidad supuesta de músicos que conocíamos ella o yo. Comencé a maltratarla, por más que yo no tenía sino motivos de gratitud; ella no sólo soportó el irritante trato, sino que continuó haciendo esfuerzos para que la obra se pusiera. Cuando en la capital se cerraron todas las puertas, no sólo me alentó a aceptar las proposiciones de Guadalajara, sino que ella misma se hizo cargo de los arreglos. El día del estreno estaba radiante.

Antes de oír la pregunta que se dibujó en la cara del escultor, el músico retuvo el discurso:

—Los miserables me persiguieron hasta allá, provocando toda clase de obstáculos y sembrando malevolencias, que consiguieron resfriar al público y aun a muchos de mis amigos. Los periódicos, que antes habían sido tan amables, estuvieron en contra o guardaron irritante silencio; hasta con la publicidad pagada pusieron resistencias; lo menos que dijeron al comentar el estreno de la sinfonía, fue que yo renegaba de mis obligaciones nacionalistas por un falso universalismo, lleno de vulgaridad, en el que se despeñaban tantas buenas esperanzas puestas en mí; claro que no faltó el cargo de no ser obra para orquesta, sino para banda, y otras necedades por el estilo; sí, necedades, lo afirmo después de tanto tiempo: aunque casi permanezca inédita, mi obra es buena.

La voz del compositor era rencorosa, llena de amargura:

—Por darle gusto a Pandora, empeñada en que nadie más que yo fuera el solista de clarinete, porque según ella sólo yo era capaz de interpretar a Diotima, decliné la dirección de la orquesta, y aunque participé en los ensayos, no conseguí que el director entendiera la obra —Martínez contorsionó el rostro en mueca de violento desdén, miró a su amigo con la extrañeza del que despierta con esfuerzo y, cambiando a un tono apagado de voz, concluyó—: admiro la paciencia con que me has oído, tú, que cuando intervienes en la conversación, a nadie dejas hablar.

—Yo soy el asombrado de tu verborrea. ¡Milagros de la pasión! O del "idilio salvaje", como se llama la película de marras.

—"No toques ese vals... deja ese piano"...

—¿Te duele la serenata?

—Me duele ¿y qué?

—No vamos a pelear por la perfidia de las mujeres. ¿Por qué no me cuentas "el final de Norma"... digo: lo que tú tan misterioso puedas revelar a un simple mortal?

El giro zumbón del escultor no fue parte a desviar el curso de las ideas agolpadas en la mente del músico: "el final de Norma" era María, que le prestó esa novela; y Victoria, que se la hizo vivir; y la Música, cuyo poder expresivo apareció, confusamente aún, en sus páginas; ¡qué distinto tipo el de Pandora o Paula —su verdadero, vulgar nombre—, comparado al tipo ideal de mujer, que aquélla, con otras novelas, le forjaron! Victoria, y más reciente: la muchacha vista por primera vez en casa de Tamara, luego en la de María, y encontrada de nuevo, llena de misericordia, en el teatro tapatío, al consumarse la vergüenza de la Sinfonía Erótica; su alentadora presencia en ese trance, la comprensión de sus miradas, la valentía de sus opiniones, pero principalmente la distinción que de toda ella emanaba, hicieron sentir el ridículo de verse atado a Pandora, odiosa, odiada en ese momento más que nunca, rabiosamente acaecido el deseo de su exterminio, deseo bien diverso al antiguo ímpetu de amorosa, doble aniquilación; y sin embargo, fingir ternuras, extremar amabilidades, para despistar a la odiosa y acercarse con impunidad a la misericordiosa; ¡qué gran esfuerzo esas falsas palabras y caricias de voz, de manos! inútiles, porque no pudiendo tapar al sol con un dedo, desataron, exacerbada, la celosa violencia de Pandora, que ahuyentó a la muchacha providente, antes de conocer siquiera su nombre o preguntar la razón de sus apariciones bienhechoras.

En homenaje a la fugitiva sempiterna —pero también por impulso a ser versátil, a no encerrarse dentro de formas y estilos exclusivos, tanto como por desquite contra los que afirmaban que sólo era capaz de componer música de banda— produjo en esos días los doce conciertos para orquesta de cuerdas e inició un cuarteto, que permanece inconcluso.

A intervalos de su furor, Pandora se humillaba: —"no, si te concedo razón, sobre todo cuando después de haber hablado tanto del asunto, conseguiste expresarlo tan maravillosamente, hasta hacerme desear ser Diotima, pensar y sentir como ella el amor eterno y la belleza, yo, pobre desgraciada, vulgar, lo reconozco, por eso tu música me ha hecho llorar de tristeza al hacerme ver el abismo que hay entre lo que buscas y lo que soy, desesperada de no inspirar entre nosotros más que impurezas y odio, por más esfuerzos hechos para ser digna de que me quieras como te quiero, de veras, aunque todo en balde"...

Siguió una época de intensa producción estimulada por el fracaso. A los que lo tacharon de renegar su nacionalismo anterior, contestó con la segunda sinfonía: "mestiza", dividida en cuatro movimientos: huapango, alabado, sandunga y jarabe; a esta época se remontan los *Escritos imprevistos*, compuestos para piano; la *Oda y tres elegías* para maderas y arpa; el *Epitalamio* para campanas e instrumentos de percusión, la *Sonata de Navidad*, transformada más tarde en sinfonía, la tercera, con sus movimientos originales: caminata, canción de cuna, danza de la tentación y el ermitaño, a los que añadió, como final, el concierto de gallos; la obra concebida y compuesta en años amargos, dentro de la cárcel o infierno de los celos, bajo la pasión incurable, a pausas de disgustos, entre rupturas, entre reconciliaciones, perdida la esperanza de la belleza ideal, del amor, o siquiera de la libertad.

Así llegaron los días, con sus esperanzas, en que preparándose la inauguración del al fin terminado Teatro Nacional, se habló de que llegaba la edad de oro para el arte mexicano. En este punto doloroso,

Gabriel Martínez interrumpió sus recuerdos y reanudó el diálogo con Cirilo Gálvez:

—¿Lo que quieres saber es el final de Norma o de Diotima?

—Supongo que Diotima no tiene final.

—¿Qué insinúas?

—No insinúo. Supongo. En fin, para mí cualquier final es bueno. Por ejemplo el de tus relaciones con la gente de Antonieta o con mi mítica Virginia de Asbaje.

—Reverenciemos la sombra solemne de Antonieta, muerta bajo las bóvedas de Nuestra Señora. ¿El final? Una de mis obras que yo más quiero: el *Réquiem*, durante tantos años perseguido y al fin compuesto en las horas inmediatas a aquella en que la noticia del suicidio me sacudió como huracán ultraterreno. Si algo todavía puedo ambicionar es la ejecución de la obra con la dignidad con que la he imaginado, para rendir a la gran mujer el homenaje que se le debe.

No se atrevió el genio burlón del escultor a interrumpir el parlamento.

—Por ese gusto —continuó el músico—, en el que no han pensado tantos otros que tienen posibilidades de realizarlo, y que se hallan más obligados a la memoria de la desaparecida, yo pagaría cualquier precio, hasta el de sacrificar el resto de mi obra, rompiéndola o quemándola.

El tono de Martínez impuso respeto. Tardó en reaccionar el escultor:

—¿Tan derrotado te sientes?

—Derrotado no. Pero entregado por completo a mi habitual fatalismo. Mas con una seguridad: tengo hecha mi obra, y vale, a pesar del empeño con que se la quiere ignorar. Aun a pesar mío, si yo me opusiera, fatalmente, algún día, no sé cuándo, quizá no lo alcance a ver, brillará, y las gentes encontrarán los mayores méritos en donde ahora señalan defectos, y se asombrarán de que haya sido desconocida tanto tiempo, y menospreciada por sus contemporáneos y dirán, en vista de su magnitud: "sí, su dimensión fue la grandeza" —apenas con ligera transición de voz, continuó—: ¿preguntabas por la de Asbaje fabulosa? Es verdaderamente inmortal. Tú sabes cómo acabó de unirnos el mutuo desengaño cuando la inauguración del Bellas Artes.

Volvió la ráfaga del recuerdo inclemente. Alentado por aquella ocasión en que se anunciaron oportunidades a los artistas que hubieren sido excluidos, Gabriel Martínez había fabricado castillos de proyectos. Por una insinuación que recibió, puso todo su tiempo y entusiasmo en componer un poema coral sobre la *Suave Patria*. Para entonces había sobrevenido la ruptura definitiva con Pandora; ésta iniciaba con dudoso éxito su carrera dramática, desempeñando papeles muy secundarios en el cuadro experimental de la Secretaría de Educación; previendo su fracaso, Gabriel sentía piedad hacia ella, que fue trocando primero en burla, luego en desdén y resquemor, a medida que la muchacha comenzó a triunfar. En la creación buscaba Martínez la convalecencia de sus morbos. Antes de un mes el poema estuvo concluido; personalmente copió las *particellas*, por prevenir obstáculos en el momento en que la obra fuera requerida. Se le habían insinuado también las posibilidades de nombrarlo entre los directores titulares de la orquesta y organista del Palacio, dos de sus más acariciados sueños. Pidiéronle proyectos tanto para traer a la inauguración alguno de los mejores cuerpos de *ballet*, como para formar el adscrito permanentemente a la institución. Trabajó con intensidad en todo esto. Aun llegó a pensar, él, tan escéptico, que podría ser el

262

director general de la flamante casa. Compañera en aquel espejismo fue Virginia de Asbaje.

—Nada de lo que concierne a Virginia me es ajeno, desde que siendo yo adolescente la hice ídolo de mis ansias —prorrumpió el escultor—; sí, supe que le habían propuesto encabezar la compañía dramática que inaugurara el teatro; no sólo era justo, sino lógico, pues no se trataba de consagrarla, que ya el mundo entero la tenía consagrada, sino que ella consagrara al primer teatro de la República.

—Exacto. Entonces Virginia me propuso que compusiera ilustraciones musicales para la obra que pensó llevar a escena. No tardaron en desencadenarse las intrigas. En el caso de Virginia se habló de senectud, y hasta resucitaron las leyendas de su pasado. Yo me quedé con mi poema encerrado en un cajón. En fin, doblemos la hoja.

—Pero tú pudiste, hubieras podido...

—Ya sé lo que quieres decir. Bien sabes que nunca te he permitido que hables de eso.

El escultor, aludía, en efecto, al patrocinio de los Ibarra y Diéguez —Jacobo y María—, en esa vez nuevamente desdeñado por Gabriel. Vueltos a México, su encumbramiento los hacía indiscutibles aun en la esfera social. Desempeñados los más altos cargos públicos, Jacobo enderezaba su dominio al mundo de las finanzas, acrecentando su poderosa influencia política. Nada le hubiera sido más fácil que situar a Gabriel en la dirección de Bellas Artes.

—La soberbia te ha perdido. Es una enfermedad secreta peor que la de tu pasión por Pandora.

—Prefiero que sigamos hablando de Pandora. Sí. Mi pasión. Como fístula en la que se abren bocas nuevas a cada éxito de la infernal estrella, cuyo nombre resuena en mi cerebro como concierto de martillazos. Acaso no lo creas; pero su más constante imagen es la de la mujer abnegada, la de la muchacha ingenua, exaltada cuando se le hablaba por las buenas de propósitos elevados; la que lloraba pensando en el amor ideal, amansada la fiera de su temperamento. Yo tuve la culpa. Yo, más que ningún otro. Te lo confesaré: persisto en componer música; escribo ahora mi quinta sinfonía, que se llamará "La Estrella", en homenaje a mi Diotima. ¡Búrlate!

Añadió, sin dar tiempo a la réplica:

—Estrella astral, se entiende. Casi la música de las esferas. Música pura. Nada de cochinadas. Lo más puro de la creación. ¡Profanar la celestial palabra llamando con ella a mujeres lascivas! ¡Estrellas! Estrellas: las del cielo —y con acentuada transición de tono—: tienes razón: mi pecado... ¿por qué no mi virtud capital? es la soberbia. Bien fundada. Cualquiera de mis obras bastará para inmortalizarme. Lo repito: su dimensión es la grandeza. Son infinitamente mejores que las de mis triunfantes envidiosos. Desprecio, más bien siento lástima por la caterva de pavos reales y gallináceas que pasean por dondequiera su petulancia de falsos triunfadores o de genios incomprendidos; los que confunden el valor con el éxito y éste con la publicidad pagada en dinero o en especie; los fatuos que se pasan la vida describiendo grandiosos proyectos en los que su impotencia se refugia; los que miran de arriba a abajo a quien vale más que ellos; los críticos de sinfonola, los periodistas atrincherados en la impunidad, los genios de café, los dioses del elogio mutuo, los perdonavidas del arte, las efímeras glorias hechas con gacetillas, los ídolos o muñecos del populacherismo...

—Aplaca tu ira, tu justicia y tu rigor —canturreó burlonamente Cirilo, mientras las palabras del músico repercutían en el propio pensamiento: "estrellastral: Victoria, o la suma de todas las mujeres, la mujer que no existe, la Belleza eterna, la Voz, música de las esferas, Victoria siempre, o la enigmática doncella de la que ni el nombre se conoce: ¿quién?"...

—Mi soberbia no es enfermedad secreta, sino secreta virtud, o mejor: salud inmune.

—¿Inmune o impune?

—¡Tu incorregible chocarrería!

—El genio de cada quien.

Otra vez la repercusión de las palabras en el pensamiento: —"quién – quién"...

—Quién es quién...

La repercusión: —"quién es la doncella, quién yo, quién toca"...

—Con tanto quién parece que nadie quiere abrirnos la puerta.

Repercusión: —"quién abrirá la puerta – Victoria o la doncella – quién"...

—Las puertas se rompen cuando no se abren.

—¿Por qué no las has roto?

—Porque no me importan las puertas cerradas.

Repercusión: —"Victoria, puerta cerrada."

—No siempre has dicho lo mismo.

—Discutir es tiempo perdido.

—Te bates en retirada.

—Vale más retirarme a mi estrella.

—¿Al cielo o al cine?

—A la música inmortal. El hilo y la tela. Tejer y destejer —Martínez parecía hablar a solas; pronto las palabras fueron puro pensamiento—: "Estrella o Esperanza – ¿por qué no la sinfonía es a la Esperanza? – ¿por qué no he compuesto nada o por qué todo lo he compuesto a la Esperanza? – qué esperanza – ni esperanza"...

Volvieron las palabras:

—Una ventaja tengo sobre ti, sobre los otros: entiendo el arte como esfuerzo y no como dádiva, tengo el hábito del trabajo, de la disciplina; en esto fundo la confianza en mí mismo.

—El arte a destajo.

—A heroicidad cotidiana, callada. Frente a la insolencia de los fatuos, qué felicidad la de *poder* entregarse al hábito de la creación; sobre los estériles, *poder* pasar de los proyectos vagos a la ejecución, con todos los dolores del trayecto, pero al fin hallarse con *algo* hecho de *nada*: facultad que hace a uno sentirse dios; poder de soplar el espíritu en la materia; convertir el ruido en sonido y hacer música; la Belleza tangible, audible, que podemos pulir, purificar, atar, venciendo su natural inasibilidad, en dimensiones de grandeza.

—Venciste, Gabriel, venciste, como en la pastorela: venciste a tu maestro Vasconcelos, el filósofo.

—A ti, Calibán, hombre de las cavernas, y en ti a todos los que han tratado de arrastrarme, cortándome las alas, es a los que vencí.

—Hermano, eres tan listo que ni cuenta me di a la hora que chupaste la marihuana: estás bien tronado.

—Para Calibán, Ariel será siempre cosa de marihuana. Intenta contener la pujanza de mis alas inmortales.

—Con todo y alas te dejo, Ariel o Gabriel. Prefiero el opio, y si más no se puede: aguardiente.

—Pandora debió ser tu mujer. Tal para cual.

—Qué ¿también los arieles respiran por la herida?

Músico y escultor se separaron, como siempre, propuestos a no verse más y sabiendo que pronto se buscarían para conjugar miserias y exaltaciones. Gabriel hallaba en estas conversaciones con gente que le producía repugnancia un amargo descanso a su fiebre de creación: la tijera en el hilo y la tela.

En ese tiempo fue anunciado el advenimiento de una época nueva. El rumbo político exigía una estética apropiada. Se habló de un trato oficial distinto a los artistas, que verían abiertas todas las oportunidades, hasta entonces más y más restringidas en beneficio de una minoría. El Palacio de mármoles no sería en adelante sitio vedado a las musas desgarradas, de aliento popular. Iba a iniciarse una poderosa etapa de creación y difusión al servicio de las masas.

—Sin embargo, no veo aparecer el apóstol...

—Tú siempre con tu pesimismo, Gabriel, cuando tú eres uno de los llamados...

—Pero no el elegido. Por la sencilla razón de que no soy apóstol. Hace falta un apóstol para esto.

Comenzaron por despedir de los puestos públicos a los tachados de preciosistas, acusados de defender un arte para minorías. El poso espeso de las esperanzas, las envidias y los rencores se removió con fuerte impulso. Las filas del proletariado artístico se agitaron.

—El talento no es la oportunidad.

—Eres un aguafiestas, tú, a quien el nuevo régimen ha hecho justicia, despidiendo a los que te cerraron las puertas con sus intrigas, burlas y exclusivismos.

Los que se sentían discriminados o desheredados, víctimas del destino o de malquerientes, mártires de sus convicciones antiaristocráticas y antiacadémicas, corifeos de un romanticismo populachero, así como los arbitristas infecundos, los teorizantes, los arribistas llegaron al río revuelto.

Muchos otros llegaron también impulsados por la duda, la curiosidad y el temor burocrático. Gente que vive al sol que nace, lo mismo en religión como en política, en arte y hábitos.

Comenzaron a propagarse fórmulas hechas de un lenguaje que del círculo de los pintores invadía los de músicos, escritores, bailarines, el de maestros de asignaturas artísticas en escuelas de segunda enseñanza y aun el de pianistas-acompañantes en "jardines de niños".

—Ha sonado la hora de la reivindicación.

—Fuera el arte burgués.

—Ha llegado la hora de socializar el arte.

—Música, poesía, pintura, son sobrestructuras. . .

En la boca del escenario, aparecieron personajes oscuros o predominantemente políticos en quienes la función estética o había sido secundaria o mediocre.

—¿Por qué no Diego, Clemente, Leopoldo, Ponce, Maples, cuya obra se halla desde antes en consonancia con lo mejor de la doctrina que se postula?

—Uno es trotskista, otro anarquista, y así por el estilo. Atl defiende al fascismo. Ponce, debajo de su nacionalismo es un extranjerizante, afrancesado, burgués. Hay que renovar la savia revolucionaria, dar oportunidades a los nuevos valores.

De sus días de laberinto volvieron a Gabriel caras, voces en asedio:

—Tú eres el llamado.

—Descubre al fin e impón tu genio.

Con iguales voces llamaban a Revueltas. Buscaban avales. Tuvieron que recurrir a Pellicer. Gerardo Cabrera fue de los primeros secuaces. Una curiosidad pasiva, la vieja amistad con Revueltas, pero sobre todo el regusto de probar lo que le repugnaba, convencieron a Martínez. Dejarse arrastrar otra vez, como siempre. Al fondo, la esperanza conferida en secreto a Revueltas:

—Ah, si fuera verdad tanta belleza y pudiéramos realizar sin demagogia viejos sueños.

—En nuestras manos está —le había contestado.

La esperanza, pronto aterrada por el aluvión pesimista:

—No somos políticos y esto es política; temo que sea pura política y que los políticos nos utilicen para sacar castañas; el error será peor que el primero.

Del rescoldo volvían a brotar las llamas de la esperanza:

—Realizar en plano nacional las experiencias de Morelia, los viejos anhelos del magisterio rural; sacar de las sombras la larga obra de años y años.

Fue llevado a Bellas Artes como a territorio de conquista. Revivió la euforia con que había vivido aquellos días anteriores al estreno del Palacio, dos años atrás; la melancolía de desterrado con que luego asistió a los espectáculos inaugurales: *ballet* de Montecarlo, cuarteto de Londres, Arrau, Heifetz; la vergonzante admiración, desde lejos, a la Toumanova, a la Zorina; el irritante trato de los que se sentían dueños de la institución, como ángeles guardianes de un paraíso impenetrable.

Ahora, todavía en el desconcierto de la nueva situación, sin saber aún quién era quién o cuál prevalecería por fin en el río revuelto, la mutua desconfianza y la general debilidad le deparaban zalamerías en competencia; se le proclamaba maestro a porfía, con remilgada prevención, en la que mal se ocultaba el temor.

Qué cosas fueron viéndose. Gerardo Cabrera echó reversa en la trayectoria purista que había adoptado después del "Idilio Salvaje", pero sin volver al sano realismo de sus obras primitivas; para ir con la corriente hizo pintura de tesis, acogido a un falso popularismo. Los poetas que se habían dedicado a cosechar flores naturales perpetraban ahora himnos interminables al sudor proletario y en lugar de blancas palomas sus versos se llenaban de banderas rojinegras o, a lo sumo, de blancos calzones campesinos. Quienes redactaban textos escolares llenos de ñoñerías irrumpieron en gritos de lucha. Floreció lo plebeyo en músicas marciales.

—Todo esto pasará —sosegaba Revueltas— y lo auténtico acabará por imponerse. Así corren los ríos: bajo la escoria espumosa caminan las aguas caudales. El auténtico mensaje con vena popular acallará las estridencias plebeyas.

Martínez trataba de dominar su escepticismo y disgusto repitiendo consigo mismo: "hay que tener fe".

Se le había prometido nuevamente la dirección de la Sinfónica o la organización del *ballet* nacional. Se le pidió con urgencia la partitura de *Suave Patria* y alguna otra obra de su elección para iniciar ensayos desde luego. En tanto, Bellas Artes abría sus puertas a los antiguos espectáculos del Teatro Lírico —embriaguez de folklorismo sofisticado con abundantes lentejuelas— y a festivales de tipo escolar con pretensiones de gigantomaquia: grandes tablas gimnásticas con pretensiones de *ballet,* sucesión de cuadros plásticos con pretensiones de dramas revolucionarios, nutridos cantos con pretensiones de coros polifónicos, y un desbordamiento de oratoria.

—Después de todo es divertido ver esas piruetas.

—¿No estaremos dando nosotros el mismo simiesco espectáculo?

Reclamó el Consejo directivo de la Sinfónica el carácter privado de la institución y la inviolabilidad del titular. Se habló entonces de retirar el subsidio y de cerrar el Palacio a ese conjunto, propósitos habilidosamente vencidos con ayuda sindical de los filarmónicos, lo que vino a exasperar a los antagonistas.

Nuevamente desahuciado, Martínez reaccionó aceptando la lucha y no fue difícil convencerlo de que siendo el *ballet* más adecuada forma de expresión al servicio del pueblo, aceptara el encargo de formar el cuerpo nacional, coordinando los dispersos grupos existentes, a lo que concurrió el entusiasmo de Revueltas, quien sobre la marcha compuso al efecto varias obras. Mientras, veríase la manera de levantar frente a la antigua una nueva Sinfónica.

Gabriel Martínez no se dio punto de reposo, aunque desde un principio le salieron al paso intrigas e irreconciliables desavenencias de bailarines geniales, que se llamaban a suplantados. Por todas partes germinaban los genios y los resentimientos.

—Esto cada vez más es una olla no de grillos: de alacranes.

Numerosos extranjeros afluían a las oficinas de Bellas Artes con proyectos desorbitados; cada uno, especialmente los interesados en el *ballet*, ponderaban su procedencia de los mejores cuadros cosmopolitas, hablaban con familiaridad de las figuras universales que habían sido sus alternantes y ofrecían secretos para convertir a México en emporio del arte mundial. Quién perteneció al cuerpo de baile del Zar, el otro provenía de orquestas famosas, aquél fue museógrafo en instituciones de primer orden, el de más allá llevó por el mundo como empresario a figuras excelsas de la Comedia Francesa, éste afirmaba ser punto menos que padre del renacimiento cinematográfico en Italia, y eran incontables los que pretendían haber actuado en el *Scala*, del que hablaban como de casa propia. Predominaban los apologistas del arte soviético. Sin embargo se trataba más de temas políticos que artísticos, en competencia de radicalismo. Casi todos los extranjeros aparecían mártires de su ideología, perseguidos por el nazifascismo. Ninguno rechazaba la insinuación de que fueran agentes de Moscú. Se habló con exceso de las coincidencias entre México y Rusia, sin faltar comparaciones entre Azuela y los novelistas de la Revolución Mexicana con el género bolchevique, y aun con autores precedentes: Andreiev, Chejov, Dostoiewski, que fueron leídos apasionadamente por los aspirantes a los empleos o a la moda, con preferencia sobre Tolstoi, Gogol, Pushkin. En música, Prokofief fue resueltamente opuesto al renegado Strawinski, que la Sinfónica suprimió de sus programas, en los que abundaron obras de Mussorgski, Glinka, Rimski-Korsakov; Wagner fue proscrito; y cuando se conoció la producción y la "línea" irreprochable de Shostakovich y Kavalevski, el entusiasmo de partido no alcanzó límite. Día con día eran reproducidos pasajes de Lenin y de los ideólogos marxistas relativos al arte y a su función vicaria. En el Palacio de mármoles y hasta en el Ministerio la legión extranjera tuvo beligerancia e ingerencia cada vez mayor.

—Esto es la reivindicación del nacionalismo para poner el arte al servicio de nuestro pueblo.

—El arte no tiene fronteras y es necesaria la fecundación internacional.

—No hay diferencia entre tu lenguaje y el de los "ulises" y "contemporáneos", que tratamos de desterrar.

—Nosotros queremos el nacionalismo para ir al internacionalismo, como la lucha de clases conduce a la dictadura del proletariado. Ellos buscaban lo extranjero para refugiarse allí por vergüenza o por odio de lo nacional, que substituían con una realidad andrógina, que debilitara la conciencia vital del pueblo.

Discusiones y proyectos impedían que se definiera el programa de trabajo. —"En esto, como en todo, hay que proceder dialécticamente: antes que la síntesis están la tesis y la antítesis" —pontificaba uno de los funcionarios. Para justificar las nóminas proseguía la improvisación de espectáculos aislados, o se facilitaba el Palacio a solicitantes de calidad indiscriminada y a engendros flagrantes de mal gusto recomendados por influyentes o validos de recursos inconfesables. En cambio la propaganda ofrecía diariamente un plan de trabajo sin precedente, que se pondría en marcha muy pronto.

Sin precisársele funciones, se asignó a Martínez un despacho con portero en el piso mismo de las oficinas principales. Cuan presto se hablaba con vaguedades de que organizara el *ballet*, se le pedían opiniones sobre orquesta, ópera, coros, teatro y hasta de títeres y de cine; como protestara, burlándose de que algún día fuese interrogado sobre poesía, declamación, pintura, perfumería, jardinería o alguna otra de las bellas artes como el asesinato, se le aduló diciéndole que nadie como él reunía tan variada experiencia para ser el consejero insustituible de la obra que inminentemente revolucionaría la historia de la creación y la difusión artística en el continente, lo cual tampoco le impedía dedicarse a tareas de su gusto, en orden al plan que se preparaba, y aun a trabajos personales, pues el designio en marcha era deparar condiciones propicias a los artistas.

La flamante instalación de Martínez acrecentó los halagos que venían prodigándose al que ya nadie llamaba sino maestro, habituándolo a este tratamiento, de suerte que fue sorpresa oír una mañana el acento exótico, impertinente, con que por la espalda lo asaltó una mujer al cruzar el pasillo de la oficina:

—Martínez, *merci*, buenos recuerdos nunca deben olvidarse, aunque se cumplan presagios. Necesito hablarte. Conviene.

Tamara Zarina. Detrás, Vera Verinski. Las palabras afloradas al corazón iracundo del músico se convirtieron en visaje irónico. Martínez las hizo pasar al despacho y adoptó semblante grave una vez que tomaron asiento. Volvió la impertinencia de Tamara, que recordó al compositor los modales de la segunda tiple o de Pandora:

—Y eso, tú, a qué viene, ¿ya no nos conoces? ¿te han hecho comisario con esa cara? Te conozco, mascarita. Sí, como a mis manos.

—El señor será enfadado contra nosotras —terció la Verinski; cuando iba Gabriel a estallar: "cómo vienen ahora con un carpero que las desacreditará entre su selecta clientela", añadió la cantante—: nosotras en todo caso, que nos abandonó.

—Ése no es el caso, ni te pongas moños para nosotros. El caso es que nos necesitas y sin discutir si sucedió, si no, venimos en ayudarte. No desinteresadas. Pero tú te interesa más.

—Es que —volvió a terciar la Verinski— recordará el señor, usted, Martínez, no sé le agrade la confianza que llegamos a tenernos: de tú, es de menos eso, recordará que somos organizadas y hemos hecho buen crédito, que puede disponer para proyectos que tenga.

—Exacto. A eso estamos. Cuenta con nosotras en tus planes, que sabemos tienen dificultades, especial con *ballet*. A tu disposición lo que gustes, no tengo, creo, necesidad de recordar a ti qué somos. Pero habla, hombre.

—Sí, lo he pensado. No hay nada definido. A su tiempo, veremos, ocurriré...

—No cambias, amigo indeciso. Queremos eso, para ti bueno, que impongas camino: te ayudamos nosotras: Vera, la ópera; yo, lo sabes... llegó el tiempo de realizar el sueño que tuvimos de yo hacer coreografías para música tuya; sé que has trabajado duro.

—Yo —añadió, la Verinski, cobrando resolución en el acento— puedo poner con los míos repertorio completo, y nada de vejeces italianas: óperas no conocidas en México; si hay recursos, debut con *Boris Godunov;* ¿chocará con ustedes el *Pelléas* de Debussy? Entonces tenemos *Wozzeck* y *Lulú* de Berg, *Ópera de tres peniques* de Weill, alguna obra del condiscípulo tuyo Milhaud: *Cristóbal Colón* ¿te parece? Y sin hablar, tú desde luego; no tener miedo a la ópera; es llegar al pueblo; yo te lo decía, una ópera mexicana estará sensacional: ambiente, voces, instrumentos, asunto; tú estás el elegido, como anillo al dedo para atacar eso. Ahora pienso por qué no traer Mozart: *Flauta Mágica, Bodas,* muy propio al plan que anuncian ustedes. Qué cosas haremos. Ahora que si tratas conciertos corales, más fácil: bonito repertorio clásico y moderno; todavía más fácil, mañana si quieres, conciertos de canto; ahora tengo voces magníficas y presentaciones de armar escándalo. Aquí, mira —y la cantante abrió un álbum con fotografías y recortes periodísticos, que Martínez recorrió con aire displicente, rápido.

—Ya dije que entraba en mis proyectos ocurrir a ustedes. Ya esperaba que sus ideas serían magníficas, salvo que ahora les mereciera confianza un músico de carpa, vulgar...

Tamara quiso interrumpirlo con vehemencia; él continuó subiendo la voz:

—Queremos llegar al pueblo; pero no vulgarizarlo, sino levantarlo con las mejores expresiones. En esto estamos de acuerdo por lo menos Revueltas y yo. Acudiremos a ustedes, cuando se resuelva el programa y dispongamos de presupuesto, conforme a nuestras aspiraciones.

—Martínez, ¿no piensas que ya fue suave de tanto anunciar y proyectar?

El compositor hizo una mueca de resignada incertidumbre.

—Empuja. Cuentas con concurso de nosotras, y nada de picar con malos entendidos, que Vera e yo te buscamos cuando tú escondías el encuentro; sabíamos tu entretención e dijimos, primero: no estorbar. Si tuviéramos orgullo no venimos. Porque necesidad, hijo, no tenemos. Ayudarte simplemente.

—Seríamos muy contentas de juntar esfuerzos otra vez como aquellos días bonitos que trabajamos unidos de entusiasmo. Palabra: queremos. Muy contenta, ¿es así, Tamara?

—Bien. Me comunicaré con ustedes tan pronto cuente con algo firme.

—Te conozco, mascarita amarga. Si no, pensaba que nos echas para no acordarte nunca. Encantada de volver a verte. Eres muy bien. Una cosa: sobra ponerte aviso contra los aventureros e aventureras que llovieron aquí, sobre ustedes, a toda hora. ¿Quién responde por ellos? Nosotras, Vera, yo, ustedes todos conocen ya muchos años va. ¿Has visto a Diego? Se desterró de casa cuando volvió. No sé si también intrigas. Saludos a él.

Cuando las dos extranjeras lo dejaron, Gabriel condensó la resolución de poner en juego todo su amor propio y el valimiento que tuviera para que Bellas Artes, en desagravio nacional, llamara a Virginia de Asbaje y la colocara al frente de la compañía titular del Palacio, cuyo escenario no había pisado la gloriosa actriz. El entusiasmo y la ternura invadieron de súbito el ánimo del compositor; y una especie de remordimiento al calcular el tiempo transcurrido sin haber pensado, menos aún buscado a la olvidada. Con lástima recordó el músico la última temporada de Virginia en el Teatro Hidalgo, con subvención oficial, cuando cayó en el vacío el esfuerzo por aunar las obras maestras de todos los tiempos: Esquilo y O'Neill, Shakespeare, Lope y Racine, Ibsen, Maeterlinck, D'Annunzio, Shaw, Claudel y Cocteau. Mientras artistas y conjuntos con menores méritos habían transpuesto el antiguo teatro del Ministerio en la calle de Regina para llegar al nuevo recinto de las Musas, la de Asbaje sufría ostracismo. Gabriel sintió arrestos de quijote: no se daría reposo hasta conseguir la reparación del agravio; si juntos habían sido burlados al inaugurarse Bellas Artes, juntos deberían ser vindicados. Hizo propósito de buscar esa tarde a la insigne mujer, lo que no esperaría para iniciar las gestiones de su ingreso triunfal en el Palacio ahora mismo, cuando despachados los asuntos urgentes, hablara con los camaradas directores.

El desfile de solicitantes, aduladores, impertinentes y amigos ociosos fue más abundante que otros días, ni hubo llamadas de las oficinas principales que lo salvaran de la avalancha.

Entre las historias que hubo de oír esa mañana, una en particular lo conmovió, expuesta por un adolescente mal vestido, de miradas y voz impetuosas:

—Yo soy aspirante a novelista, aunque me veo obligado a estudiar Leyes, si es que eso es estudiar. Tengo muchos amigos que son o quieren ser artistas. Me gusta frecuentar el Conservatorio, la Academia de San Carlos, las escuelas de pintura al aire libre y la de talla directa. El otro día estuve en una fiesta de camaradas. No me alargaré en detalles. Sucedió que allí estaban un poeta que ha comenzado a hacerse de fama por varios juegos florales en los que ha ganado primeros premios, y su novia, una muchacha del Conservatorio, que tiene voz extraordinaria de contralto y que también ha comenzado a distinguirse en diversos recitales públicos; entre los asistentes figuraba una artista de cine, que fue el principal atractivo de la reunión: todos trataban de acercársele; pronto se vio que distinguía con sus coqueterías al poeta de las flores naturales y que éste se dejaba encandilar. La muchacha del Conservatorio se contenía a duras penas. Yo la observaba, compadeciéndola. La reunión iba subiendo de tono. Cada quien hacía sus gracias. La artista de cine había cantado unos cuplés picarescos entre aullidos de la concurrencia, que pedía repeticiones inacabables. Alguien propuso que la muchacha del Conservatorio cantara; la impulsaron a fuerza de aplausos y ruegos; casi la obligaron a tirones; entonces, oh, cómo no estuvo usted allí para que se le hubiera puesto carne de gallina, como a mí, como a todos, al oír el prodigio, pero más que oírlo, verlo, porque la muchacha, luego que nos hizo estremecer con el primer ataque de su voz, qué voz, maestro, lástima que no la conozca, qué voz tan cálida, tan poderosa, con registros y matices verdaderamente increíbles, la muchacha dio rienda suelta a su temperamento, para actuar lo que cantaba, y era la *Carmen* de Bizet, revivida con furia; los celos y todas las pasiones hacían explosión en la voz acompañada de gestos, ademanes y movimientos que suspendían la respiración de la concurrencia. Yo nunca había presenciado algo semejante. Sabía que la muchacha estaba viviendo un drama y que respiraba por la herida su resentimiento; a pesar de esto, se remontaba a la mayor altura del arte, y lo que nos sobrecogía no era el desahogo pasional, sino el verdadero placer estético, que yo nunca había experimentado en ese grado. Para qué le cuento la locura que se desató. Fuera de mí, ebrio de entusiasmo, juntamente con otros me arrodillé y quise besar el pie de la sublime bacante; era un tumulto de abrazos que amenazó con apachurrarla y a muchos nos pisoteó la turba; cuando se serenó el ambiente, me acerqué a la muchacha, le apreté la mano y le prometí que movería cielo y tierra hasta conseguir que repitiera el prodigio en el escenario de Bellas Artes, con todos los honores. A eso vengo, señor, y sé que usted me comprende.

—Le doy mi palabra de que si esa muchacha es como la pinta, se le abrirán las puertas de Bellas Artes y debutará con *Carmen* —respondió Gabriel, sin meditar en el arrebato del interlocutor, sin reparar en su extrema juventud, contagiado por el entusiasmo y la fe del relato que acababa de oír. Era su propia historia, él mismo, aunque sin la decisión del quijote que tenía delante; el mismo eterno afán de justicia y de admiración al mérito postergado; Pandora y Virginia.

—Gracias, maestro. Sabía que no me engañaba al acudir a usted. ¿Cuándo quiere que se la presente?

Las últimas palabras hicieron que avanzara la imaginación —la eterna imaginación— de cómo sería en realidad la muchacha que había trastornado a este quijote apenas púber; trabajó a toda fuerza la maquinación ideal de su cuerpo, de su rostro, de sus movimientos, al conjuro de una voz cálidamente poderosa, reprimida en el mismo instante por la íntima repugnancia de haber procedido una vez más, como siempre, a impulsos de la concupiscencia disfrazada con manto de piedad. Gabriel, convicto, decidió posponer indefinidamente la entrevista; pero estuvo a punto de decir "ahora mismo, pronto"; al fin respondió:

—Cuando usted quiera, tendré mucho gusto.

Mucho gusto. Sí. Cómo sería la muchacha. La personalidad inconfundible de las contraltos lo ha subyugado siempre. Nada de limpio desinterés. Mucho gusto. Durante la mañana y el día no se le quitó de la imaginación la muchacha que a todos había puesto carne de gallina. Se mezclaba la indignación contra el poeta que la humilló por una vulgar actriz. Eterna piedad hacia Cenicienta. Hoy él podía deparar el triunfo. Aprovecharse de la ofensa. ¿Valdría la pena? Habiéndola padecido en carne propia, siempre lo había sublevado la injusticia. El poder incontrastable de los celos, unido al señuelo de la gloria. Cenicienta creerá en la gloria del foro. Señuelo de los aplausos. Tendrá el mismo temperamento de la Carmen. Mucho gusto. Mucho gusto. Poder hacer justicia, reparar agravios, abrir las puertas de la fama, crear una gloria de la escena universal. Estas y otras quimeras alternaron durante la mañana con los más contradictorios discursos: —"la dictadura estética del proletariado" – "no carezco de buenas facultades artísticas pero aspiro siquiera al puesto de tramoyista o elevadorista del Palacio" – "el sindicato que me honro en representar reclama la supresión de la música burguesa que oyen los camaradas a toda hora en el radio, en las sinfonolas" – "es necesario que Bellas Artes fije la atención en la obra corruptora de la prensa" – "vengo a proponerle un seguro de vida; si no le interesa, considere la importancia de unos bonos de capitalización, o en último término, un crédito en algún almacén".

Forzado a una comida cuya sobremesa se prolongó hasta la noche y llevado de allí a una reunión de artistas inéditos, aunque "simpatizantes", el deseo de buscar a Virginia quedó pospuesto para otro día indeterminado.

En tan adversas condiciones, Martínez desplegaba una actividad que sorprendía a cuantos de tiempo atrás lo conocían. Incansable, trataba de poner orden en aquella competencia de opiniones y echar en marcha el pesado aparato que nadie parecía entender; con planes generales formulaba programas parciales, llegando a detalles nimios; participaba en discusiones; personalmente intervenía en pruebas, lecturas, ensayos e investigaciones; recorría escuelas; en acopio de materiales para el repertorio y las colecciones nacionales, lo mismo transcribía melodías populares, que las orquestaba y las adaptaba sea con destino al proyectado *ballet*, a la interpretación coral o a la docencia pública; lo mismo se acomedía como simple acompañante, tocando los más variados instrumentos, lo que había sido diversión y disciplina de mocedad, que probaba los efectos que pudieran obtenerse para una nueva música mediante instrumentos desconocidos o raros, principalmente de procedencia autóctona; hizo derroche de sus facultades de improvisación, que asombraron a quienes no lo conocían; se hablaba de un *ballet* y sobre la plática le afluían los temas musicales, de igual modo si se trataba de una cantata cívica, de una sinfonía para masas o de coros escolares con estilo adecuado a las tendencias que se pretendía implantar; lo que más entusiasmó a ciertos próceres de la administración fueron sus caricaturas musicales, desde luego calificadas como armas contundentes para la lucha de clases; todo lo hacía como jugando; daba la impresión de que ningún trabajo le costaba cuanto emprendía: desarrollar un tema dado, juzgar una voz, afinar instrumentos o coros, opinar sobre proyectos, ordenar discrepancias, decidir controversias; alternaba con grupos de obreros y campesinos como si estuviera entre colegas de un conjunto musical; ni siquiera le fue difícil, por más que le pareció inútil, el experimento burocrático de atender al público en audiencias heterogéneas.

—Me da gusto que te hayas desenvuelto en esta

forma —le dijo uno de sus viejos amigos—; todos te desconocemos; qué has hecho para dejar tu abulia.

—Siempre he sido el mismo. La oportunidad, acaso. No sé. Acaso una racha que pronto pasará.

Sí, una racha; pero la emulación de demostrar que se podía sustituir a los que fueron y seguían siendo santones de la vida artística, empeñados ahora en burlarse y entorpecer la propuesta renovación, en conservar posiciones, en sembrar adversos rumores y todo género de intrigas. No lo quería confesar; pero esto era el resorte de su actividad inaudita.

—Lo conozco y temo que sea una llamarada de petate —comentaba Gerardo Cabrera, el pintor, ante un personaje político extrañado por no haber tenido antes noticia de que México contara con una personalidad tan brillante y de ideología revolucionaria—; si no, pregunte usted a todos los que lo conocen, por ejemplo a uno de sus amigos íntimos, el escultor Cirilo Gálvez, a la famosa Pandora Branciforte o a Diego Rivera, que lo trata desde que vivieron hace muchos años en Europa; le dirán lo mismo: es un chiflado sin consistencia. Yo fui uno de los que creyeron en él. También me impresionó con sus "genialidades". Llamaradas de petate, repito.

Tanto como súbitos admiradores, la actividad febril deparó a Martínez enconados enemigos, francos o emboscados, gratuitos todos. A juicios como —"es inconcebible que haya permanecido tantos años oculto a la celebridad un hombre tan singular" – "cuántos otros con muchísimo menos se hallan encaramados hace años en primera línea y acaparan la invariable publicidad" – "no se sabe qué admirar más: si su facilidad portentosa o su vasta preparación" – "no en balde, según se sabe, fue condiscípulo de Milhaud, Honegger, Poulenc, y amigo de Respighi, de Falla" – "es a nuestra música lo que Orozco y Diego a nuestra pintura, López Velarde a nuestra lírica, para no hablar de otras épocas" – "su *Sinfonía Erótica* y su *Réquiem* son dos obras maestras maravillosas, que perpetuarán el nombre de México en la historia de los valores universales" – "no hay duda: es un genio", la insidia oponía estos otros: – "Un audaz, que de pianista acompañante de una profesora extranjera de baile pretende la dirección de Bellas Artes ¡se están viendo unas cosas!" – "recuerden que era pianista en una carpa de mala muerte por Tepito" – "con desmedidas pretensiones trata de ser una réplica de Agustín Lara, aunque sin el talento de éste, que por lo menos ha conseguido que el pueblo cante sus canciones y le paguen espléndidamente; de aquél quién conoce siguiera una mala canción" – "a Lara se parece en los antecedentes: los dos comenzaron su carrera como pianistas en ciertas casas" – "ambiciona la fama con ayuda de varias mujeres a las que ha explotado" – "luchó desesperadamente porque Antonieta lo protegiera y le entregara la orquesta sinfónica, la dirección del teatro que intentaba crear y la administración de su mecenazgo" – "en Guadalajara consiguió que le pusieran una de sus obras y todavía se recuerda el fiasco" – "era un pobre maestro rural aficionado a convertir en músico a cada campesino: yo lo conocí entonces".

Contra lo que de su temperamento era de esperarse, Gabriel Martínez no se inmutó ni con los ataques ni con los halagos. Propuesto a luchar, se multiplicó en el trabajo y supo rescatar mayor tiempo para refugiarse en sí mismo, desquitándose de las necedades padecidas, con el aliento de la más alta música, gozada en plena soledad; entonces no quería, no buscaba sino la secreta, ferviente comunión de los clásicos, precedidos por Arcángelo Corelli, el dilecto: cuántas veces, cada noche, durante aquellos meses prolongados de brega, escuchó hasta el total sosiego del alma la breve *suite* para cuerdas del maestro angélico, y otras veces la pequeña sinfonía de Juan Christian Bach; la estancia iba poblándose con voces amigas: Rameau, Lully, Scarlatti, Pasquini, la lucida teoría de los premozartianos, y Mozart mismo, y Glück, y Haendel, y Vivaldi, para llegar a Juan Sebastián. Al piano repasaba el íntimo repertorio de su predilección; a veces improvisaba variaciones sobre un tema querido y no había manera de descender del Olimpo. Desempolvó para leer manuscritos que había copiado en Santiago de Compostela: qué gusto volver a oír las viejas voces conservadas desde el siglo XIII: los *laudes* franciscanos: *De la crudel morte, Dimmi dolce María;* los himnos arcaicos; el mensaje de los maestros venecianos del siglo XVI: Asola, Croce, Porta, Vecchi, y tantas pequeñas joyas anónimas.

En este refugio concibió y realizó le serena belleza de la *Sonata para piano y arpa,* que Ponce alaba como la obra maestra de Gabriel Martínez; también a estos paréntesis de agitación se remonta la pureza de línea melódica con que se hallan compuestos los *Nueve sonetos de Sor Juana,* para piano, oboe, triángulo y platillos, cuya rara, difícil perfección entusiasmó a Claudio Arrau, quien la incorporó a su repertorio, en arreglo para piano solo.

Junto a obras como éstas, producidas en la mayor intimidad, otras realizó en equipo con destino al programa social que no acababa de definirse. Así la música para el *ballet* cuya idea originaria fue de Gabriel, concebida con los títulos de *Los trabajos y los días* o *El séptimo día,* que al fin se representó con el nombre de *Día de campo;* intentaba el autor una exaltación del trabajo humano, presentando en contrapunto las tareas agrícolas y las industriales, el empeño y la fatiga, para concluir con la fiesta del descanso, un domingo. El proceso de la realización causó hartos disgustos a Martínez, que culminaron con las discusiones del título; por ejemplo, se dijo que el de "séptimo día" era clerical por aludir a la Biblia; respondió Gabriel que reprocharan esto a los legisladores mexicanos que así nombraron el salario correspondiente al día de descanso; por su parte los coreógrafos y aun los diseñadores del vestuario pretendieron que la música se sometiera a sus necesidades; algo parecido exigía el comisionado para orquestar la partitura, en cuya composición intervinieron varias manos; más tarde los caprichos de los bailarines determinaron añadidos y cortes, desfigurando en absoluto la concepción primaria de Gabriel, que comentaba: —"realmente deben haber sido dioses los artistas medievales que se dice trabajaban en conjunto".

La idea de la individualidad en la creación artística fue lo que desde un principio hizo que Gabriel se opusiera a la formación de una especie de sindicato o liga de artistas, con propósito de ejercer dictadura en las actividades más o menos relacionadas con el Estado en toda la República.

La envidia tuvo nuevos motivos cuando Martínez tomó empeño en la conmemoración oficial del 250 aniversario del natalicio de Juan Sebastián Bach. Murmuraron que sólo era pretexto para reponer públicamente, al amparo del Gobierno, música religiosa, pues en efecto se hablaba de cantar en Bellas Artes la *Misa en sí menor*, las *Pasiones*, alguno de los oratorios y corales de Juan Sebastián. Añadían que de cualquier modo era música refinadamente burguesa, cortesana, impropia para servirse al pueblo en el momento en que se trataba de orientarlo mediante formas artísticas inspiradas en los ideales socialistas. Hubo aplausos para el que afirmó, en un pleno sindical, que la música de Bach es opio para el pueblo.

Razonando y convenciendo a unos, ridiculizando y desdeñando a otros, Gabriel Martínez perseveró en su actividad múltiple con acentuada energía, que lograba imponerse. Como en una reunión estuviera extremadamente feliz defendiendo un conjunto de ideas relativas al fomento de las Bellas Artes bajo el auspicio coordinado del Gobierno y de las fuerzas sociales, e hiciera reír a la concurrencia con las caricaturas musicales que intituló *El imperialismo*, *La burguesía*, *La conspiración oscurantista*, presentadas por ejemplo de *ballet* popular, cuya coreografía y vestuario describió con caldeada animación, un alto funcionario, que se confesó admirador de Martínez desde cuando estrenó en Michoacán su obra *Itinerario*, expuso la conveniencia de nombrarlo director general de educación estética, lo que hizo virulenta la ofensiva contra el músico. Allí mismo el opinante se vio asaltado: —"ese puesto no debe recaer ni en un músico, ni en un pintor, ni en un poeta, sino en persona que teniendo vasta cultura general, equilibre armónicamente las actividades, evitando toda preferencia unilateral" —"por otra parte debe ser un hombre conocido de tiempo atrás, al que todos le concedan autoridad indiscutible y que tenga labrado sólido prestigio" —"pero sobre todo debe acreditar militancia revolucionaria"; más al oído el funcionario fue interrogado: —"¿usted conoce los antecedentes de su candidato? aventurero audaz, farsante, de extracción clerical, su fortuna arranca de haber impresionado a una mujer rica que creyó advertir en él disposiciones artísticas cuando era campanero de aldea, lo que no ha dejado de ser, pues a campanazos se reduce lo que llama composiciones, como usted acaba de oír en esos despropósitos que ofrece para mú-

sica de *ballet"* —"a más —informaba otro— usted
ignora sus ligas con enemigos del régimen, que siempre lo han protegido: pregúntele por sus relaciones
con Ibarra Diéguez, en cuya casa vivió largas tem-
poradas". Las murmuraciones, como reguero de pól-
vora: —"es un ebrio, golpeador y explotador de mujeres" —informóse a un general influyente, con fama
de abstemio; y a un Secretario de Estado: —"sería
un escándalo su nombramiento; una provocación a
la que sabrían responder unidos artistas y maestros"
—"¿podemos imaginar en la dirección a un acompañante de carpa?" —"farsante" —"audaz" —"aventurero".

La ofensiva encontró eco en los periódicos. Una
versión decía: —"el desbarajuste que impera en Bellas Artes, contrastando con las actividades que allí
se desarrollaron desde su inauguración hasta que
ocurrió la desastrosa idea de entregarlo a las masas,
lo que ha determinado la exaltación de la vulgaridad en nuestro máximo coliseo, se explica por la
ingerencia de individuos como uno apellidado Martínez, que de la noche a la mañana se improvisa
pontífice del arte nacional, pretendiendo acaparar
todas las funciones en la flamante dirección de educación extraescolar y estética, nombre tan largo
como inoperante, sin más título que su amistad con
personajes ahora encumbrados, que le conocieron
cuando hacía la legua como maestro de misiones
rurales, promoviendo la demagogia musical que des-
lumbró a los que ahora son sus poderosos protec-
tores". Otra versión asentaba: —"indigesto con la
lectura de los clásicos editados por Vasconcelos y
excitado por las relaciones escandalosas que sostenía con una *griseta* de la bohemia criolla que ahora
es artista de cine con cierta triste celebridad por el
morbo que se ha atrevido a llevar a la pantalla,
perpetró una *Sinfonía Erótica* para *jazz,* cuyos lú-

bricos alaridos fueron acallados por la indignación del auditorio: éstos son los apóstoles de la democracia artística". Otro anónimo gacetillero escribió: —"el público puede juzgar sobre la sinceridad de un hombre que lo mismo se presta a componer (*sic*) una misa o un himno, que canciones vulgares para la radio, el cabaret o la carpa".

Inexperto en estas maquinaciones, Gabriel fue a quien primero sorprendió la fulgurante contraofensiva desatada por las diatribas miserables. Tardaría tiempo en saber de dónde provino el aluvión de panegíricos por todos los medios de publicidad, aunque advirtió desde luego que se trataba de una campaña organizada y bien dirigida: reportajes gráficos, entrevistas de prensa y radio, alusiones reiteradas, anécdotas y caricaturas lo presentaban sistemáticamente como el músico mejor preparado y de mayor porvenir en el país.

A lo cual se sumaron interminables demostraciones personales. Una de las primeras fue una carta de Pandora: "a riesgo que te moleste recibir estas letras porque bastantes pruebas tengo de que todo lo mío te molesta y quizá con razón, lo que me resisto a discutir, no he podido dejar de mandártelas para decirte el disgusto que me ha causado la miserable campaña de calumnias y manifestarte que estoy dispuesta a cantar de mi ronco pecho si eso te conviene y juzgas que no empeorará el asunto mi intromisión, justificada en cierto punto porque me han mezclado, aunque poco me importa lo que de mí digan, si hasta me sirve"...

Rivera, Revueltas, Méndez, Rubalcaba, Contreras, veinte amigos más, destacados en las artes y las letras, propusieron la emisión de un manifiesto y al fin convinieron en ofrecer un banquete, donde Rivera celebró los antecedentes de Gabriel, su lucha por encontrar formas nacionales de expresión, los servicios que durante largos años había prestado al pueblo y su sentido de la amistad, punto en el que reveló el incidente de *La Diegada*, en ausencia del satirizado, lo que fundaba una solidaridad indestructible. Muchedumbre anónima, que adivinaba y temía en la exaltación del músico el designio de manos poderosas, se adhirió al homenaje.

Desde que la burocracia de Bellas Artes se vio amenazada por la posibilidad de verse sustituida o comandada por Martínez, procuró ponerle mayores trabas. Extraviábanse sus cosas, inclusive la partitura de *Suave Patria;* no acudían las personas citadas, ni se aprobaban erogaciones indispensables; la integración de conjuntos básicos se difería indefinidamente.

Sólo cuando se supo que Gabriel había recibido proposiciones en firme para la reposición de *Itinerario* con subsidio oficial, pero fuera del Palacio, así como para una serie de conciertos con inclusión de sus obras en la más importante radiodifusora y para figurar en los programas del conjunto de cámara francés próximo a llegar, se precipitó el estreno de *Día de campo* y la formación de una orquesta para presentar las composiciones que Martínez eligiera dentro de su producción. Alguien le reveló el plan: adelantar la comparecencia del músico tan acaloradamente discutido día tras día, cargarle los defectos del *ballet* y reventar sus composiciones para que luego la crítica imposibilitara el cumplimiento de aquellas ofertas, que Gabriel se apresuró en aceptar, aunque sobre la de la radio tuviera reservas.

Fue una definitiva sucesión de triunfos. Patrocinada por los fabricantes de cerveza, la serie radiofónica tuvo propaganda colosal; Gabriel escogió programas a la vez finos y accesibles, principalmente respecto a obras propias, que por su amabilidad gustaron a los exigentes y al grueso público. Luego la *élite* musical se rindió en absoluto cuando el conjunto de cámara francés, al que se cerraron las puertas de Bellas Artes y actuó en el teatro Arbeu, puso tres obras de Martínez en programas sucesivos: *Oda y tres elegías, Nueve sonetos de Sor Juana* y *Sonata para piano y arpa.*

Ya entonces nada importó el fracaso alícuota del *ballet: Día de campo.* Tanto menos que a los pocos días, bajo el patrocinio del Gobierno del Distrito, vino el gran éxito popular con *Itinerario.* Tampoco importaron las críticas aviesas que, por el ambiente michoacano de la obra, tildaron al autor de oportunista político, pese a que como se advirtió profusamente había sido estrenada en Morelia doce años antes. En cambio, los inacabables ditirambos coincidían con el gusto público, a cuyo corazón llegó la obra.

La reposición de *Itinerario* —"compuesto a la sombra de una mujer"— se halla vinculada con el advenimiento de nueva presencia femenina en el ánimo del compositor. Al final de un ensayo se presentó el adolescente que le habló de la novia desdeñada por el poeta floral:

—Maestro, aquí la tiene usted —exclamó con mirada expectante.

El maestro la devoró en el relámpago de una mirada que lo indujo a decir —"por qué ha tardado tanto"; pero guardó silencio; al cabo de un momento pudo hablar embarazosamente:

—Este joven, sí, me contó, yo le prometí, dice que tiene usted magnífica voz y sobre todo un gran temperamento, efectivamente le prometí, aunque no deben ignorar la situación en Bellas Artes, me gustará, sí, seguramente quiero escucharla, pensé que habría cambiado de determinación, pero espero la oportunidad, contralto, sí me impresionó el fervor con que me habló de usted este joven y desde luego me puse a sus órdenes de usted, cuando quiera darme el gusto, mucho gusto tendré oyéndola.

Se desconcertaron los tres. El del compositor era un desconcierto con encanto: le volvía la tartamudez, ahora más prolongada, de sus antiguas emociones; después de tanto tiempo experimentaba como antes el ímpetu desatado, pero refrenado por la duda, por el miedo al ridículo, por el ansia misma de satisfacción; era como si de nuevo Victoria lo encontrara, o Beatrice, o Denise; como si de pronto se le presentara la Borelli, la Jacobini, la Besanzoni, oh, sí, como si súbitamente volviera la desconocida de Guadalajara. En tanto, seguía hablando, hablando, sin ilación, con esfuerzo de pausas:

—Los que hemos batallado, qué gusto puede compararse al de poder ayudar a gente nueva con disposición, por supuesto que a usted le gustaría ir, estudiar en el extranjero, pero voy a decirle una cosa: nada hay comparable a la propia tierra y qué importan otros triunfos si aquí no los reconocen, éste es el mayor sufrimiento, aunque nunca hay que desesperar, todo esfuerzo tiene su premio y es peor la precocidad, digo, pienso yo...

El desconcierto de los dos jóvenes provenía de no entender el embarazo del maestro que se hallaba en pleno triunfo: ¿se burlaba de la buena fe de los dos neófitos? ¿escabullía el compromiso? nerviosidad no podía ser, indecisión o impaciencia tampoco; la muchacha resistía la sospecha percibida en el modo con que la miraba el maestro, al que consideraba hombre de mundo, forzosamente habituado a la seguridad frente a las mujeres que le despertaran interés, como el caso parecía; no, esto no podía ser.

La voz, el discurso alcanzaron fluidez cuando el maestro escuchó a la cantante:

—Realmente magnífica; pero no sería debido que

le ocultara la verdad, por lo menos mi verdad: *Carmen* exige mucha escuela y experiencia escénica; usted podría presentarse con el *Orfeo* de Gluck, segura de triunfar; aplacemos Bizet; creo tener posibilidades de ayudarla; no sé si de momento en Bellas Artes, pues usted sabe que yo mismo no he podido hacerme oír allí; pero qué importan sitios ni fechas para la perennidad del arte; se lo digo con absoluta convicción: en nuestra carrera lo mejor es esperar antes de traicionarse.

Hubo efusión en la despedida, y deseo manifiesto de ver pronto a la muchacha:

—En prueba de lo que me ha impresionado su voz, escribiré algo para ella; no sé qué, pero permítame ese homenaje —y cuando la emocionada estudiante, al marcharse, le daba ya la espalda, el maestro la hizo volver—: ah, me gustaría que pudiera usted venir durante la preparación de *Itinerario*; creo que sus observaciones me serían de gran utilidad.

No le había impresionado tanto la voz como la persona. Predominó decididamente la concupiscencia. Cierto: era una voz llena de promesas y, sobre todo, se revelaba un temperamento excepcional; sin embargo, quedaba mucho por andar. En cambio, se hacía patente una mujer dueña de seducción, a lo que se mezclaron otros incentivos: medir fuerzas frente a un poeta laureado, modelar el barro de apenas una disposición natural hasta convertirlo en figura gloriosa, penetrar en el huerto de la juventud ahora que la vida comenzaba a cansarlo, provocar a través de la distancia de sus edades las explosiones mutuas de la sensibilidad, aprovechar el flamante renombre como medio de conquista y saborear este género de añadidura, lo que había sido incentivo para buscar, con la fama, la admiración femenina. Por más que le remordiera, tuvo que reconocer los inconfesables apetitos. Esta vez no padecería los tormentos de asistir emboscado, roído de celos, al éxito de quien pudo retener como criatura propia. Y ¿acaso era manifestación de su enfermedad secreta por Pandora el reciente impulso de adueñamiento? Porque desde la primera mirada reconoció en la muchacha la misma materia humana de Pandora, más fina, sumisa y luminosa, sin resabio de repugnancia, bien que inspiradora de lástima, sin motivo real esta vez.

Gabriel empleó refinado disimulo en el trato desde luego asiduo con la contralto. Habitualmente hosco, de los límites de la dureza, cuando la situación se hacía tensa, pasaba al de la delicadeza más exquisita, pero siempre con apariencia de un puro interés artístico, en el cual escudaba la emisión de juicios, recuerdos, confidencias, lanzados parabólicamente al corazón de su admiradora. El relato fragmentado de la lucha por la Belleza entre la esperanza y el desaliento tenía efectos demoledores; la muchacha reflejaba sus estados de ánimo en la historia del maestro; en la historia y en la sensibilidad, que se le iba revelando con lentitud exasperante, por episodios incompletos que despertaban la curiosidad, el ansia de saber más, de conocer mejor esa vida, que a la par inspiraba entusiasmo y piedad.

Ponía el hombre la pasión de sus años mozos. Pasión ilusionada. Resolución de entrega. Pero su objeto, por la primera vez, lo había hecho sentirse viejo y le sugería procedimientos de avaro. Prueba de su pasión fue la escondida euforia con que la noche misma del encuentro inició la serie de composiciones para la voz, para la mujer descubierta, incrédula ante estas dádivas de que se juzgó indigna y en las cuales se halló a sí misma con poderes que nunca sospechó poseer, al oírse hablar ese lenguaje inefable sólo para ella compuesto, sintió impulsos de arrojarse a los pies del maestro, ungirlos con bálsamo de lágrimas y declararse su esclava; pero él fue más desdeñoso, más rudo, pareció más impasible que nunca.

—Creo sucederá con tuya pelota nueva lo que conmigo —le dijo Tamara la víspera de *Itinerario*—: compusiste para mis pies la más bella música e cuando me viste rendida, te apartaste como diciéndome "si te vi no te conozco"; me intriga saber por qué eres así, qué buscas o qué no encuentras; ¿por puro gusto a medir fuerzas tuyas e despreciar la caza de cazas, como el deportista?

Consumado con creces el triunfo de *Itinerario*, al recibir el homenaje de la estudiante, Gabriel la llamó minerva de aquella victoria, en cuya preparación lo había asistido, protegiéndole, inspirándolo; —"es muy vulgar la frase, pero ninguna otra me sale del corazón: usted ha sido mi musa; sin usted las cosas no hubieran resultado tan espléndidamente". El afán de atribuirle méritos, despertó nueva vez en la muchacha la sospecha de que Gabriel estuviera enamorado de ella, si bien la contuvo el desbordamiento del maestro por la embriaguez del éxito. Aunque no, no podía estar equivocada: desde siempre leyó el secreto en la mirada, en las rudezas, en las actitudes contradictorias de quien le había consagrado melodías inauditas.

No le cupo duda cuando de allí a poco le preguntó inopinadamente si prefería el homenaje de la música o el de la poesía. Ella entonces usó el juego del disimulo, ganando reiteradas ofrendas musicales, que fueron apelaciones angustiosas.

Formalizada la integración de una Liga de Artistas Revolucionarios y anunciado el festival de inauguración, que tendría carácter internacional por quienes en él participarían, Martínez mantuvo su reticencia; vinieron amenazas de que se atuviera a las consecuencia sen caso de rebeldía; se hizo alarde sobre la fuerza de la organización: quedarían excluidos de oportunidades y fuentes de trabajo, no sólo en el ámbito oficial, cuantos rehusaran pertenecer a ella, porque contaría con la solidaridad sindical. Esto exasperó a Gabriel. Intervino Revueltas y otros amigos como conciliadores, sin obtener que aquél depusiera su actitud.

—Los artistas no debemos aceptar cadena ninguna. No somos zapateros para que un audaz trate de limitar nuestras actividades. Ridículo pensar que un enseñador de cantos y coros venga un día diciéndome: —"compóngame una pieza para esto y aquello, usted no puede dirigir ese concierto porque le toca el turno al camarada fulano, su obra tal no responde a la consigna de la organización". Mi rebeldía de veinticinco años, con sus injusticias y miserias, no va a ceder ante un plato de lentejas ni menos ante amenazas de arribistas. Bien habituado estoy a la exclusión, y sin embargo: quién puede quitarme mi obra ni las posibilidades de proseguirla en la oscuridad como hasta ahora. Rechazo hasta la menor apariencia de yugo al ejercicio del arte. Sé ser compañero, lo he demostrado; pero no me arriesgo a ser esclavo ni cómplice de que otros lo sean.

La empresa musical *Orfeo* que tan combatida era por el nuevo régimen artístico, bajo los cargos de ser monopolio extranjero, interesado sólo en el lucro y enemigo tanto de los valores nacionales excluidos sistemáticamente de sus programas, como del florecimiento autónomo de la vida artística en el país, propuso a Martínez la edición de sus obras, representarlo en el cobro universal de sus derechos de autor, nombrarlo asesor y contratarle una opción por cinco años para dirigir algunos conjuntos que la empresa pudiera presentar en diversos países;

asegurábasele desde luego su inclusión en programas de concertistas y agrupaciones internacionales, anticipos y regalías considerables, posibilidades de grabar discos para las empresas más importantes y el servicio de propaganda organizada de la *Orfeo*, que hacía llegar a todo el mundo el renombre de los consagrados.

—Claro: esto supone quién sabe por cuanto tiempo la exclusión del máximo coliseo mexicano, de donde estamos desterrados, a pesar de haber sido quienes desde su fundación trajimos a él y en él dimos a conocer a los artistas y conjuntos más famosos de hoy en día.

La oferta se hizo pública con derroche de publicidad.

Amistosa o amenazadoramente se levantaron voces:

—Tú no serás traidor, tú no sucumbirás a la tentación imperialista, no te venderás, no serás esquirol contra tus camaradas, no necesitas ayuda engañadora cuando hemos labrado tu triunfo, no reniegues de los tuyos, no afrentes a la Patria pasándote a la legión extranjera...

—Hermano —le dijo Gálvez el escultor—, desprecia las voces hipócritas de los envidiosos y entrégate a la gloria que te persigue como las hadas en los cuentos o, si prefieres, conforme a tu teoría, corta el dorado fruto de tu larga paciencia, cobra el billete premiado de la lotería.

—Será lástima que, como luego se dice, quebrantes el ayuno a los quince para las doce y vendas tu fiera independencia por un plato de lentejas; tú, el nacionalista por excelencia, encadenado al servicio de un *trust* extranjero, que quiere aprovecharte para sabotear el movimiento de reivindicación estética en el que nos hacemos tantas ilusiones de ti

—amonestó el pintor Gerardo Cabrera, y el músico preguntó con dejo irónico:

—¿Crees que Pandora me aconsejaría dejar ir la oportunidad?

—Claro que no, si de oportunismo se trata —repuso Cabrera rencorosamente.

—Te sangras la lengua, compañero.

Claro que Martínez no vaciló en firmar contratos con la *Orfeo,* por lo que la Liga de Artistas Revolucionarios le declaró la guerra.

Seguía obrando prodigios la varita mágica. El éxito de las obras dadas a conocer hizo que se hablara insistentemente de la *Sinfonía erótica;* que se pidiera y hubiera expectación por su estreno en México. Llegaron informaciones procedentes de los países por donde el conjunto de cámara francés paseaba en triunfo el nombre de Gabriel Martínez a quien se le solicitaron otras obras para enriquecer el repertorio del grupo. Arrau cosechó delirantes aplausos con los *Sonetos* y otras composiciones, que luego llevó fuera del país. Filadelfia, Londres, París, Berlín se interesaron por el flamante nombre musical. Se hizo la grabación fonográfica de *Itinerario* en la marca *Universal.* El radio continuó difundiendo las melodías del que los locutores llamaban "la sensación" – "la revelación" – "el prodigio" – "el orgullo" – "el mesiánico", y uno de los mayores éxitos fue la transmisión del *Epitalamio* para campanas y percusiones.

Al anuncio de cada nueva obra, pero sobre todo al cómputo de la producción total de Martínez dado a conocer en variadas informaciones, cundía la admiración pública: cinco sinfonías, cuatro cantatas, doce conciertos para orquesta de cámara, siete sonatas, el *Réquiem,* un cuarteto, para no contar sino las obras mayores.

Lo que antes nunca hizo, Vera Verinski cantó e

hizo cantar a sus discípulas las obras que le había consagrado Gabriel.

De sorpresa en sorpresa, llegaron proposiciones para filmar *Sinfonía erótica* con argumento en cuya factura intervendría el compositor; éste alegó que ni la obra se prestaba a escabrosidades o a romances de dudoso gusto, ni tenía siquiera ese nombre sino el de *Sinfonía Concertante*, ni él se interesaba por el cine, aunque finalmente quedó en resolver la tentadora oferta, sobre la que los interesados insistieron, cercando al maestro con señuelos de toda índole.

Lo menos esperado: la Sinfónica, que a pesar de los jerarcas proseguía en Bellas Artes, pidió a Martínez dos títulos, uno de los cuales figuraría en el concierto inaugural de la temporada, mostrando preferencia de que fuera la Sinfonía que tanta expectación despertaba y, para desvanecer el escepticismo del autor, el Consejo de la institución se hacía responsable de cumplir el compromiso: la *Sinfonía Concertante para clarinete*, o "sinfonía erótica" como no dejó de decir la propaganda, fue anunciada para el primer programa.

—La varita mágica ¿de cuál hada? —decía Gabriel en son de broma.

Cuando con los anticipos de la *Orfeo* se sintió rico, vio llegada la hora de poner por su cuenta el *Réquiem* en homenaje a Antonieta, lo que le permitiría también presentar a la admiración pública la voz de la contralto amada, luciendo en condiciones que ninguna otra obra podía depararle. Gabriel personalmente hizo diligencias para formar coro y orquesta con los mejores elementos, sin reparar en gastos. Para la mayor gloria de las dos mujeres que alentaban la empresa, el autor la concebía en proporciones gigantescas, —e íntimamente— como el desquite de tantos deseos frustrados, de tantos crónicos aplazamientos.

Tantas pequeñeces a cada momento de todos los días, en *crescendo*, hicieron imposible la permanencia de Martínez en Bellas Artes. Como dejó de ir sin renunciar, se habló de abrirle proceso por abandono de empleo y para fincarle responsabilidades por bienes faltantes en el inventario de la oficina; en efecto fue interrogado por agentes investigadores de la Procuraduría, que trataron de amedrentarlo; el escándalo asomó en la prensa, pero pronto fue acallado; llovieron sobre Gabriel numerosos anónimos amenazadores y ultrajantes.

Apenas iniciados los ensayos del *Réquiem*, una mañana dejaron de presentarse los filarmónicos contratados. El portero del Teatro Iris entregó dos notificaciones al compositor: una citándolo al desahogo de diligencias en el sindicato de músicos; en la otra, el administrador del Iris anunciaba la rescisión del contrato si no solucionaba los conflictos gremiales planteados por los músicos y, solidariamente, por la Federación Teatral.

La rabiosa necesidad —"no acepto cadenas"— propició la ocasión de visitar a Virginia de Asbaje, que por su experiencia en esos enredos de telón adentro podría orientar al músico.

La insigne actriz había cambiado. Tras un año de no verla, Gabriel comparó la impresión que le produjo con aquélla del encuentro en Morelia con Victoria: idéntico proceso de purificación lineal; hasta el engolamiento de la voz y el porte, sin desaparecer, se habían suavizado. La memoria del músico no pudo rechazar los términos innobles con que un maldiciente la satirizó en compañía de Antonieta, llamándolas "lombrices líricas de los lavaderos románticos", recuerdo que inundó de piedad su ánimo. Maravilloso seguía siendo el timbre de la voz:

—Hijo, cuán satisfecha me ha dejado la noticia de tus triunfos. Muchas veces te lo dije: la hora llegará: espera con fe. No, cómo piensas que te reprochara tu alejamiento. Supe tus buenos propósitos de hacerme compartir tu ingreso a Bellas Artes: por una parte, sabía que aquello era efímero; por otra, yo ya no soy de este mundo. Supiste mis deseos de refugiarme en un convento, que vine madurando después de tanto que vi cuando la persecución. He prescindido de esos deseos porque acaso no eran sino nueva forma de vanidad; pero sigo resuelta a enmendar las locuras en que derroché la vida. Tampoco repudio al teatro. Volvería si tuviera oportunidad en él de reparar escándalos con obras purificadoras, adecuadas a mi actual sensibilidad. Sería hermoso regresar con el espíritu acrisolado, animar con fuego nuevo la palabra e intención de poetas iluminados por la Belleza increada. Buscabas tú alguna vez a Diotima. Creo haber llegado a serlo en el más alto grado. ¿Sabes lo que para un artista vale poder despojarse sinceramente de cualquier vanidad?

El compositor —"no acepto cadenas"— expuso las dificultades que lo cercaban.

—La vida del artista es perpetua cadena. Tú lo sabes, lo has vivido. Pudiste triunfar antes. Las cadenas te lo impidieron. Primero la concupiscencia de soberbia: no querías deber a nadie tu exaltación; luego la concupiscencia de la carne ¿para qué te recuerdo tanta locura? Atado ibas y venías, perdiendo el tiempo.

Gabriel enumeraba hostilidades.

—Las conozco, y aun sé que tratarán de suspender la ejecución de las obras comprometidas con la Sinfónica; quieren eliminar del radio tu nombre; son poderosos —el tono de la comedianta se hizo sibilino—; ten fe: todo se arreglará: lo arreglará la providencia que te ha dado el triunfo contra tu voluntad; la misma providencia que durante años rechazaste y siempre te asistió.

Perplejo, el hombre quiso preguntar. La de Asbaje prosiguió:

—Bueno: una providencia de tres personas a las que se han sumado algunas otras. ¿Cómo jamás me contaste tu parentesco con la señora de Ibarra y Diéguez?

Gabriel —"no acepto cadenas"— incorporándose, mostró signos de dar por concluida la entrevista.

—Sosiego. Eres niño. Sí, yo la conocí desde la época del callismo. Me hizo muchos servicios. No para mí, sino para otros por los que yo intercedí. Hemos cultivado excelente amistad. Casualmente, después de la inauguración de Bellas Artes, un día la conversación recayó sobre ti. Lo supe todo. Hicimos planes para levantarte sin que lo supieras o lo quisieras. Me presentó a Victoria.

Visiblemente contrariado, Gabriel hizo nuevo intento de levantarse. Lo contuvo Virginia:

—Entonces ¿creías que todo era cosa como de varita mágica? Qué niño eres, hijo. ¿Quién iba a estar detrás de los periódicos defendiéndote? ¿Quién abría las puertas que durante tantos años te empeñaste en cerrar? Imagínate: hasta esa señora Branciforte toma parte de la conjura y es la que impone por condición para otro contrato el que sea tu famosa sinfonía. ¿Y sabes quién decidió el triunfo de *Itinerario*? Lo hizo patrocinar al Departamento del Distrito una linda mujer, esposa de un funcionario, que te admira noblemente desde que te conoció en una tertulia, no sé dónde, luego más tarde te oyó en Guadalajara y ha venido siguiéndote de lejos, como las piadosas mujeres, oh, cuántas piadosas mujeres velan por ti. A las tres primeras personas de tu providencia: María, Victoria y Jacobo, se ha unido un escuadrón. Por cierto, la última vez que hablamos me contaste cómo te chocaba escuchar música litúrgica en labios de cantores a los que acababas de oír blasfemar o decir obscenidades; para tu *Réquiem* desecha voces en que vibre la concupiscencia.

Entendió el compositor la alusión; pero sólo acertó a preguntar:

—¿Y la *Orfeo?* ¿y Arrau? ¿y las solicitudes de orquestas extranjeras?

—¿Desconoces el poder financiero y las relaciones internacionales de Jacobo? Por ti, Jacobo es la *Orfeo*, en la que ha hecho inversiones de importancia.

El músico se levantó y prorrumpió:

—Vuelvo al punto de partida. ¡Cadenas! Las cadenas.

—Prometeo encadenado es luego liberado —añadió con benigna voz Virginia de Asbaje y, sin transición—: a propósito debes visitar a Victoria que como sabes, si no vives en la luna... no, no sabes que hace meses se halla paralítica, clavada en un sillón, tan gran señora, ella, sí, encadenada, que inspira ganas de llorar a quien la ve.

Las palabras estrujaban el cerebro del hombre, llenándolo de confusión: tan gran señora encadenada meses paralítica tan gran señora ganas de llorar encadenada tan gran señora...

FUGA

Tan gran señora revestida de serena luz, alquitarada la dulzura de su sonrisa, Gabriel se prosternó, desencadenadas las ganas de llorar. El retablo de la Anunciación se trocaba en el duelo angélico de la Soledad.

llaba en los ojos metálicos, donde aún resistía la fortaleza.

Con brusca interrupción el pródigo se levantó, fue a la inválida, echándose de rodillas le tomó las manos y se las bañó de besos. Tan gran señora luego las escapó, las levantó a las sienes del prosternado, acercó la frente y lo besó:

—He visto cumplida mi esperanza perpetua. Estoy orgullosa de su fruto.

Hizo una pausa.

—Fruto bendito por mis dolores.

Con serenidad infinita pronunció el nombre:

—Gabriel.

En los ojos metálicos brillaba la eterna luz.

Nueva pausa. Como si despertara de un éxtasis, habló con risueño acento:

—Quedaron de venir hoy la señora María y la persona que tanto lo admira desde cuando lo escuchó en Guadalajara. No tardarán en llegar. Buena oportunidad para que lo saluden y compartan la suerte de oírlo...

El hombre se puso en pie con presteza.

—Quién mejor que usted puede ser mensajera de mi agradecimiento hacia ellas. Bien sé lo que les debo. Se lo ruego —fueron las únicas palabras del músico; no dio tiempo a contestaciones; hizo una reverencia y salió como perseguido.

El aire de la calle arbolada, las calles desiertas del suburbio, los primeros velos de la noche lo volvieron al olvido de la inquietud. Como después de cerrar los párpados reaparece con fuerza la luz que ha herido la retina, el espectro de la Belleza cegaba los pasos del sonámbulo.

Fue necesario el ruido, las luces crecientes de la ciudad, para que las concupiscencias despertaran. Como en el crepúsculo luchan luz y tinieblas, los apetitos invadían el estado de contemplación. Poco antes ligera, plena de claridad, ahora el alma se sobrecogía, sintiéndose arrastrada y de antemano vencida por la flaqueza de los sentidos. La certidumbre de volver a disputar las bellotas a los cerdos derrumbaba en el pródigo la ternura infundida por el beso de la conciliación. Los ojos que mediante la ruina de antigua beldad habían al fin contemplado la Belleza, los dedos que la pulsaron, los labios que la besaron tornarían al engaño, en afanosa búsqueda de sombras.

El estrépito de automóviles, las voces atareadas de transeúntes, los guiños de anuncios luminosos azuzaban a los deseos, mostrando el dilatado dominio de la memoria. El hombre aceleró el paso. La contralto lo esperaba. Pandora lo buscaría mañana o pasado, pronto; estaba seguro; la recibiría sin reproches, con los brazos abiertos, y aceptaría sus dádivas, lo mismo que las de María y las otras piadosas mujeres. Ni siquiera podría rehusar la protección de Jacobo. Se hallaba encadenado por la fama y sin fuerzas para sostener su fiera independencia. No abdicaría el renombre logrado, ni la corona de triunfos esperados. —"El poder financiero y las relaciones internacionales de Jacobo." Aún sintió que se alzaba una ola de irritación; pero era débil y pronto lamió las arenas dilatadas de la ambición, dando sitio al estruendo de futuros aplausos.

En casa, con la contralto, lo esperaban dos comunicados: triunfo clamoroso en Londres de la *Sinfonía concertante (Erótica)*; arreglo absoluto de las dificultades gremiales, lo que significaba la conquista de la Sinfónica y la soñada realización del *Réquiem*. —"He aquí el poder de Jacobo" —pensó al tiempo de apretar los labios, crispar los puños y tararear internamente los primeros compases de la Quinta Sinfonía.

Entusiasmada con las noticias, la contralto le echó al cuello los brazos:

—Por si algo faltara para la consagración. Estoy orgullosa.

Era la capitulación. Pero también otra cadena al cuello. El músico tuvo impulsos de rechazarla cuando escuchó repetidas las palabras de tan gran señora. Fallido impulso. Victoria-María. El pródigo. Las bellotas. Campanas lejanísimas. Lo asaltó el presentimiento de la felicidad sin tan gran señora; el presentimiento de la resignación por ignorar hasta el nombre de la mujer que lo admiraba desde que lo escuchó en Guadalajara; la felicidad, a pesar de la pérdida, y la conformidad con otro bien después de la Visión. Cuántos pasos perdidos. Tornaban vencedores los recuerdos culpables ahuyentando el espectro deslumbrante de la Belleza. Sí, sería feliz. La carrera de aplausos no tendría fin.

Esa noche comenzó la composición del poema sinfónico inspirado en Helena de Troya.

"Mi dimensión es la grandeza" —puso por epígrafe.